LE CAFÉ

Alphonse Boudard est né à Par[is]... dans une fonderie typographique. Entre 1943 et [1945, il fait] la Résistance, puis s'enrôle dans la 1ʳᵉ Armée. De 1944 à 1962, il s'arrête, quelquefois de façon prolongée, dans des prisons ou dans des sanatoriums. C'est en 1962, avec la parution de La Métamorphose des cloportes, *qu'il devient écrivain. Le Prix Renaudot, en 1977, pour* Les Combattants du petit bonheur, *consacrera sa reconversion. Chacun des ouvrages de Boudard prend place à l'intérieur d'un vaste ensemble de biographie romanesque intitulé :* Les Chroniques de mauvaise compagnie.

Autrefois, lorsque le café était une denrée précieuse et réservée aux riches, à la fin du repas on se payait *le café du pauvre*, c'est-à-dire l'amour, la joyeuse partie de jambes en l'air...

Nous sommes juste après la guerre en 1946 et le café, devenu rare, se vend encore à prix d'or sous le manteau. Revenant des armées du général de Gaulle où il a récolté une blessure et une médaille, le héros de cette histoire, sans un rond en poche, n'a guère de quoi s'offrir autre chose que le café du pauvre quand l'occasion s'en présente.

Il exerce divers petits métiers extravagants et peu rémunérés. N'empêche, les jupons volent au coin des rues, la jeunesse aidant, c'est tout de même la belle époque.

Alphonse rencontre Odette la catholique, qui veut sauver son âme; Lulu, la femme du charcutier, qui lui offre ses charmes imposants et les trésors alimentaires de son arrière-boutique; Jacqueline, la militante trotskiste avec laquelle il défilera de la Bastille à la Nation pour changer le monde; Flora, la comédienne initiatrice des beautés de l'art dramatique; Cricri, la belle pute dont il pourrait faire son gagne-pain si la peur du gendarme n'était pas aussi dissuasive en ces temps reculés où les prêtres avaient des soutanes, les magistrats une guillotine au fond de l'œil et les dames des porte-jarretelles pour le plaisir de l'honnête et du malhonnête homme.

Un livre où le rire ne perd jamais son droit prioritaire dans le Paris pourtant maussade de Monsieur Félix Gouin, président provisoire de la République renaissante. Avec, bien sûr, les bons copains et les mauvaises rencontres qui peuvent vous conduire en galère.

L'apprentissage de la vie, de l'amour après la guerre... Une fresque de frasques et de fesses, de tétons, de dessous vaporeux... De baguenaudages à la petite semaine au coin de la rue là-bas. Comme dans une chanson de celle qu'on appelait encore la Môme Piaf.

ŒUVRE DE ALPHONSE BOUDARD
et LUC ÉTIENNE

Dans Le Livre de Poche :

LA MÉTHODE À MIMILE.

ALPHONSE BOUDARD

Le Café
du pauvre

ROMAN

LA TABLE RONDE

© Éditions de La Table Ronde, 1983.

*En mémoire de l'amitié
de Georges Brassens*

Café du pauvre : loc. Ebats amoureux suivant immédiatement le déjeuner. Exemple : « Dans sa carrée sous les toits, cette brave môme avait fait à Milo une tortore de première. Correct, cézigue offrait à son tour le café du pauvre. »

Petit Simonin illustré par l'exemple.

« Alors le couple regagne son taudis et en rêvant à la vie meilleure qui s'annonce pour bientôt, il goûtera le *café du pauvre.* Cette expression typiquement ouvrière est certainement aussi poétique que *faire l'amour* du bourgeois, accomplir l'*acte sexuel* du scientifique ou la *partie de trou du cul* de l'obsédé. »

L. Oury. *Les Prolos.*

J'ARRIVE au centre de démobilisation à Versailles... Ire région militaire... La guerre est déjà finie depuis neuf mois. C'est ici qu'on vous dépouille de vos restes de gloire, vos frusques de frasques héroïques... tout amerloque puisque la France si misérable n'avait plus de quoi nous harnacher. Il faut reconnaître qu'on n'y perdait pas tant au change question souplesse des tissus, coupe des frocs, des vestes, des capotes. Ça ne donnait pas dans le sur mesure l'armée du général Gamelin en 1939. On voit des photos aujourd'hui dans les *Historia*, les magazines spécialisés... ça paraît des hordes de clodos nos fantassins de la drôle de guerre... dépenaillés, avec des sapes d'asile de vieux... les molletières... les grolles de Charlot ! Beau radoter ceci cela, le moral combatif, fringué pareil ça pousse pas aux grands exploits... ça respirait déjà la retraite, la dérouille sévère, le camp de prisonniers... *Kriegsgefangene*... plus qu'à marquer tout ce cheptel K.G. dans le dos en lettres blanches au pochoir. A bien réfléchir, on aurait pu s'éviter bien des destructions, des morts inutiles. On se serait livré tout de suite, c'eût été plus honnête.

Pour aller à la conquête des plaines du Wurtemberg, le pays de Bade, foncer jusqu'aux rives du lac Bodensee, nous étions tout de même... haut les cœurs ! plus dandys ! fringants flingueurs ! commandos de France... le béret noir... la croix de Lorraine ! Ce qu'on a juste le droit de conserver au centre démobilisateur... en souvenir... le trophée de la tronche et puis nos bananes, nos décorations gagnées à la tripe qui se répand sur nos testicules... au sang qui s'écoule des blessures... nos pauvres histoires de soldats qui vont vieillir vitesse grand V... W.-C. ! Tirez la chaîne, messieurs de la génération suivante ! Rock party ! que foutre de ces gugusses racornis sous l'Arc, pensionnés, bancalos, édentés, crachoteurs dans leur dernier clairon de l'armistice.

Nous voici brusque en calsif encore kaki, le long moulant qui vous fait ressembler à des trouvères, à des *Visiteurs du soir*, des manants déjà... qu'être d'autre en tous les siècles des siècles ?... On touche une prime... trois mille balles, il me semble, et un costard fibre de bois du Maréchal. Celui qu'on donnait aux prisonniers de la *Relève* à Compiègne naguère. On s'aperçoit au finish qu'on est tous logés à la même crémerie... l'enseigne d'une république si dure, si pure qu'elle n'a que des restes, des rogatons à offrir à ses hallebardiers.

Fort heureux, je compte déjà plus lerche sur les générosités sociales pour me défendre, j'ai pris mes précautions chouraveuses... réussi à passer au pont provisoire de Kehl un grand sac marin bourré de chemises, chandails, maillots de corps, treillis... vestes et bénards divers... plus toute ma récupération de la campagne d'Allemagne pilleuse... des tas de saloperies bonnes à refourguer à cette époque où tout fait fric. Ça n'a pas tellement changé depuis le départ des Fritz... on est encore en pleine disette, les tickets pour la moindre savonnette, le marché noir en plein essor et toujours dans nos bistrots le café ersatz sucré à la saccharine.

Vous voici petit griveton déjà ancien combattant dans le métro... de retour au bercail. C'est la paix à présent. La vraie paix, y a pas à dire, on a vaincu notre ennemi héréditaire et cette fois définitif. Ça me fait tout drôle le métro, tous ces cloportes qui s'entassent, qui se piétinent, s'écrabouillent au portillon. Les frimes, c'est tout de même pas dans les rubiconds rebondis que ça pavoise, on est carrément dans le papier mâché, le trait tiré, le parchemin... l'insuffisance calorique. Les remugles de la mistouille dans la rame se mélangent, ça renifle le panard, la sueur, l'aigre fétide. On aurait hâte de s'échapper, déboucher de la station, n'était le froid qui vous agresse en haut des marches. Dans ces périodes de tourmentes historiques on est bien nulle part, on court d'une tristesse à une puanteur, d'une cagade à une blessure, d'un cimetière à une prison. Vous verrez ça, mes chers enfants... sans doute bientôt, il est écrit quelque part que tout se paie et notre addition s'allonge en Occident, mes chéris.

La paix, ils en ont de bonnes avec leur paix ! Je sais ce que je vais retrouver... le pointeau à l'imprimerie des Myosotis ! M. Crodof le contrecoup m'a promis un bel avenir dans l'entreprise. Ça s'appelait pas cadre en ces temps déjà anciens... aujourd'hui si je l'avais bien entendu, ce brave homme, je pourrais presque prendre ma retraite... quarante piges de bons et loyaux ! La belle bibite que ça m'aurait fait, vous ne seriez pas là haletants, amis lecteurs, à suivre mes phrases, toutes les beautés de mon écriture, mes coquineries plumitives !

Pour échapper à ce métro du petit jour, le matin blèchard, le casse-croûte prolétarien, que je suis devenu héros des ombres. A bien m'introspecter, c'est ça. Je n'ose pas le dire, je pavane encore dans le tricolore, je cocorique à tous les carrefours... on m'a pas appelé mais je suis venu tout de même et j'ai vaincu... vidi... vici !

J'ai dû rêver tout ça... départir le faux du vrai, les tartarinades... ce que je fus exact dans cette galère ?

Je me réveille peut-être dans ce métro. Tout est gris et morne plaine et que dalle. J'arrive pas à me peinturlurer tout ça aux vives couleurs de l'espérance. Certes, j'aurais pu poursuivre cette carrière si belle amorcée dans la gloire au Tonkin... Ça tiraille, mitraille par là dans les rizières... marécages nous voilà! L'armée coloniale, bien avant le Club Méditerranée... l'unique moyen de voir du pays, l'exotisme pour pas un rond... tringler les danseuses cambodgiennes... enculer tous les canards de Cholon! Des potes y sont déjà... ils vont s'enliser les guêtres dans ce que nos censeurs marxistes appellent déjà la sale guerre. Difficile d'imaginer qu'on va l'avoir encore dans le baba, qu'après les Chleus, l'armée française va se faire torcher par les Niakes... les fellouses... qu'on va se faire étendre partout... amener les couleurs dans la honte, le mépris... couvert de glaviots. Mes pauvres copains, ils sont partis avec des mots déjà foutus, une musique du XIXe siècle... ils vont mourir encore pour rien, trahis de toutes parts, fourgués par leurs chefs civils ou militaires avant même d'avoir engagé le premier chargeur dans leur flingue, d'avoir tiré une première balle... déjà offerts à l'opprobre historique par ceux-là mêmes qui les engagent dans cette aventure atroce.

Donc, dans ma rame, je regarde un peu autour les tronches. Ça s'est dilué au cours des stations, la densité du populo, j'ai pu me caler dans un coin avec mon paquetage, mon sac marin... mon fourniment. Surtout les nanas je recherche des yeux... les déloquer déjà visuel, me les savourer imaginatif. Toujours je suis plus ou moins en retard d'affection... ces tracasseries braguettières impératives! Faut que je me trouve une paire de miches à prendre au plein des pognes, à triturer, malaxer... Oh! quel bonheur! Donnez-nous aujourd'hui, Seigneur, notre chatte de chaque jour... mon unique prière... oraison jaculatoire s'il en est! La fesse d'abord, pour le reste je finirai bien par m'arranger, survivre au jour le jour. Je frime une petite... cette grande loucheuse je m'en contenterais pour un coup de sabre vite fait... une gravosse aux lèvres écarlates... je me plonge déjà entre ses cuisses... je la besogne hardi... je la transperce, la salope ! Elle se doute de rien tout hébétée, bovine sur sa banquette en bois. Tout juste si elle va rencontrer mon regard ardent dardé sur ce que je devine sous son manteau... ses lourds roberts à téter. Elle se lève, sort du wagon... salut, ma jolie ! tu ne sauras jamais ce que t'as perdu... l'étreinte folle... ce que t'aurais joui à rendre ta pauvre âme de toute façon déjà perdue.

Je suis pas très sérieux, je sens bien... je devrais, mon devoir d'intellectuel conscient et responsable du monde qui l'entoure, profiter de ces transports en commun pour vous donner un aperçu de ce janvier 1946... le contexte historique. Ça m'a échappé à cause de vous encore, mesdames... vos charmes, vos appas, vos doux yeux rêveurs, câlins de câlineries improbables... n'empêche !

Ça m'est arrivé nombre de fois de laisser passer ma station tant j'étais confondu dans ma prière... confit dans ma dévotion pour la déesse femme aux cent visages, deux cents tétons... idem fesses. C'était pourtant pas, en général, le tout premier choix dans ces rames... le joli lot faisait exception, mais on est croyant ou pas, idolâtre, fétichiste... si oui, n'importe quelle statuette sulpicienne vous suffit... icône au rabais... c'est l'extase ! On n'a pas toujours de quoi s'offrir des œuvres d'art.

J'essaie de me représenter moi-même... ce que je fus au sortir de cette guerre... ma dégaine dégingandée... échalas, osseux, la pomme d'Adam proéminente... mon pif de Croquignol. Je me suis laissé pousser une bacchante pour ressembler à Errol Flynn. Ça doit pas suffire, j'emballe pas d'une simple œillade, les mômes se pendent pas à mon froc suppliant que je les régale. Sortant de l'armée, j'ai le poil court... les cheveux quasi-brosse il va sans dire... mon reflet dans la glace Securit ne me renvoie pas l'Apollon du Belvédère. Je devrais me contenter d'être jeune, d'avoir le gourdin salvateur... le lingam du dieu Çiva dans mon falsé, toujours prêt tel un boy-scout à se propulser pour le service exclusif des mignonnes. Je suis encore tout fou, tout clebs, je me figure des choses... il va falloir que je m'éduque dans l'art complexe de séduire. J'ai des notions un peu primaires à ce sujet... des phrases trop toutes faites, lisses, bleutées... couchers de soleil... la croûte du minable rapin sur le Sébasto à l'angle des grands boulevards. Je suis tout à refaire et déjà j'ai de mauvais plis. Mon for intérieur, je me rends compte mais sans pouvoir me formuler très clair tout ça.

Espère... Espérons... Espérez! le long des tunnels du métro, ça a remplacé *Dubo... Dubon... Dubonnet* depuis la Libération. La propagande pour nous requinquer à défaut d'apéritif. Quel ministre du tripartisme a eu cette idée de génie? Peut-être Momo, le beau Thorez métamorphosé patriote... nationaliste intégral comme Maurras... paternaliste, aligné... collaborateur de classe?... Ou alors un chrétien-démocrate? Ils gouvernent ensemble avec les socialistes... tous unis pour la rénovation de la France sous la houlette, la grande silhouette du Général.

Je me goure peut-être en l'occurrence, au moment de ce voyage retour en métro, il a peut-être déjà claqué la lourde du Conseil, le Général... les a envoyés tous aux pelotes, ses ministres... leurs salades de partis... cloche-merleries. Le Général, il a son idée de la France, il va aller se boucler avec à Colombey pendant douze ans... traverser le désert près de son Yvonne qui tricote interminablement pour les pauvres de la paroisse. On l'aura presque oublié lorsqu'il reviendra nous sauver bis... On rejouera *Besame Mucho* à ce moment-là... l'effet du hasard qui vous fait parfois si bien les choses.

N'importe... la couleur du temps est grise... les mines, je vous ai dit... les gargouillis des ventres creux. La France est couverte de ruines, les prisons sont pleines, les haines qui n'arrivent pas à s'assouvir ! Et la monnaie... l'inflation... Comment me dépêtrer dans tout ça... m'en tirer, pauvre petit connard au milieu de la foule ? Mes obsessions du tafanard... insatiables appétits... mes ambitions vagues... la tristesse qui me coince, j'avoue, qui m'étreint à la surprenante sans que je sache très bien pourquoi.

Beau faire, cette époque de ma jeunesse dingue, j'arrive pas à me la remémorer aux couleurs de l'arc-en-ciel... pastel, ni tendres, ni rien. Je revisionne le film, les flashes noir et blanc comme aux Actualités Gaumont, M. Félix Gouin qui remplaça notre Libérateur, si piètre celui-là... si minable qu'on l'accueille dans les salles à Belleville ou aux Gobelins avec des cris de canard qu'on égorge : « Gouin ! Gouin ! » La démocratie est redevenue ridicule et pas si gentille que ça pour peu qu'on ait l'occasion d'aller voir ce qui se passe dans ses prisons et ses hôpitaux.

Place d'Italie, changement de ligne... je vais prendre la 7 vers la porte d'Ivry... dans les couloirs, il y a toujours cet aveugle qui nous jouait pendant l'Occupe *La Marseillaise* avec son vieil accordéon. Je lui jette la pièce... maintenant, il ne donne plus dans le patriotique... il pousse je ne sais quoi... *Ah ! le petit vin blanc... Pigalle...* Il fait moins recette, le pauvre. On ne s'imagine plus ce que ça représentait pour nous cette poussive *Marseillaise* en 1942 ! Difficile à dire sans passer peut-être pour un vilain facho dans la terminologie des idéologues actuels... mais puisque j'ai décidé de tout dire... j'avoue ça me remuait et je n'étais pas le seul.

Mon quartier d'enfance est devenu chinois à présent... Chinatown-sur-Seine. Une de ces nombreuses surprises de l'évolution des choses et des mœurs. Là, en deux ans, il était encore le même, avec les mêmes gens, la même façon de se comprendre, de râler dans les queues toujours aussi longues devant les boutiques. Une petite brume mêlée sans doute des fumées de l'usine Panhard enveloppait les silhouettes furtives... les ménagères avec leur cabas... les pauvres qui se hâtent vers le peu de chaleur de leur appartement. On distribuait des tracts devant l'entrée de l'usine pour exiger du ministre de la Justice le châtiment des traîtres de la collaboration.

Il est bien triste mon quartier en hiver, passé l'âge des boules de neige. J'ai les chocottes de rester là, de ne plus jamais m'échapper du monde du travail... me confondre tout à fait dans ce troupeau prolétarien. La seule démarche évidente que je vais entreprendre, poursuivre sans relâche... m'arracher de cette condition. Les ruses qu'il vous faut... se glisser entre les mailles... passer à côté de la plaque brûlante... faire le mur... biseauter les brèmes... tomber, hélas ! dans le panier à salade et s'en sortir encore vivant !... Tout ça tient du prodige.

Ma grand-mère, il était pas question que j'aille m'incruster dans son minuscule logement. Elle avait assez de soucis comme ça avec toutes les difficultés du moment... le charbon pour se chauffer... le ravitaillement, je vous ai dit, toujours aussi défectueux. Avant d'être démobilisé j'avais prévu un point de chute à l'autre bout de Paris. Un copain de guerre qui m'offre un asile, s'il vous plaît, à Neuilly ! Toute une ancienne gendarmerie Louis XV dont il avait hérité de je ne sais quel oncle. De quoi loger dix douze personnes.

« Tu t'y installes quand tu veux. Tu seras chez toi. »

Ce que m'a dit le Cureton, ainsi surnommé à cause de son récent passé séminariste. Il a viré sa soutane, sa cuti, son froc, ne sais-je... tout aux orties, à l'ornière ! Il est devenu même parfaitement athée, Bertrand Boussigny. N'empêche, toute son enfance entre les jupes des Lazaristes, il lui en est resté des séquelles. Il est plutôt mal à l'ajse dans sa maigrichonne carcasse, il se torture métaphysique... pourquoi il est là ? où il va ? d'où il vient ? Au cantonnement, à Ravensbrück, il arrivait pas à péter joyeux en même temps que les autres guerriers. Il refusait de participer à ce qu'il appelait nos incongruités. Des livres si ardus il se farcissait, si compacts de mots rébarbatifs... rien que d'y jeter un œil je sortais mon colt 43 made in U.S.A. Ça avait fini par déteindre sur nous. les façons barbares de nos adversaires nazis. Sur la fin de la guerre... d'allure, de comportement, on leur ressemblait... on riffaudait les panards... violait les bergères... on entonnait des chants à tête de mort... la pente fatale... la contagion, on devenait de véritables vandales.

Teilhard de Chardin il avait dans son paquetage, le Cureton... *Le Phénomène humain.* Il mettait des notes dans les marges. Il voulait me faire partager absolument ses angoisses et ses lectures... que je me cultive enfin un peu. Il me trouvait pas si bête que ça. Je pouvais me dépasser si je voulais, m'approfondir, ne pas rester comme ça à la surface tout le temps des choses, à déconner avec les plus épais bovidés du commando. Ma nature, je n'y peux pas grand-chose, je fréquente vraiment n'importe qui... aucun préjugé... avec les pires croquants je trouve toujours un terrain de rigolade, d'entente. Ce Bertrand cureton défroqué, il s'est pris d'affection pour ma pomme. Un voisinage de chambrée au départ. Les autres le charriaient, le brocardaient, je prenais plutôt ses patins... j'aime pas trop participer à la chasse à courre. Ainsi débutent les amitiés... lui en tout cas ça l'avait touché au cœur. Seulement son Teilhard de Chardin, il pouvait se le gaver tout seul, j'y pigeais que fifre. Question lecture à cette époque j'en étais resté à mes chers *Pieds-Nickelés* sans me douter qu'un jour on les étudierait en Sorbonne sous la haute autorité du professeur Lacassin. Surtout on se cherchait, avec mes petits potes, des revues de gonzesses à poil pour se faire des gâteries aux gogues.

Voyez, je ne vous cache rien de l'ignardise crasse où je me complaisais. Bertrand, ça le désespérait, il me l'a pas envoyé dire... il m'a encore cité Jésus-Christ... la parabole des talents... que je suis entièrement responsable de mon inculture... que je fais pas le moindre effort pour me dégager de l'ornière. Je le laisse dire, il pisse dans le violon... je contrarie jamais personne. Ma technique... je m'en fous... Ça sera peut-être mon épitaphe si j'ai une tombe hors de la fosse commune. *Je m'en fous!* gravé dans le marbre sans oublier le point d'exclamation. Enfin on était tout de même en bons termes malgré sa tendance au prosélytisme. On se partageait la galtouse, les coups à boire. Peu à peu, je finissais par le faire admettre dans la chambrée où le niveau intellectuel était plutôt au-dessous de la moyenne des alcooliques français ordinaires. En général ces lascars ils aiment pas tant qu'on les titille avec des histoires à la mords-moi le zob. On nous avait juste demandé de tuer à la mitraillette pendant des mois, certains pendant des années, ça demande pas de savoir lire Teilhard de Chardin entre les lignes, ni Montaigne, ni Spinoza!

Le problème du logement c'était le plus urgent, le premier qu'il fallait résoudre à la décarrade de notre épopée gaulliste. Rien de prévu par la patrie à cet effet... peut-être une place réservée à l'Armée du Salut... pas certain! Alors, sa gendarmerie Louis XV au Cureton, je ne demande qu'à visiter... surtout qu'il ne m'en coûtera pas un kopeck... pas la moindre petite thune espagnole. C'est pas le confort, m'a-t-il prévenu... mais à la paix comme à la paix!

Je n'ai pas le choix excessif, je ne peux plus rester sur mon divan dans le logement de la Mémé. Je prends de plus en plus de place, et si je veux me ramener des nanas, dans une gendarmerie Louis XV, on doit pouvoir s'ébattre, s'esjouir, se tringler à la hussarde. Voyez ce que je pense... toujours à mes cochonneries et là, je suis certain... ma mémoire ne me trahit pas tant et tant d'années plus tard.

Elle se situait exact, cette ancienne gendarmerie, rue Paul-Châterousse, à l'angle de la rue Ybry, dans une partie de Neuilly pas du tout chic, près de la Seine... la rue du Pont... tout un pâté d'habitations vétustes, lépreuses, dégueulasses. Je m'étais fait un peu de cinoche quand il m'avait parlé de Neuilly, Bertrand. Je respirais déjà le parfum de jolies bourgeoises... leur passage... le frôlement coquin de leur jupe dans les escaliers ! Là c'était plutôt, ce Neuilly, le style Courbevoie, de l'autre côté de la Seine... les rues mal pavées... les ruisseaux charriant des eaux grasses... les grosses concepiges devant les porches.

Lorsque, par hasard, je circule par là, bien sûr je reconnais plus grand-chose. On a reconstruit, rénové... on a du mal à s'y retrouver. C'est devenu en face futuriste... carrément l'an 2000 de *Zig et Puce*... les tours de La Défense. Pof ! Tout le secteur en l'air. Les promoteurs, ils dynamitent sans remords. C'est eux les barbares, les Goths, ils construisent l'avenir sur les décombres du passé. Ça a toujours été comme ça, les pleureuses rétro n'y peuvent rien !

Ma déconvenue en visitant la crèche ! On était loin du luxe, de la volupté. C'était grand, immense certes, mais alors la décrépitude... le délabrement... les murs lézardés... tout s'effrite, s'effondre... les escaliers, fallait faire bien gaffe pour ne pas se retrouver dans la cage du dessous parmi les gravats ! La reniflade... moisissures diverses, le renfermé... la fiente de quoi au juste... de rats, de souris ? Il se marrait tout de même le Bertrand en me faisant visiter son petit hôtel particulier. Il me signalait les endroits où il valait mieux pas se risquer les panards... où le plancher pouvait céder. Lui, il s'était fait un refuge dans une minuscule pièce assez sombre qui donnait sur la petite place du Beffroy derrière. Tout à fait le style monastique... conforme à cézig, n'est-ce pas... les murs blanchis à la chaux... quelques agrandissements photographiques, on appelait pas ça encore des posters, représentant des paysages montagneux, des églises romanes... un très haut pupitre, sorte de lutrin sur lequel il travaillait debout pour se discipliner, mieux maîtriser son corps, m'expliqua-t-il. Dans un coin, juste une table en bois blanc avec une cuvette et un pot en faïence pour la toilette.

« Ici je médite... je suis seul avec moi-même. »

Il espérait tout de même pas que j'allais suivre son édifiant exemple, ce con ! Il m'expliquait que je pouvais me choisir la pièce qui me plairait dans le casingue. Il suffisait que je la remette un peu en état, que je dégotte un pageot, un matelas et je pouvais voir venir. Beaucoup de gens à cette époque étaient logés à pire enseigne... dans des fonds de cave sous des immeubles écroulés par les bombardements... à s'entasser huit dix douze dans des trous de troglodytes.

Fallait donc que je me tape tout un boulot de plâtrier, maçon, peintre en bâtiment... ce que je constatais de visu. La chambre que Bertrand me conseillait de prendre donnait sur la rue, au-dessus du portail d'entrée. Le sol, c'était du gros carrelage... là, il tenait, je risquais pas de passer dans le couloir d'entrée à la verticale en allant pisser. Il y avait aussi toute une menuiserie à se farcir... la porte était naze... la haute fenêtre XVIIIe ne fermait plus depuis longtemps, le vent coulis vous glaçait les noix. Le sérieux problème de chauffer une turne pareille ? Après la réparation de la fenêtre, ça urgeait de dégauchir un petit poêle, un fourneau quelconque et puis même un réchaud à gaz pour faire cuire un peu la tortore. A se demander si depuis les pandores de Louis XV ça avait été occupé ! Parfaitement, par un oncle de Bertrand, un administrateur des colonies. Un original qui tirait un peu sur les pipes d'opium... il était mort au début de la guerre. L'héritage... un merdier pas possible... toute une famille d'affreux cupides à se déchirer, s'enfoncer dans les procédures... le maquis, les avocats... les chats fourrés ! Au bout de cinq piges Bertrand, le plus désintéressé qui demandait rien à personne dans son séminaire, avait reçu sa part... cette gendarmerie délabrée.

« Maintenant, Alphonse, tu es chez toi. Si un jour tu gagnes ta vie, tu m'aideras simplement à payer les charges. »

Certes il était généreux, Bertrand, il avait gardé de son éducation religieuse tous les préceptes charitables de l'Evangile... seulement je me demandais s'il n'allait pas trop s'immiscer dans mon existence, venir me prêcher sa bonne parole... Teilhard de Chardin... Sainte Thérèse d'Avila... Péguy... *Le Centurion* de Psichari. Beau avoir largué sa soutane, perdu la foi, il était marqué indélébile... ses préoccupations intellectuelles, ça tournait toujours autour des bénitiers, des crucifix... la divinité ou non de Jésus-Christ. Il tombait pas tellement où il fallait avec mézig... mon esprit superficiel, mes appétits surtout sexuels. Au-dessus de la ceinture, je me préoccupais pas lerche des choses. Mon âme sans doute s'était-elle évaporée dans mon enfance, elle était depuis déjà longtemps dans les cieux, grand bien lui fasse et surtout qu'elle ne me revienne pas. Ce que je me disais. J'avais pas envie de m'encombrer la tronche avec des tas d'histoires qui me dépassaient infiniment.

Je me demandais un peu ce qu'il avait été foutre, Bertrand, dans notre armée de ruffians... commando para... ça lui convenait pas exact, si on se fiait aux apparences. Déjà au physique... pas tellement la baraque athlétique, le félin d'opérations nocturnes dans les lignes ennemies ! Plutôt un petit gabarit, un maigrichon avec sa chevelure brune frisottée épaisse... tout en galoche de tronche, le pif, le menton... osseux, cagneux, fiévreux. La soutane devait lui convenir adéquat. Il était taillé pour comme d'autres pour l'uniforme de cavalerie, le bleu de chauffe ou même le droguet pénal. Certains, on les imagine pas autrement qu'avec une tenue de louche-bem ou de croque-mort. Sans sa soutane, Bertrand il était perdu, ça faisait pas un pli. Il aurait dû rester cureton, ce que je me déduisais.

« Je voulais être le plus possible parmi les hommes, partager leurs peines, leurs souffrances. »

Ce qu'il m'a expliqué à propos de son engagement dans la Ire armée. Son besoin toujours de se dépasser... d'aller plus loin. Il avait des formules de ce genre... s'approfondir... retour sur soi-même... se remettre toujours en question. L'air de rien, il m'y invitait moi aussi tout en clouant, sciant, limant, rabotant, barbouillant les murs, replâtrant... Il me jugeait donc tout à fait apte à devenir moi aussi un tout en esprit, m'envoler un peu de la bête, ma grande carcasse... laisser ma biroute en repos dans ma culotte. Il ne me disait, bien sûr, jamais rien d'aussi direct, il se gourait que ça me hérisserait... il contournait, diluait le message dans les conversations d'apparence banales sans se rendre compte qu'il se crevait le chignon pour que fifre. Quand on veut m'endoctriner, je rétorque n'importe quoi, ce qui me vient... ça fait parfois tilt... je mets dans un mille que je n'avais pas du tout prémédité. Un instinct... j'ai simplement perfectionné, systématisé mon truc avec le temps, mais je le pratique toujours avec tous les tracassés de la cafetière, les surchauffés en recherche de l'absolu... les idéologues, les prosélytes à poils courts ou longs. Ce qu'il ne faut surtout pas, sous aucun prétexte, se laisser prendre à la discussion. On en arrive fatal aux mots déplaisants... à l'aigre-doux... à l'inutile, puisque les discussions n'ont jamais convaincu qui que ce soit.

Me voici donc installé dans la place, la gendarmerie de Louis le Bien-Aimé. Se sont déroulés des jours, des semaines peut-être... imbriqués d'autres événements. Il me faut vous ordonner tout ça... la chronologie de ma réadaptation à la vie civile. Le premier point, j'avais une crèche... une sorte de refuge. Je traversais une immense pièce... la salle de garde sans doute au temps des pandores à tricorne. J'évitais des passages dangereux que le Cureton avait signalés à la craie. Question sanitaires, on n'était pas dans le confort dernier cri. La flotte, on allait se la chercher avec un broc en bas au robinet dans la cour. Pour les cacas, le même parcours avec un morceau de journal, une lampe électrique la nuit. Ils avaient pas le tout-à-l'égout, les gendarmes au XVIIIe siècle, ils devaient caguer au milieu des jardins avoisinants.

A présent, je devais tout de même penser à me dégauchir un boulot... un gagne-pain si modeste fût-il. Mon pécule de démobilisation se faisait la paire. J'avais fait le tour des caisses qui gratifiaient les héros de quelques biffetons. A *L'Humanité,* je me souviens, on touchait cinq sacs. J'ai donc commencé sans aucune honte par toucher de l'argent de Moscou. Je refourguais tout ce que j'avais ramené de ma campagne d'Allemagne... ma récupération sur le dos de l'ennemi... la foire d'empoigne... l'apprentissage du métier de voleur avec l'alibi du patriotisme. Pour reprendre ce genre d'activités dans la vie civile, je n'étais pas encore mûr... il me manquait encore des détails pour être au point... me fallait des mauvaises rencontres, des relations. Inconsciemment j'étais tout de même prêt à embrayer dans les chouraveries les plus glandilleuses dès que l'occase s'en présenterait. Je vous expliquerai tout ça le moment venu.

L'autre affaire qui me tenaillait, je vous ai dit, c'étaient les femmes. Tout simplement le sexe au départ... le besoin vital, le rut, le tringlage. Veuillez m'excuser d'être comme ça brutal, chères lecteuses, je ne veux pas vous raconter de l'enjolivé pour le seul plaisir, n'est-ce pas. Je me réveillais le braquemart en l'air, en feu. La branlette, c'est tout de même pas la panacée. Débarquant avec juste un peu de gloire pour bagage, ce qui me semblait le plus facile... ma marraine de guerre, celle qui m'écrivait régulier depuis mon séjour à l'hôpital militaire après ma blessure à l'italienne... « plaie par éclat d'obus à la fesse gauche »... L'indication sur mes états de service... N'empêche, l'éclat avait bien failli m'arracher le fion et les balloches... Dans cet horrible cas, il ne me serait plus resté grand-chose pour la joie de vivre... même devenir pédé m'eût été ardu, petit !

Odette, c'était son prénom, je ne pouvais pas dire de cette belle... le drame... je l'avais jamais vue ! Après ma convalescence ultra-rapide à Pau, j'étais remonté tout de suite au baroud, le général de Lattre avait besoin de tous ses soldats pour se conquérir des lauriers napoléoniens. On avait poursuivi notre correspondance... des échanges de photographies. Elle me paraissait pas la divine créature en l'examinant attentif. Ses photos, c'était pas non plus des gros plans, des portraits... elle était devant des paysages de campagne... un vélo à la main. D'après toutes mes déductions, elle devait avoir dans les trente balais. Secrétaire dans un laboratoire... un centre de prothèses orthopédiques. Donné lieu à quelques gamberges pessimistes, sa raison sociale. Des fois qu'elle serait elle aussi bancalote dans une petite voiture... les panards dans des chaussures spéciales. Je me voyais pas dans ce genre de gringue philanthropique. Tout de même... je regardais attentif ses photos, surtout celle avec sa bicyclette. A moins que ça ne soit un cliché pris avant un accident, elle paraissait tenir sur ses gambettes pas si mal galbées, à vrai dire. Je l'inspectais à la loupe. J'arrivais pas à distinguer ses pare-chocs... comment était-elle roulée ?

Nos bafouilles au fur et à mesure étaient passées de la simple gentillesse à des couleurs plus tendres. Elle me glissait dans l'enveloppe des fleurs séchées... des violettes. Une écriture, elle avait, bien moulée, les lettres en anglaise comme on apprenait avant-guerre dans nos écoles aussi bien laïques que religieuses... le dénominateur commun... la marge toujours la même... les virgules, les points... l'orthographe alors à me filer de sérieux complexes si j'avais été capable d'en avoir ! Je me trouvais toujours l'excuse que je lui répondais de mon lit de souffrances, à l'hosto tout d'abord et ensuite sur l'affût d'un canon 75... sous le feu de l'ennemi... près de la tourelle d'un Sherman pendant la campagne d'Allemagne. Je lui jouais des airs patriotiques en ut majeur... la Résistance à la rescousse... l'hydre nazie à terrasser ! Je voudrais pas les retrouver mes bafouilles d'alors... la honte d'écrire de pareilles platitudes. Des choses, ça on peut dire, définitivement révolues... les formules, les sentiments. Elle, dans ce domaine, elle était tout de même plus réservée. Certes, elle aimait bien la France mais elle souhaitait surtout la paix... que cette guerre finisse vite... toutes les souffrances, les horreurs. Elle raisonnait en gonzesse et c'était elle qui avait raison, bien sûr. En ce temps-là, il faut reconnaître, c'était en grande majorité les hommes qui déliraient dans l'hémoglobine.

A la lecture de mes missives, elle s'était vite rendu compte de l'ignardise où je me complaisais presque... mon inculture de cancrelat. Du coup, comme le Bertrand, elle s'était mis dans l'idée de m'ouvrir aux choses de l'Art, les beautés de la littérature. J'avais reçu à Pau des colibards de bouquins... des romans de Mauriac, Maurois, Colette... des traductions de l'anglais qu'elle affectionnait particulièrement.. Mazo de La Roche... Somerset Maugham, Daphné du Maurier. Elle me parlait de films dans ses lettres, d'expositions de peinture qu'elle allait voir et surtout de grande musique. Elle se payait des concerts symphoniques à Pleyel, à la salle Gaveau. Tout ça, si je voulais, m'était offert, ouvert... les lourdes toutes grandes de la connaissance ! Elle me proposait très subtilement entre les lignes de me dégrossir. Je sentais bien que si je voulais me l'enjamber celle-là, si elle en valait le coup de zob, je devais faire un petit effort dans cette direction... me laisser un peu enculturer, feindre l'enthousiasme, la joie pure au petit concerto en *la* mineur.

Bertrand, il la trouvait formidable cette jeune fille... quelqu'un qui pouvait m'apporter beaucoup. Je lui avais fait lire quelques-unes de ses bafouilles, il me la jalousait presque, je le sentais. Je préméditais d'ailleurs, bon petit camarade, que si je la trouvais trop tarderie, cette Odette, prix vraiment à réclamer, je la lui glisserais en lousdoc dans les pognes... en me donnant même l'air d'être un peu cocu. C'est parfois le moyen le plus sûr de se défarguer d'une nana.

Curieux d'ailleurs, je n'étais pas si pressé d'aller la voir. Je me gourais quand même, d'après la tournure de notre correspondance, que c'était pas une affaire in the pageot... que j'allais avoir pas mal de fil à retordre, qu'il me faudrait transpirer pas mal d'éloquence amoureuse pour arriver à la culbuter cette mélomane. Et pour jouer sous ses fenêtres des nuits et des nuits... la sérénade... il faut que la belle le soit vraiment, sinon, je pense, le Roméo guitariste se démoralise assez vite. Ce qu'elles devraient savoir celles qui ne sont pas des prix de Diane, y réfléchir quand elles se regardent dans la glace. Enfin je parle, il est vrai, d'une autre époque... aujourd'hui, c'est devenu les rapports amoureux dans le style clebs... on se renifle vite fait le fion et hop ! encaldossarès n'importe où, n'importe comment. Y a plus d'art, mes chers enfants, plus de poésie... c'est la faute à Sigmund, c'est la faute à Wilhelm, voilà tout !

J'ai fini par lui téléphoner à son boulot, son bureau orthopédique à Odette. Elle avait une voix agréable, déjà ça... Une voix aigre, trop aiguë, pointue agressive ou alors rogomme, traînasseuse, ça me la coupe, je me défile, j'ai quelques occupations soudain urgentes dans quelque banlieue lointaine.

« Vous pouvez venir à la sortie de mon travail... vers dix-neuf heures trente... Vous avez l'adresse rue Notre-Dame-des-Victoires. »

Elle paraissait vraiment joisse de faire enfin ma connaissance de visu... au corps à corps, si je puis dire. Je lui ai bafouillé quelques amabilités... que c'était tout à fait réciproque... que j'avais hâte.

En avance, j'ai eu le temps de frimer un peu la devanture... le magasin au rez-de-chaussée... les jambes, les bras artificiels... l'étalage des prothèses, une vitrine pleine de promesses sinistres. Le froid que ça vous file dans la carcasse en contemplant toutes ces tragédies en suspens... le frisson rétrospectif en gambergeant que mes petites escapades guerrières auraient pu se terminer là... en train de me choisir une guibolle ou un bras remboursé par la patrie à peine reconnaissante.

C'est Odette qui fermait la boutique, qui clôturait la rigolade quotidienne. Je pouvais pas me gourer, elle a éteint après avoir descendu le rideau de fer. Je m'étais cloqué dans un recoin de porte cochère, le trottoir en face... je gaffais bien... si elle avait pas un pied bot, une amputation quelconque... lâchement, dégueulassement, j'avoue, je me serais fait la paire. J'ai traversé la rue pour l'aborder. Vous pouvez donc en conclure qu'elle était entière, sans aucune mutilation apparente.

« Bonsoir, Odette... »

... j'ai dû m'annoncer de la sorte. Vous dire ce qu'elle m'a répondu... plus au juste ? Qu'elle s'attendait, je crois, à ce que je sois encore en tenue militaire avec mon béret comme sur les photos. Ça voulait dire sans doute qu'en civil elle me trouvait pas si séduisant. Peut-être vrai après tout. Les fringues de l'U.S. Army plaisaient beaucoup aux gonzesses à l'époque. C'était toujours coupé aux mesures, ça vous donnait une allure dégagée. On sentait le chewing-gum et la cigarette blonde... c'est pas des odeurs de pauvreté.

Chez certains êtres, quelque chose vous frappe tout de suite... on peut les définir d'un mot. Odette, c'était provincial qui vous arrivait immédiat dans la tronche comme vocable. Pas l'ombre d'un doute, elle était arrivée à Paris sur le tard... quand elle était déjà ficelée, bien empaquetée dans ses fringues, avec un mauvais pli pris pour toujours. Le premier coup d'œil, tout ça se devinait à ses pompes, sa façon de se coiffer, son manteau, son petit pébroque tristounet. Ça risquait pas en sa compagnie qu'on me prenne pour un petit hareng de jugulaire... je vous traduis : le souteneur est de jugulaire quand il sort sa pute gagneuse, celle qui lui permet de vivre à son aise, d'aller traîner ses chaussures en croco sur les champs de courses. Elle ne manquait pas de charme, Odette... une timidité, un genre, je ne sais dire, déjà à cette époque marqué d'une certaine désuétude. Bien ce que laissaient prévoir ses lettres, que c'était pas la partie de jambes en l'air affichée pour le soir même. C'était même contagieux sa timidité. On a marché comme ça, gênés l'un l'autre, vers la rue

Montmartre... on échangeait des banalités sur la guerre enfin finie, les âpres difficultés du moment.

« Si je peux, je vous aiderai... »

... à me trouver du boulot, ça voulait dire, ce qui m'enthousiasmait pas lerche, j'avoue. J'étais pas si bien tombé comme marraine de guerre. Il me l'aurait fallu, à mon idéal, riche et belle et jeune... les cotillons soulevés du matin au soir... turluteuse et puis qui se marre de mes mauvaises plaisanteries. Pas le modèle courant, faut dire. Dans nos cantonnements, nos chambrées militaires, on se racontait des histoires de femmes extraordinaires... des lots de premier choix qu'on s'était offerts sans coup de bite férir. On enjolivait pour épater les petits potes qui d'ailleurs faisaient semblant de l'être, pas si dupes, mais les rêveries mythomaniques ont besoin d'interlocuteurs complaisants pour vous consoler vraiment.

Nous sommes, la séquence suivante, avec Odette dans une brasserie des boulevards. Ça commence à se dégeler entre nous. J'ai récupéré ma jactance... je lui raconte sans doute mes exploits de guérillero, j'essaie de me rendre le plus intéressant. A l'époque, hormis ce petit morceau de campagne d'Alsace, ma résistance de combattant du petit bonheur, j'avais pas tellement de motif pour me faire valoir... ni fric, ni titre universitaire, ni famille... juste mon instrument d'amour coincé dans mon froc. Celui-là, je pouvais pas d'emblée le mettre sur la table. Il finit parfois par sortir et faire son office, seulement avant d'en arriver là, faut tortiller de la débagoule, appâter, enjôler, cajoler, flagorner, promettre... déployer tout le cirque de la séduction.

J'étais pas si déçu au fond par ma marraine. Elle avait une jolie frime avec des yeux clairs sous une chevelure brune... les traits réguliers... nul maquillage pour masquer quelque imperfection. Ça semblait ferme dans sa robe... ses seins, ses miches. Elle souriait avec beaucoup de gentillesse, dans l'œil une petite lueur d'indulgence pour les tartarinades que je lui débitais. A l'hosto, au début de nos relations épistolaires, je me faisais aider par un pote, un homme déjà d'expérience qui avait ses deux bacs et qui ressemblait à Fernand Gravey, ce qui l'aidait bien auprès des nanas. Il allait jusqu'à signer des autographes au nom de l'acteur. Je lui faisais lire mes brouillons et il me corrigeait... me proposait de jolies tournures propres à émouvoir ma correspondante. Callardo, il s'appelait... un légionnaire d'origine espagnole, un anti-fasciste à tout crin... en tout cas un excellent professeur de littérature appliquée. J'y pense... ça serait un moyen d'inciter les gosses à la grammaire, leur donner des rédactions dans ce sens... des devoirs qui leur paraîtraient plus utiles que les descriptions de paysages. Mais il est vrai que de nos jours la correspondance amoureuse doit se faire rare. On s'explique au téléphone et bientôt on s'enverra peut-être des cassettes, alors ma suggestion n'est déjà plus de mise. Les choses vont si vite que les meilleures idées se fanent avant d'être en application.

Je m'aperçois encore que je ne vous entretiens que de moi en butor mâle égoïste. J'ai tout de même à vous parler de cette fille, vous la mettre en page, elle mérite autant d'attentions, de soins que moi, sinon plus.

Par ses lettres je sais déjà qu'elle vit seule avec sa vieille mère. Tout de suite je gamberge, bien sûr... la maman dans la piaule, ça sera pas possible d'aller la sabrer à domicile... n'est-ce pas toujours mon obsession. Mais il me faut jouer l'hypocrite, surtout pas déballer trop vite ma batterie service trois pièces. Je l'interroge sur tout et sur rien. Je partage ses goûts le plus possible.

« J'aime tout ce qui est beau... »

Manquerait plus que ça qu'elle se complaise dans le dégueulasse ! La musique et les belles-lettres, je vous ai dit... Elle adore aussi, comme Bertrand, la nature... la montagne... la mer.

« Avant la guerre, aux vacances, je retournais chez mes parents à côté de Cabourg. Vous connaissez Cabourg ? »

Hélas ! non. A part mes pérégrinations maquisardes et militaires, je n'ai guère bougé de mon trou parisien. Elle me dit en quelques mots adéquats toute la beauté de la côte normande. Seulement le secteur a dérouillé sec avec le débarquement en juin 44. La maison de ses parents s'est fait pulvériser par les bombes alliées.

« Mais elle ne nous appartenait plus... depuis la mort de papa, nous l'avions vendue. »

Ce papa mort, il était fonctionnaire de son vivant... une place enviée au ministère des Finances. Sans doute était-il percepteur, je ne lui ai jamais demandé de précisions à ce sujet. A l'époque, cette profession ne me terrorisait pas encore... je n'en savais, heureux de moi, que ce que disaient les chansonniers, l'*Almanach Vermot*... des blagues que je ne trouvais même pas drôles.

Odette était donc venue s'installer à Paris en 1938 avec sa dabuche. Elle avait trouvé cette place de confiance aux Etablissements Delasalle et Ramon... Prothèses en tout genre.

« Ça doit pas être marrant tous les jours ? »

Je demande, mais immédiatement je me rends compte que ma question est assez triviale à ses yeux. Pourtant à première vue ça n'engendre pas la rigolade, la vitrine des Etablissements Delasalle et Ramon... les aguichoteries... bandages herniaires, corsets lyonnais, semelles podologiques. Ça serait tout de même préférable à mon sens qu'elle soit placardée dans une parfumerie, une boulangerie, une maison de couture... n'importe quoi d'ailleurs... les P.T.T., le fin fond d'une étude de notaire, même à la chaîne dans une usine... je ne vois guère de plus lugubre que Roblot frères... les Pompes funèbres générales.

Odette, ça ne la gêne pas le moins, elle a un côté bonne sœur, cheftaine charitable... une nature altruiste qu'elle ne force même pas. Au moment du retour des déportés, les rescapés des camps de la mort, elle a été encore se dévouer... après son boulot, le soir, dans un centre d'accueil. Je me demande... peut-être qu'elle me croyait plus gravement blessé lorsqu'elle s'était mise à m'écrire à l'hosto. Je la branche en lousdoc sur la question et elle m'explique tout net que si j'avais eu la guibolle ou le bras coupé, ça n'aurait rien changé du tout entre nous...

« Je suis même pas borgne. Vous devez être déçue ! »

Dans l'ironie je lui balance ma réflexion. Je la pique au vif... c'est épouvantable d'imaginer une chose pareille ! Simplement, en s'adressant au service social de la Ire armée, elle avait demandé d'entrer en relation, elle m'avoue, avec un grand blessé... alors elle a été surprise avec mon éclat d'obus dans les miches, je n'étais pas tout à fait conforme à ce qu'elle désirait. Elle voulait se dévouer plutôt à un stropiat, un aveugle, un cul-de-jatte quelconque. Il y avait eu erreur d'aiguillage...

« Mais finalement je ne me plains pas. Ça a son charme les blessés de la fesse. »

Elle me glisse ça en me souriant d'une façon, je veux croire, prometteuse. On en arrive petit à petit à folâtrer dans la jactance... à des agaceries verbales. Je la sens en quart, tout de même cette môme... ça ne va pas bien loin ses écarts de langage. Je n'ose pas du coup pousser trop mes pions... mes cavaliers, mon roi qui bande... qui bande comme un petit prince ! On va en rester là pour cette première rencontre... sa maman l'attend, pas question qu'on aille becter quelque part. Ça poserait d'ailleurs de sacrés problèmes de tickets d'alimentation et, elle, elle n'a pas les moyens de m'inviter dans un restau du marché noir, comme la petite pute merveilleuse avec laquelle j'ai vécu une si grande passion cœur et cul mêlés deux ans plus tôt.

J'ai tout mon temps, alors je raccompagne Odette jusque chez elle, rue de Maubeuge, c'est pas si loin, elle fait souvent le chemin à pied. Ça devient vague ensuite le déroulement de notre aventure, comme on disait alors dans le monde comme il faut. Je me rappelle très bien le numéro de son immeuble, le porche... En passant par là, aujourd'hui, de ma voiture je jette toujours un œil nostalgique, je peux pas m'empêcher.

On allait donc se revoir très vite, sortir ensemble, mais je subodorais la poloche... en style préfiançailles... Dans quelque temps, si j'étais bien sage, elle me présenterait à sa daronne. J'arriverais avec des fleurs... je voyais ça gros comme un Sherman et ça me foutait la panique en froc. Cependant, j'ai embrayé, je n'ai pas eu le courage de laisser là tout de suite l'affaire... Un prochain rencard pour aller au cinéma le dimanche suivant. Même pas essayé de lui rouler un coquin patin, la moindre petite bise. Elle savait, la vache, tenir ses distances sans avoir besoin de vous taper sur les doigts.

Le chemin du retour, mes méditations plutôt dubitatives. Elle avait bien dans les vingt-huit-trente ans, cette nana. Incroyable qu'elle me joue comme ça les pucelles effarouchées ! A se demander si elle n'avait pas encore son berlingue. Chose qui peut paraître incroyable à un lecteur de 1983 mais qui n'était pas extraordinaire il y a trente-sept ans. Bien ma veine que je tombe sur un lot pareil ! J'avais des besoins, je vous ai longuement expliqué, pressants question sexe... pas le moins du monde l'intention d'aller me faire coincer la queue dans une histoire de fiançailles. Elle se gourait pas, la malheureuse, de ce qui l'aurait attendu si par un hasard miraculeux j'avais marché à son cinéma ! Certes elle pouvait me trouver, disait-elle, une situasse. Je n'osais pas trop lui demander dans quelle branche... je me voyais pas dans la sienne... les voitures roulantes, les bandages herniaires... autant retourner aux Myosotis, faire le coursier à l'imprimerie. Surtout elle me connaissait très mal... mon instabilité foncière... mon côté déconnant... incapable d'envisager l'existence sérieusement.

A s'y attendre, Bertrand il trouvait ça très positif... une vraie jeune fille dévouée, probe et charitable. Il me voyait déjà papa...

« Péguy a dit que le rôle de père de famille était la plus belle aventure des temps modernes. »

Que foutre de son Péguy à la mords-moi ! Blabla... ce qu'il pouvait dégoiser, le Bertrand, ça me laissait dans un abîme d'indifférence. Il salivait pure perte pour me convaincre.

« Ça te changera de toutes tes histoires sans lendemain. »

Sans lendemain peut-être mais l'essentiel c'était les nuits... et puis des histoires justement j'en avais pas. Mon premier mouvement... laisser cette Odette avec ses prothèses orthopédiques, ses saines lectures et ses concerts. Rechercher une bonne petite pute qui m'ouvrirait son page, ses cuisses. Beau dire, c'était plutôt coton. La véritable libération des mœurs ne commencera qu'avec la pilule.

Après tout, à la réflexion, je pouvais arriver à me la sabrer cette gonzesse. La difficulté a fini par me stimuler, m'exciter. Lorsque les choses sont trop dans la poche, sous le porche pour le premier venu, elles perdent tout de même de leur attrait. Surtout je ne devais pas brusquer la belle enfant... que je fasse un faux mouvement, un galoup quelconque... fallait bien que je me surveille... la jaspinance et les gestes... une main tombée au valseur prématurée et ça risquait de me casser carrément la cabane. Je l'avais bien détaillée, frimée pendant cette première entrevue, elle valait la peine que je patiente, Odette la mélomane, que je déguise un peu le diable qui m'habitait en gentil ermite. Ça m'empêcherait pas, me disais-je, d'aller voir un peu ailleurs si je pouvais m'offrir de ces belles aventures qui ne mènent à rien, comme le prétendait à tort ce pauvre Bertrand. Par la lecture il connaissait tout, croyait-il. Je remarquais cependant que tous ses grands auteurs... ceux dont les livres s'entassaient dans sa piaule... Claudel, Maritain, Emmanuel Mounier... ça ne l'aidait pas lerche à solutionner ses problèmes métaphysiques, à se sortir de toutes les contradictions qui le torturaient. La Foi qu'il avait perdue, qu'il ne pouvait plus retrouver, ça lui manquait... il avait besoin, disait-il, de certitudes, de donner un sens à sa vie. Dieu s'était fait la valise de son âme... je ne sais plus trop pourquoi... Bertrand n'était pas tout à fait à même de s'expliquer là-dessus. Ça participe du mystère, ces questions d'avoir la foi, de la perdre, de la retrouver. A le voir comme ça, inquiet, blablateur, mal dans sa carcasse, prostré par moments et puis exalté soudain, ça ne me donnait pas du tout envie d'aller vasouiller dans son marigot. Je me demandais pourquoi il tenait tellement à faire partager aux autres ses affres, ses turpitudes, ses incertitudes morbides. Instinctif, moi, je me méfiais... Ça m'amusait, en un sens, de l'observer mon petit cureton, l'écouter me débiter ses salades recuites. Il éprouvait, comme beaucoup, le besoin de se confier... Moi, je raconte simplement pour le plaisir, vous saisissez un peu la nuance... la sainte horreur des confessions, les psychanalyses publiques ou individuelles. Je suis plutôt comme un guitariste... je joue, je fais des gammes... j'essaie de charmer la galerie.

A propos de Bertrand aussi je m'interroge aujourd'hui... le pourquoi je me le respirais ce gonze ? Bien sûr, il m'hébergeait gentiment, mais je n'avais pas à son égard cette attirance spontanée de la franche amitié... ça pouvait même pas s'appeler de la camaraderie, comme ce que j'éprouvais par exemple avec mes compagnons d'école ou de guerre. A la réflexion, c'était plutôt lui qui me faisait, si je puis dire, une sorte de gringue... qui me recherchait, voulait à tout prix me rendre service. Il s'y prenait pas si mal, je me laissais un peu envahir depuis notre campagne d'Allemagne. Le coup de sa gendarmerie Louis XV, ça c'était imparable. Sans lui j'aurais été carrément à la scaille... Il me dépannait et, en même temps, il me mettait un peu à sa disposition pour me farcir ses boniments. Une façon comme une autre de casquer mon loyer.

Dans le bistrot, chez Anatole, *Vins et Spiritueux,* en bas de l'immeuble de ma grand-mère dans le XIII°, j'ai rencontré l'employeur sauveur ! Le hasard... une conversation de comptoir. Chez Anatole, les hommes restaient des journées entières au zinc à palabrer entre les coups de rouge... c'était la clientèle, du prolo un peu chomedu, des retraités... de solides biturins, des champions à la gobette toutes catégories. Je m'y attardais pas tant... juste j'allais passer mes coups de bigophone dans l'arrière-salle au milieu des tonneaux... dans l'odeur de cave, là où, disait-on, Anatole se faisait faire des turlutes par les ménagères en mal de ravito, le dégueulasse. L'endroit me bottait pas excessif, surtout à cause de l'âge de ces poivrots... pour moi vraiment des bibards, des radoteux, ragoteux pénibles ! Je m'en jetais un au passage, l'échange de quelques banalités d'usage avec Anatole. J'ai dû lui dire que je cherchais un boulot et, là, un de ses chalands est tout de suite intervenu. Un petit bonhomme à cheveux blancs, un peu bizarre, en dissonance avec les habitués... rien que par les sapes... son costard bleu croisé... sa cravate... je ne sais quelle décoration à la boutonnière... des guêtres, des pompes bien cirées. Tout à fait gentleman, ce zèbre... une fine bacchante à l'américaine.

« Je cherche justement quelqu'un... »

Texto... son intervention. Il se présente : Armand Byron, comme le poète, ajoute-t-il... Il me tend même une carte de visite, que dans le rade pourri d'Anatole ça a dû jamais arriver une chose pareille ! Les alcoolos agglutinés, l'effet de surprise passé, ça les intrigue sec... les inquiète d'une certaine façon. Ils n'aiment pas du tout ce qui n'est pas dans leurs habitudes.

« Si vous avez deux secondes à m'accorder, permettez-moi de vous offrir un verre. »

Naturellement... si je suis tout ouïe ! Anatole lui-même intervient pour vanter un peu mes mérites... que je suis un résistant authentique, un héros sauveur du sol national... croix de guerre... blessure à l'arrière de mon corps mais tout de même devant l'ennemi. Ce Byron, ça semble l'enchanter. Il m'a d'ailleurs interpellé uniquement sur ma bonne mine... mon allure.

« Je connais les hommes. J'ai tout de suite vu que je m'adressais à quelqu'un de bien. Je monte une affaire qui peut prendre beaucoup d'expansion et je cherche un collaborateur jeune et dynamique. »

Il va m'expliquer, là, au comptoir. Il ne se perd pas en vaines considérations. Il revient des colonies, il ne supportait plus le climat. Son affaire pleine d'avenir, c'est un atelier d'enseignes lumineuses. Il a déposé un brevet... une peinture phosphorescente... un procédé tout à fait révolutionnaire. D'ici deux trois ans toutes les boutiques, tous les commerces auront adopté son système. Sans aucune dépense d'électricité de jour comme de nuit, ils pourront arborer leur raison sociale.

« Si ça vous intéresse, je vous propose de prendre en main mon service de diffusion. »

Il parle vite, il m'étourdit... Si j'étais un peu plus vieux, expérimenté des choses de la vie, je devrais être en quart, méfiant à l'extrême ! Cette proposition trop spontanée sans me connaître. Il me laisse pas le temps de réfléchir, déjà il m'embarque. Puisque j'ai un peu de temps devant moi, il m'emmène tout de suite visiter son atelier rue Gandon.

« Il faut battre, cher ami, le fer tant qu'il est chaud. »

Il suppose en outre que j'ai besoin de travailler assez rapidement. Voilà... le miracle ! Ce matin je désespérais, il est midi j'aperçois une lumière phosphorescente dans la nuit.

Je me laisse conduire. Il est vrai que je n'ai rien à perdre. Dans la situation sociale où je me trouve, je n'ai pas tellement le choix. Je ne comprends pas bien son engouement à mon endroit. Ça me traverse qu'il est peut-être de la pédale... qu'au moment opportun, il va me faire une attaque à la braguette. Il me scrute derrière ses lunettes à grosse monture... il a l'œil vif, malin, mais je ne crois tout de même pas qu'il me jauge en adepte de la brioche infernale. En tout cas, il présente bien... il a quoi ? soixante et des poussières, mais il se tient bien droit, il a les gestes rapides, amples... la jactance sans bafouillis... Chevelure blanche-neige abondante et parfaite peignée d'une raie au milieu. C'est ce qu'on appelle, chez les dames, un petit vieux bien propre... sémillant, affable. Trop quelque chose sans que je sois capable de dire quoi. En quelques minutes il m'a fait monter dans sa galère... il rame hardi... je n'ai pas le temps d'en placer une.

Nous voici au fond d'une cour rue Gandon, près du chemin de fer de la petite ceinture. Sa grande entreprise, que j'aille pas être pris de soupçons... il tient à me rassurer, démarre juste. Il a trouvé non sans mal ce petit local, une sorte d'atelier sous une verrière. Certes, c'est pas très spacieux. Juste la place d'une table, de quelques tabourets... d'un poêle à charbon. L'ouvrier qui turbine là, avec ses petits pots de peinture, le reçoit plutôt rogue. Il attendait son retour, pour aller becter, depuis près d'une plombe.

« A la longue, monsieur Byron, ça en fait des heures supplémentaires, moi je vous le dis ! »

Le taulier prend ça avec le sourire... la magie du verbe... il parle... cajole de jactance le râleur... un vioque lui aussi en blouse grise... des lunettes épaisses, une moustache jaunie de nicotine genre Hitler. Il me présente...

« Notre futur chef des ventes. »

Le titre ronflant d'emblée... il me gratifie. Pour l'instant, ça ne lui coûte pas lerche. M. Eugène, l'ouvrier, je l'impressionne pas, il a hâte surtout de se tirer pour casser la croûte. Il finit une lettre... son boulot en cours... une grande enseigne *Libermann... Fourreur rue d'Hauteville* avec un renard en silhouette. Byron me convie à admirer... la démarche souple du renard en argenté, bien sûr, et les lettres dorées en bel elzévir. Voilà... en descendant les stores, tirant les rideaux, je peux mieux me rendre compte de ce que ça va donner dans la nuit... la beauté de la chose... le scintillement.

« Vous n'aurez aucun mal à placer une production de cette qualité. »

Je dois reconnaître... sur l'instant, il arrivait, ce Byron, à me communiquer son enthousiasme... que j'assistais à la naissance d'une entreprise qui allait marquer l'histoire, le renouveau de la publicité.

Dès le lendemain, j'étais sur le turf... de quoi me refroidir aussitôt la perspective. Chef des ventes, ça consistait à me coltiner le porte-à-porte avec une lourde valoche d'échantillons... quelques modèles d'enseignes à présenter aux commerçants pour essayer de les convaincre de me passer une petite commande. En fait j'étais le seul démarcheur, le premier qui acceptait de travailler sans carte professionnelle et sans fixe. Uniquement un pourcentage sur chaque enseigne placée. D'après Byron, un vrai pactole en perspective... du velours garanti. J'allais pourtant très vite faire l'apprentissage de ce dur métier, ingrat, humiliant de sonneur aux lourdes, solliciteur importun. On était en plus dans une période particulièrement duraille pour le commerce... les affaires reprenaient mal... c'était l'inflation galopante... beaucoup de produits de toute sorte encore contingentés. Je me pointais avec mes enseignes au phosphore dans des ambiances aigres-douces. « Le patron n'est pas là... Oui... oui... repassez donc dans l'après-midi. » Aux aurores ils sont mal réveillés, les commerçants, bougons ils vous poussent vers la lourde sans tellement de précautions verbales... Dans la journée, il faut qu'ils aient servi la clientèle... et le soir ils vont fermer, ils sont pressés de tirer le rideau. C'est jamais le moment adéquat. Des représentants, démarcheurs, placiers en tout genre, il leur en arrive sur les bretelles du matin au soir... Les mieux disposés de nature, les plus aimables, à la longue ils virent acariâtres, acerbes, on les rend farouches. Moi, en plus avec mes enseignes lumineuses, c'est vraiment pas une camelote qu'ils attendent impatiemment.

« Qu'est-ce que c'est encore que cette combine ? »

Ils sont en quart, méfiants pas possible lorsque je leur annonce qu'il faut plutôt se mettre dans le noir, dans l'obscurité pour mieux juger de l'effet de cette peinture phosphorescente.

« Là, en plein jour, vous ne pouvez pas vous rendre compte. »

Je leur propose, s'ils ont un endroit sombre dans l'arrière-boutique, de m'autoriser, etc., à déployer ma came. La plupart, à ce moment-là de ma démonstration, me bordurent aussi sec, sans ménagements. Qu'ils n'ont pas de temps à perdre avec mes fariboles, mes farces et attrapes... On n'avait pas encore inventé le mot gadget... c'était ça un peu, mon truc... de l'inutile dans la conjoncture de cet après-guerre.

« Et puis qu'est-ce que vous voulez que j'en foute de votre enseigne lumineuse ? Je travaille pas de nuit. »

Ce que m'argumente un louchebem... Timide, je lui développe que l'hiver la nuit tombe vers cinq heures... qu'à cinq heures, n'est-ce pas, il coupe encore des escalopes ! J'entre dans des discussions où, je dois dire, mon cœur ne participe pas du tout... Je dois de ce fait manquer de conviction... Au bout d'une semaine à traîner les rues sans rien fourguer, ça devient franchement déprimant. Je me nourrissais d'œufs durs au comptoir des troquets. Fallait que j'y aille drôlement à l'économie la plus stricte, mon pécule de guerre cette fois arrivait en bout de course. J'avais aussi des frais de métro... bientôt de pompes si ça continuait... de fringues aussi à subir les intempéries... les averses, grêle, neige fondue et gros flocons. Fort heureux, j'avais ramené mes défroques de l'armée américaine... des blousons, des calebards, des frocs en bon tissu... un imperméable d'officier que j'avais chouravé dans une jeep. Avec ça, je pouvais encore attendre les jours meilleurs... le joli mois de mai... le solstice de juin !

« Vous n'auriez jamais dû accepter une place sans fixe... »

Odette qui me tance ainsi. Nous nous revoyons bien sûr... je n'ai pas laissé tomber mon projet de la mettre un soir dans mon lit. Nous sortons assez souvent ensemble. On est ce jour-là un dimanche, au bois de Vincennes. Ça doit être tout au début du printemps en mars ou avril. C'est encore une belle légende ce printemps fleuri, les petits oiseaux, la nature en fête. Dans nos pays d'au-dessus de la Loire, on caille des genoux neuf mois sur douze. Pour sacrifier aux idées reçues, dès le 21 mars, on s'efforce de sautiller dans les charmilles. Odette a pris le risque d'attraper la crève, elle est venue en robe légère... large aux épaules, assez courte, comme c'est encore la mode... un tissu imprimé de couleurs vives. Ça lui va bien, elle a trop tendance à rester dans la grisaille. Peut-être y suis-je pour quelque chose dans cet effort de coquetterie. Je la trouve tout de même bien bandante. Je commence petit à petit à la titiller... une guerre d'escarmouche... ma pogne baladeuse qui s'enhardit. Je fonce pas carrément au valseur, certes... mais je m'impatiente vers son corsage. Elle m'écarte la paluche gentiment, elle a des mouvements trop gracieux d'esquive pour être parfaitement honnête.

« Nous nous connaissons si peu. »

Je me demande combien de temps il me faudra flirter si peu avant de fauter lourdement. On sort tout de même depuis près d'un mois... Et puis notre correspondance... nos lettres ? Au moins une par semaine pendant près d'un an... ça représente une sacrée patience ! Elle en convient, mais enfin elle trouve que ça ne justifie pas de se tripoter comme ça... uniquement une activité animale. Ce qui l'inspire dans ce genre de tirade, nous sommes entrés dans notre promenade au zoo de Vincennes... les babouins avec leur cul rouge sur leur rocher, c'est pas un exemple pour les jeunes filles de bonne famille... ils pratiquent joyeux la masturbation... des pognes vigoureuses en présence des visiteuses. Ils sont suffisamment vicelards pour entraver la coupure... dès qu'ils aperçoivent des bonnes sœurs, des pensionnats d'orphelines... s'ils redoublent jusqu'à l'éjaculation. Faut peut-être pas leur en vouloir, c'est leur société la grande coupable de ces obscénités intempestives. Le chef, le plus ballèse du clan, s'embourbe toutes les femelles, encaldosse tous les jeunes mâles... le droit absolu, exclusif de tout chibrer... Les autres ensuite n'ont que la ressource de se palucher ou s'entreculer. Juste cette parenthèse de sociologie animale qui peut nous donner à réfléchir sur nous-mêmes, nos propres mœurs... pas si éloignées au fond de celles des cynocéphales.

Je m'aperçois que ça ne la divertit pas excessif le rocher des primates, ma dulcinée... A part les dames belges qui se marrent à gorge ouverte, les doudounes en secousses, la gent féminine préfère aller observer les girafes, les ours, les éléphants bien plus pudiques... des animaux, pour ainsi dire, de bonne compagnie.

Je me suis tout de même décidé avec Odette, pour arriver à l'enjamber, de me fendre d'un peu de romantisme... la complimenter sur ses yeux si doux... sa chevelure... son sourire enjôleur... toutes les platitudes habituelles pour masquer vos bandaisons... votre désir d'embrocher la belle dans le premier coin de porte venu.

Tout de même, elle est pas si nature... elle entrave mes petites astuces. Elle doit d'ailleurs me trouver tout à fait conventionnel dans mes façons de lui exprimer ma flamme. Je n'ai pas encore très bien compris, à cette époque, que mes meilleurs atouts pour faire tomber les gonzesses dans mon épuisette, c'était plutôt du côté de la désinvolture, de la rigolade... la fantaisie, l'imagination débridée. Pour donner dans la roucoulade au clair de lune, j'ai pas le physique correspondant... l'esprit conforme. Je me force et c'est toujours mauvais.

Odette, elle me balance des petites remarques en lousdoc pour me faire sentir que mon numéro n'est pas au point... que je me fatigue pas comme il faut. Ça me laisse alors sans réaction... j'ose plus en casser une. Je déambule bras ballants et c'est elle qui finit par me prendre le bras comme pour me consoler, me rassurer. Mais ça ne peut pas durer comme ça des mois ! On ne peut pas se le permettre ni l'un ni l'autre. D'autant qu'elle, elle approche sérieux de la trentaine... si elle ne se fait pas régaler à présent, y a des moments qui se font la paire définitif. Voyez, je suis dans mon système de pensée terre à terre, ma philosophie de bar-tabac, je ne vois jamais plus loin que les apparences, comme dit Bertrand. Je me trifouille pas assez dans le métaphysique... la recherche de l'absolu. Triste à dire, mais je suis un peu comme un chimpanzé, je le reconnais. Je bande à n'importe quel moment du jour ou de la nuit... je n'ai pas la ressource de me polir le chibre devant de belles visiteuses... des couvents entiers de religieuses... ça, ça serait au moins une jolie consolation.

« On pourrait peut-être aller danser... »

Dans les sous-sols du Mikado... c'était justement cette époque évoquée par Caussimon dans sa goualante. Ça gambillait ferme sous la boule qui balançait ses reflets d'or et d'argent dans la pénombre si favorable aux frottis-frottas. L'orchestre style pseudo-argentin... les musiciens calamistrés avec leur chemise de soie bouffante... le crooner à l'œil de velours... C'est pas du tout son genre à la belle Odette, je sais... elle préfère le Louvre, les concerts Lamoureux. N'empêche, je l'entraîne... la danse permet de se rapprocher vraiment au corps à corps. C'est toujours plus ou moins un simulacre d'acte sexuel, surtout les slows, les rumbas.

Je suis pas fringué idoine pour les sous-sols du Mikado avec mon false U.S. Army teint en bleu marine, ma veste trop courte. Je détonne parmi les séducteurs endimanchés, les gambilleurs de choc. Ils ont une sorte d'uniforme pour s'élancer sur la piste... Mes cheveux n'ont pas eu encore le temps de repousser suffisamment depuis ma démobilisation pour que je puisse me coiffer à la zazou comme c'est encore la mode en 1946. En troufion, je donnais le change, je pouvais rouler les mécaniques... une fois réduit civil, ma misère est évidente, je n'ai même pas de quoi me payer un costard de la Belle Jardinière... des harnais pour aller au bal. Je vais même être obligé de me retourner sérieux les fouilles pour casquer les consommations, le verre d'orangeade qui tient lieu de billet d'entrée.

Faut vraiment que je trouve de l'oseille... ce qui va désormais tarauder ma petite cervelle. N'est-ce pas... pauvre, c'est bien dans les Evangiles, on aura le royaume des cieux... en attendant, dans notre petite République française, quatrième du nom, sans un maravédis en poche, c'est l'humiliation, la tristesse à se mettre la rate au court-bouillon... les poils du cul en torsade !

Autour de nous, sur la piste, je subodore qu'il y en a ici... de ces gominés à moustagaches fines, les dents blanches et l'œil caressant, qui ont trouvé la bonne gâche, la solution à leurs problèmes financiers les plus pressants. Ils secouent quelques matrones, des dames déjà sur le retour. En échange de quelques talbins, quelques petits cadeaux, bimbeloterie diverse, des gourmettes en or, des montres-bracelets dernier modèle... ils leur offrent des émotions garanties à la matraque ravageuse. Au tango le plus beau du monde, ils plaquent les mémères comme il faut contre leur bas-ventre, ça se révulse alors dans les châsses ! la pâmoison ! elles se rendent... déjà au bord de l'orgasme !

Si je trouvais de quoi m'améliorer la garde-robe, ça serait peut-être la meilleure façon de m'arracher de la chtourbe, de me défaucher momentanément... Je redoute personne à la chibrade... les dabuches, je peux les égoïner autant qu'un nègre, les envoyer dans les extases par tous les bouts. J'en aperçois des pas si tocs à défoncer... ça me parcourt l'imagination ce que je leur ferais subir... l'arrachage des fanfreluches...˙ porte-jarretelles... combinaisons roses... la petite culotte bordée de dentelle qui se donne des airs de protection... De drôles de pensées égrillardes m'assaillent.

Néanmoins, je profite de la danse pour avancer mes avantages avec Odette. A la guerre comme en amour, il faut finir par se serrer de près... c'est Napoléon qui dit cela... à peu près, je cite de mémoire, je vais pas me mettre à vous faire des recherches. Au tango, je suis pas le champion sur les pistes... je vois autour des drôles d'artistes qui vous renversent leur partenaire. Ça me semble pas tant la contrarier la mienne, elle se laisse aller, elle s'amollit comme les copines. Elle qui prétendait le long du chemin, dans le métro, qu'elle n'aimait pas les dancings... que ça lui paraissait un peu frelaté comme ambiance. Peut-être, ma douce chérie !... mais au slow j'arrive tout de même à vous serrer bien contre moi, à vous faire sentir enfin combien mes sentiments sont vigoureux ! Au début, elle essayait de garder ses distances, elle voulait danser comme dans les fêtes paroissiales. Ça va finir par un patin royal ou alors c'est à n'y plus rien comprendre... une fille de trente piges ? Je me pose toujours la question, si des fois elle ne serait pas encore vierge. Je me déballonne de l'interroger... je ne sais pas comment m'y prendre. Elle est aussi dans la religion... elle va à la messe, la chère Odette, avec maman le dimanche à onze heures. J'ai Dieu pour rival. Lorsque je le rencontre, celui-là, il ne me procure que des emmerdes, il s'occupe, dirait-on, uniquement d'histoires de fesses... la virginité des jeunes filles, la vertu des dames, les branlettes des écoliers. On se demande pourquoi il s'acharne tant sur le plaisir. C'est vraiment un Dieu cafard, chagrin, accablant !

Ce qui se passe à présent, c'est que je me suis pris au jeu... Odette, il me la faut... pucelle ou non. J'arrive pas à me rendre compte si je suis amoureux... difficile à bien définir, à se découvrir... on est encore aux prises avec les mots, leur sens exact. D'ailleurs, je pense, on ne peut être vraiment amoureux qu'une fois les plaisirs du traversin partagés. Ça signifie rien le platonique... il faut jouir ensemble, tout le reste n'est qu'une mauvaise littérature. Dans l'immédiat après-guerre, elle sévissait encore beaucoup dans ce domaine la mauvaise littérature, depuis elle a été installer ses pénates ailleurs... dans les excès inverses, tant il est vrai que les hommes ne se plaisent que dans les abus, les outrances. Je finis par me demander si le romantisme du pauvre de naguère ne valait pas mieux que la prose freudienne que l'on peut lire aujourd'hui dans la presse féminine. Sur le moment, je devais moi aussi rêver d'une libération absolue des mœurs... l'encaldossade à lurelure, tous les coins de rue... sans aucune retenue d'aucune sorte ! On y est arrivé ou presque et personne n'en est plus heureux, au contraire... Ça s'est jamais tant lamenté... les problèmes n'en sont que plus aigus, lancinants, existentiels. On n'en sortira jamais de se plaindre.

Toujours est-il... *tico tico par-ci... tico tico par-là...* je m'activais sur la piste au rythme des maracas, je posais mes jalons... je la tenais enfin la belle Odette... je profitais sans vergogne de la situasse. Beau dire que c'était de la musique de bastringue Xavier Cugat et consorts, question sexe, ça vous fait progresser le dénouement des grandes passions. Une fois qu'elle se laisse aller, elle devient franchement excitante Odette. Souvent c'est une question de plus ou moins de retenue. Une femme qui vous paraît pas si bandante... un peu de musique, elle se déhanche, se trémousse... ses yeux prennent du brillant... la voilà métamorphosée... elle devient belle. Au *Besame Mucho*, je me suis risqué de lui rouler une galoche... un vrai baiser hollywoodien. Ça faisait bien trois semaines que je me morfondais de lui goûter la langue. Ça n'en fut que plus délicieux et ça représentait la promesse d'une conclusion dans les draps.

« J'ai aimé un homme. »
Elle finit par me faire des confidences. Un amour déçu... il y avait de ça trois ans.
« Une aventure qui a été très loin et qui m'a un peu brisée. »
Très loin... ça ne me laisse plus aucun doute, elle y a laissé son berlingue. Dans un sens je préférais ça, qu'elle ne soit plus vierge à son âge... d'un autre, j'étais comme frustré. Ça m'aurait tout de même plu de la dépuceler. Une conquête tout à fait exceptionnelle à mon palmarès phallocratique !
Ça se situait où ça... cette phase des aveux les plus tendres ? Je vois plus au juste... en sortant du Mikado, il me semble. J'étais pas en mesure de lui offrir à dîner ailleurs que dans un restaurant communautaire... ces fameux rescos où l'on bouffait encore en 46 des menus de disette épouvantable. Faute de fric, ça me devenait duraille d'avancer sur la route de Capoue. Souventes fois, pour s'emorocher la mignonne, c'est une question de lieu adéquat, d'ambiance, de décor. Il y faut un certain moelleux, de la musique douce, lumière tamisée, un peu d'alcool avec des glaçons au fond des verres. C'était pas concevable que je l'emmène dans ma gendarmerie fût-elle Louis XV. On était encore, avec le Cureton, dans les gravats, les pots de peinture... et puis rien que le hall d'entrée en bas, nos escaliers... elle aurait eu peur, la pauvrette. Je me contentais d'en parler en termes aguicheurs... une bâtisse du XVIIIe à Neuilly... de hautes fenêtres donnant sur une rue pittoresque.

« Dès qu'on aura fini les travaux, je te ferai visiter.

– En attendant, tu pourrais venir déjeuner un dimanche, maman voudrait te connaître. »

Maintenant on se tutoyait... c'était moins courant qu'aujourd'hui d'être à tu et à toi, garçons et filles... ça prouvait que les choses allaient bon train. Seulement le déjeuner avec madame mère, ça, ça ne me faisait pas tellement triquer. Je respirais la vape... l'officialisation de nos rapports... cet aspect de fiançailles qui me foutait le trac.

Petit à petit, Odette m'a tout raconté au sujet de ce qu'elle appelait son aventure malheureuse. L'heureux gagnant de son berlingue, c'était encore un grand blessé, celui-ci de la campagne 39-40. Elle précisait pas la sorte de blessure... s'il était cul-de-jatte ou manchot. Un type dans la force de l'âge... trente-cinq ans... bancalo ou pas, toujours est-il qu'il s'était pas gratté, le salingue, pour la sabrer et puis la larguer... se débiner même si c'était sur des béquilles.

« Je lui ai pardonné parce qu'il souffrait beaucoup, mais ce n'était pas un type très bien. »

Ça suffit pas, certes, de perdre une jambe ou un œil pour devenir un petit saint. Je comprenais mal qu'ensuite elle se soit rebranchée auprès du service social de la Ire armée pour correspondre encore avec un éclopé. Elle devait être un peu masochiste pas possible, ses idées catholiques aidant ! Fort heureux, je n'étais moi qu'amputé d'un morceau de fesse, ça m'empêchait pas de gambiller *In the mood*. En m'entraînant sur un vélo, j'aurais même pu faire quelques courses amateurs, j'étais pas le moins du monde handicapé ! Enfin son stropiat l'avait bien déçue, meurtrie, cette pauvre Odette... c'était vraiment une âme sensible... une romantique. Elle m'en avait touché deux mots qui me laissaient dans l'expectative. Elle ne concevait l'amour que dans le sens le plus élevé du terme... une aspiration totale vers la beauté. Là, j'avoue, j'étais pas au point, même en trichant j'avais du mal à me mettre au diapason. Beau me triturer, je trouvais pas les mots qu'il fallait, je restais terre à terre avec toujours cette idée obsessionnelle de me la faire le plus rapidos... de la sabrer, hardi bandeur ! Que mes divines jolies lectrices encore dans les éthers poétiques veuillent bien me pardonner... j'ai décidé une bonne fois pour toutes de dire les choses le plus exact possible... serrer la vérité au plus près... Par moments me traversaient des velléités, des rêveries... des tirades de cinoche. Ça ne tenait pas la distance par rapport aux pensées polissonnes qui m'assaillaient. Les nanas, dès qu'elles me bottaient, je les déloquais tout de suite du regard, je me voyais déjà dans les toiles en action, le chibre en feu... le reste me paraissait, j'avoue, secondaire. D'après Bertrand, j'étais une sorte de libertin... un érotomane, etc.

Au bout d'une dizaine de jours à me baguenauder dans les rues de boutique en boutique avec ma valoche d'échantillons d'enseignes lumineuses sans dérouiller une seule fois, je commençais à me passer l'âme à la suie. Ça ne pouvait plus durer de la sorte, fallait que je m'explique avec Byron. Son ouvrier, le vieux Gégène, c'était pas non plus de la guimauve pour lui tirer deux mots à celui-là. Il bougonnait dans son clope... un bout de cigarette toute jaune mâchée, remâchée... rallumée en vain. Il vous zyeutait jamais en face. Il planquait ses petits yeux derrière des lunettes en verre épais. Je devais lui paraître une engeance pas possible, une graine de parfait malfrat... En somme il me jugeait pas si faux. Ce qui m'inquiétait... j'arrivais plus à foutre la patte sur Byron.

« Mais enfin, m'sieur Eugène, vous le voyez bien de temps en temps. Il vous paie bien.
– Ça y'arrive... »

Il ne pouvait ou ne voulait pas m'en dire davantage... peut-être qu'il le couvrait, qu'ils étaient tout à fait en cheville malgré les apparences. En tout cas il était jamais là lorsque je me pointais. Son affaire appelée à prendre une expansion extraordinaire, ça crapotait sérieux. Je n'y comprenais que dalle... comment pouvait-elle fonctionner sans aucune commande ? De guerre lasse, j'ai été le soir à l'heure de l'anisette chez Anatole et, là, il y était, m'sieur Byron, toujours aussi guilleret, pimpant, affable. Tout de suite il m'a ouvert les bras... oh ! il était ravi... content de me voir. Il a même renversé la vape, le sagouin... que c'était lui qui me cherchait depuis quatre jours.

« Mon plus proche collaborateur... »

Tout de suite la poudre aux châsses... il obnubile l'auditoire. Ils sont pas tellement difficiles à convaincre les biturins du comptoir, ils demandent qu'à croire pourvu qu'on sache bien s'exprimer ! Il s'y entend, Byron, en jactance. Il file aussi sec en des considérations sur l'économie, l'avenir de la France !... il aborde hardi les plus épineux problèmes du moment et il les résout en quelques démonstrations tout à fait limpides. Personne n'oserait contester, discutailler... il en impose, ne serait-ce que par sa tenue, son costard pied-de-poule, sa cravate en soie... l'épingle avec une perle... son col blanc et ses manchettes. Tous les soiffards, ils ont l'impression que c'est leur patron, M. Panhard en personne, qui les baratine de la sorte. Beau être électeurs d'André Marty, tous sympathisants communistes, anciens grévistes du Front populaire, ça les impressionne toujours quelqu'un qui ressemble à un patron. Il faudrait je ne sais quoi pour que ça change... En cas de réussite de la révolution prolétarienne, ils resteront semblables devant le commissaire du peuple... admiratifs, respectueux, la casquette à la main... ça tient, quoi qu'on dise, de l'atavisme.

De toute façon, jactance ou pas, je le lâche plus d'une latte, mon Byron comme le poète. Il m'a fait signe que nous parlerions de choses sérieuses tout à l'heure, hors du rade, en tête-à-tête. Ce qui me surprend aussi qu'un homme comme ça si propre, si coquet, quasi-gentleman, se complaise là dans ce rade pourri à se pavaner devant tous ces tristes loquedus que je connais depuis l'avant-guerre... toujours les mêmes, ceux que leurs bobonnes, lasses d'attendre, viennent chercher avec le rouleau à pâtisserie. Il ne manque à la collection que Tatahouine, le plus beau fleuron de l'engeance poivrade, le père de mon pote Musique. Mais il est bouclé dans je ne sais quel hôpital... à Biscaille peut-être... avec une jolie cirrhose... il souffre pour la cause alcoolique.

En le gaffant à la dérobade, mon employeur, je lui trouve malgré tout quelque peu d'inquiétude dans le regard. Il a cette rapidité dans l'œil qui dénote le ruffian, je vais apprendre à connaître ça...

« Je vous emmène dîner à la maison... mais si... mais si... à la fortune du pot ! Nous parlerons plus tranquillement. »

La maison, c'est l'arrière-boutique d'une fleuriste avenue de Choisy. Je connais la patronne, une femme dans les quarante-cinq ans aux yeux un peu tristes, mais tout de même bien conservée, bien mise, aimable avec la clientèle. Parfois je lui ai acheté des petits bouquets pour la fête, l'anniversaire de ma grand-mère... J'ignorais qu'elle eût un mari... surtout ce M. Byron. Dans le quartier, il n'aurait pas pu passer inaperçu. Mais il est vrai qu'il m'a dit le premier jour qu'il revenait des colonies sans d'ailleurs me donner plus de précisions... si c'est Madagascar, le Tonkin... les îles Wallis ou Futuna ? La fleuriste, il est peut-être avec elle en concubinage... une conquête récente ou bien une vieille liaison réchauffée. Elle paraît pas si enchantée de me voir débarquer avec son Byron.

« C'est que je n'ai pas grand-chose à manger... »

Toujours question de ces difficultés énormes à trouver de quoi se garnir les assiettes. Elle, son commerce de fleurs, ça ne lui permet pas des échanges aussi fructueux que la crémière ou la bougnate. Certes, elle a l'agrément d'être au milieu des roses, des glaïeuls, des hortensias... Ce que lui fait remarquer, en lui tournant une jolie phrase, M. Byron...

« Lélia, votre beauté ne pouvait s'accommoder que du commerce des fleurs... »

... quelque chose de ce genre... je n'ai pas la prétention de pouvoir vous retranscrire un pareil joyau verbal.

« Armand, ne soyez pas ridicule, cessez donc de m'appeler Lélia !

– Mais non, ma chérie, on doit toujours trouver un nouveau nom pour honorer celle que l'on aime. Lélia, ne trouvez-vous pas, Alphonse, que ça lui va à ravir ? »

Il m'interroge, nous sommes maintenant dans la petite salle à manger de la fleuriste. Lévitan 1938, le style... bien briqué... le linoléum... la pendulette sur la desserte... Au mur, un portrait de soldat de 1914 avec son képi... une petite toile artistique, un coucher de soleil sur la mer dans un cadre doré. Les odeurs se mélangent... les fleurs avec la cuisine et l'encaustique. Pas besoin d'être fin psychologue pour comprendre que la situation n'a rien de très limpide entre Lélia et Armand... Toutes ces joliesses de jactance... sa courtoisie... ses manières d'homme du monde, ça a dû contribuer beaucoup à ce qu'elle se laisse quimper, la Lélia... seulement le temps a passé... il a montré sa vraie nature... les déceptions se sont accumulées... le charme ne joue plus lerche.

51

Cependant il fait comme chez lui... installé... il aide à mettre le couvert... il s'efforce de dégeler l'ambiance.

« Ce n'est plus qu'une question de quelques semaines et nos affaires vont démarrer. Alphonse déjà prospecte tout Paris. Ça répond bien... nous accrochons... »

Il me balanstique vite fait le serre... un petit clin d'œil, que j'abonde un peu dans son sens. Pas bien duraille d'entraver que pour l'instant c'est Lélia qui lui assure le couvert et les draps... qui fait bouillir le fricot... Y a bien du mystère dans tout ça. Peut-être qu'Armand est un mari de retour après une longue fugue. Elle paraît pas dans le plus grand bonheur, la marchande de lilas et de roses. Elle lui lance pas, de ses beaux yeux noirs, des regards chargés d'amour éperdu. Elle nous sert la soupe, elle est laconique. C'est le dab qui meuble, lui il est jamais en carafe pour palabrer, il débagoule de tout, de rien... la politique... le gouvernement Félix Gouin qui n'arrive pas à juguler l'inflation galopante...

« Et les chevaux, ils ont bien galopé cet après-midi à Vincennes ? »

Tout à coup, ce qu'elle lui envoie... la question dans les gencives, sous sa belle moustache argentée ! Il n'en avale pas sa soupe de travers pour autant... il perd jamais les étriers, Armand Byron... du tac au tac, il répond que la troisième lui a été favorable, n'est-ce pas...

« Et vous avez tout reperdu dans la quatrième... bien entendu ! »

Lélia n'a pas grand mal à deviner le déroulement de la réunion aux courtines. Ça me fait drôle ce couple qui se vouvoie... Je suis pas habitué à fréquenter des gens comme ça. Enfin tout s'éclaire. Byron, il passe ses après-midi sur les champs de courses ! Pas étonnant que son entreprise d'enseignes lumineuses reste stagnante. L'allusion de sa dame à sa passion des chevaux, il se goure bien que ça va m'inquiéter. Aussitôt, il contre de son mieux... toujours tout sourire... n'est-ce pas... il accompagnait un vieil ami, un résistant de la première heure ! C'est très rare qu'il aille à Vincennes, quoiqu'il aime assez l'ambiance, les femmes élégantes, la race chevaline. Il a retourné le disque... il me joue du pipeau... Les enseignes, il se doute que ça ne se place pas si facile, mais il est sûr que les affaires vont reprendre... c'est ma-thé-ma-ti-que ! La guerre est finie, on va déblayer les ruines, reconstruire et tout va repartir... un élan fantastique ! Il faudra être là, avec nos enseignes phosphorescentes, prêts à inonder le marché !

Lélia n'écoute plus, elle va touiller dans ses casseroles... elle n'a que des légumes à nous offrir... la viande au marché noir, elle n'a pas de quoi s'en payer pour le moment. Elle nous explique la situasse sans trop de précautions... que si Armand n'est pas heureux, ça veut dire qu'il aille bâfrer ailleurs... voir si la galtouse est plus copieuse au restaurant communautaire.

Je me sens vraiment de trop... la hâte de me casser, de les laisser se déchirer entre eux à leur aise. Passé le temps des folles étreintes, avec l'âge, ça devient ardu pour les couples de se réconcilier. Ça suffit plus la faconde, les belles paroles de Byron. Autrefois, il devait avoir des arguments plus convaincants sur le traversin. Ce que je me suppose... j'y pense en regagnant ma gendarmerie par le métro. Avec tout ça, je voulais le taper un peu, le dab, qu'il me gratifie d'une petite avance puisqu'il est si sûr que les affaires vont reprendre... qu'il me permette de subsister jusqu'à la saison nouvelle. J'étais encore mal tombé, un jour où il s'était fait essorer au P.M.U. Ça devait bien lui arriver de toucher un bon cheval... fallait être là au moment des embellies.

C'est sans doute, si je me souviens bien, en essayant de vous respecter la chronologie, le lendemain ou en tout cas dans la semaine suivante que j'ai rencontré le premier client qui mordait, si je puis dire, à mon hameçon. Tout à fait inattendu... face au cimetière Montparnasse, sur le boulevard Edgar-Quinet... une entreprise de monuments funéraires. L'idée qui m'a pris de prospecter là... le désespoir de cause sans doute. Une petite déduction... qu'ils ont aussi besoin d'enseignes ces boutiquiers de la camarde... qu'on les remarque de loin, de nuit... qu'on se les inscrive en lettres de feu dans la mémoire. Tôt ou tard on aboutit là... on vient se rencarder de leurs tarifs pour un cher disparu.

L'homme qui me reçoit, c'est un grand maigre, le crâne tout déplumé, un nez à piquer les gaufres... des petites lunettes rondes à monture métallique. Il me détaille de la tête aux pieds, sans rien dire, sans commentaire... il me laisse débiter mon baratin. Si je me défonce, je commence à bien connaître mon texte... à le débouler rapidos. J'ai remarqué, ils aiment qu'on soit le plus concis possible, les boutiquiers de tout poil... qu'on leur occupe pas trop longtemps leur surface. Soyez bref, bien se mettre ça dans le ciboulot lorsqu'on vient en solliciteur, quémandeur, lorsqu'on n'est pas le maître, celui qui tient la caisse.

J'ai l'impression qu'il ne m'écoute pas, ce vendeur funèbre, et pourtant derrière ses lunettes, il me zyeute attentif... au point de me mettre mal à l'aise.

« Si vous aviez un endroit sombre dans votre arrière-boutique, vous pourriez mieux vous rendre compte de l'effet de notre peinture phosphorescente dans la nuit.

– Donnez-vous la peine de me suivre... »

Presque ses premières paroles. D'un geste un rien

solennel, il m'ouvre une porte derrière le grand comptoir sur lequel j'ai étalé mes modèles... mes dépliants... toutes mes lettrines, mes plaques de métal. Je prends mon enseigne type, mon renard tout argenté, *Libermann. Fourreur rue d'Hauteville.* Je suis pris soudain d'un fol espoir ! vais-je enfin dérouiller, placer ma camelote pour la première fois ? Me voici dans l'obscurité avec le grand chauve.

« Très intéressant. C'est très bien... Ah ! oui, du joli travail ! »

Là, je redouble, j'avance mes tarifs... les délais de fabrication... livraison à domicile... installation par moi-même d'ailleurs... ça fait partie de mes prérogatives de chef du service commercial. Je suis prêt même à lui balayer sa boutique en supplément, lui astiquer ses marbres. Sa pièce obscure... je devine autour de nous des objets pas très aguichants, faut dire... des petits monuments, des crucifix, des urnes... que sais-je... des couronnes en perles. Tout en me posant des questions, le patron de toutes ces mignardises funéraires, il me prend machinal le bras... il me le tâte doucement.

« Dites-moi, jeune homme, votre métier doit être bien difficile ? »

Que lui répondre ? On a toujours intérêt à parader dans les optimismes lorsqu'on veut fourguer sa camelote, fût-elle la pire.

« Ce n'est pas très facile, mais je commence à avoir une bonne clientèle... »

Je bluffe... oh ! là, je commence sérieux à me tracasser... la façon dont il se comporte ce lascar !... Cette pression continue sur mon bras... je sens venir la poloche ! Je respire la vape ! Je voudrais bien sortir de son entrepôt... de l'autre côté, dans sa boutique en pleine lumière, on serait beaucoup plus à l'aise pour discuter de sa commande, les dimensions de son enseigne, les caractères... les lettres qu'il veut. J'ai tout un choix à lui proposer.

« Un beau garçon comme vous, pas étonnant que vous ayez des clients. Vous les ensorcelez ! »

Plus aucun doute, il en croque ce grand chauve bigleur. L'enfifré, il m'a pour ainsi dire coincé entre ses tombes... ses modèles en marbre ! Je me dégage le plus poliment possible... je ne voudrais tout de même pas compromettre mon affaire, ma première enseigne placée... mon pucelage commercial en quelque sorte.

« Vous êtes charmant... nous pourrions peut-être nous revoir... en dehors de tout cela ! »

Il y va franco... il m'attaque comme une gonzesse ! Je supporte mal. Il profite que j'ai les paluches occupées, il me retient dans la pénombre. Je n'ose pas encore l'envoyer carrément tartir ! Je suis vraiment dans la situation d'une femme qui cherche du boulot et qui se fait proposer la botte par un patron. Je reconnais le désagrément, l'humiliant de la chose, sans être spécialement féministe, je suis à même de les comprendre, ces chères belles ! Il me faut manœuvrer habile... lui placarder mon enseigne, toucher les arrhes, lui faire signer sa commande avant que ça arrive au point où je serai vraiment obligé d'aller au renaud.

Je dois encore à ce sujet vous ouvrir une petite parenthèse... de nos jours, les années 80 du xxe siècle, un monsieur qui en gringue un autre en vue de l'égoïner, c'est devenu du quotidien... du banal... on voit ça dans tous les livres... les pièces de théâtre, les chefs-d'œuvre du septième art. Il y a déjà presque des petites annonces pour homosexuels dans *Le Chasseur français*. Le lecteur ou la lectrice vont donc me trouver dans ce sketch, ce petit tableau de mœurs, parfaitement grotesque... insensé... que j'en fasse toute une tartine pour si peu, va leur paraître superfétatoire, presque sans aucun intérêt. Ce chauve marbrier funéraire, j'aurais bien pu me l'embourber pour lui vendre mon enseigne au phosphore... ça en valait peut-être la pine pour être précis... je n'avais qu'à baisser mon futal, me pencher sur une sépulture en marbre ou alors l'inverse... c'était peut-être lui qui voulait se faire calcer... j'ai pas approfondi le problème malheureusement. Mes réactions d'époque. Les enculades, depuis toujours on m'avait inculqué, bien fourré dans la tronche partout que c'était l'horreur des horreurs... l'abomination absolue... qu'une fois le pot cassé, un homme n'en était plus un... Ça pouvait, certes, servir plus d'une fois un fignedarès... n'empêche, à la première atteinte, l'honneur était cuit.

Je vous reprends donc... mon chauve qui profite de ce que j'ai les pognes occupées, embarrassées avec mes valoches, mes plaques enseignes, pour me retenir, carrément me faire une main tombée au valseur. Je n'arrive plus à me raisonner, me dire qu'il suffirait que je m'esquive avec le sourire... que je manœuvre style gonzesse pour sauver peut-être mon contrat... ma première affaire. Je perds mon sang-froid, je m'estime offensé, merde!... Je lâche tout mon fourbi... je me recule, je lui en colle une... à la pointe juste du menton. Sous le choc ses lunettes sautent, il vacille. Y a pas si longtemps, dans mes commandos, j'étais encore à l'entraînement para... au parcours du combattant... le close-combat... les moyens de se débarrasser d'un adversaire sans coup férir. Je n'ai pas encore perdu la forme... Il me faudra encore quelques années pour cracher le sang... me faire sauter tout un poumon... huit côtes, me retrouver moi aussi bancalo!

Pas un pli! Je l'ai amoché, ce chauve... ça a fait une sorte de plouf... Il hennit... brait... quelque chose comme ça... il titube entre ses tombes. Je ramasse mes enseignes... je plie bagage...

« Vous êtes fou! »

Il me rattrape à la porte... il a la bouche ensanglantée, mais il s'est repris, essaie de me retenir par la manche. Pourtant pas méchamment, mais je le satonne encore, je devrais pas, je peux pas m'empêcher... cette fois d'un coup de latte dans les tibias... je pourrais être beaucoup plus féroce... lui assaisonner son service trois pièces, le mettre hors d'état de sodomiser les jeunes gens pendant quelques semaines.

J'y repense... des faits divers criminels démarrent parfois aussi bêtement... la vieille tante qui se fait trucider par un jeunot qui n'avait rien prémédité... la colère... la tentation irrésistible de tuer et puis, sur l'élan, pour peu que le môme soit fauché... le vol du tiroir-caisse. L'occase, n'est-ce pas, fait le larron. Moi, ça ne m'a pas effleuré. Pourtant on a en soi de la graine de tout et d'assassin en particulier. Probable que mon terrain n'était pas si favorable.

« Vous auriez pu être un peu plus diplomate. »

Ce que me balance m'sieur Byron lorsque je lui rapporte l'incident. Il en a de soigneuses, papa ! Dans ce domaine, la diplomatie, c'est déjà le tube de vaseline offert en prime pour se faire caser.

« A ce compte-là, m'sieur Byron, je gagnerais davantage en allant directement chez Tonton. »

A l'époque, *Tonton* place Blanche était la plus célèbre boîte de pédés de la capitale. C'était un symbole... passé dans le langage... « Va te faire voir chez *Tonton* ! » Il ne pouvait pas contester, mon cher patron, depuis que je démarchais pour cézig, je n'avais pas dérouillé une fois... pas le moindre petit contrat chez la mercière la plus minable. M. Eugène, devant son établi sans boulot, se morfondait dans ses mégots. Ça ne pouvait durer de la sorte... j'avais juste de quoi me payer ma carte hebdomadaire de métro. Ce soir-là, Byron, pour me faire patienter un peu, il m'a glissé quelques biffetons dans la poche.

« Prenez ce petit à-valoir... »

Il avait dû se régaler un peu à Auteuil... le dada gagnant d'une courte tête !

J'avais interrogé ma grand-mère qui connaissait cette fleuriste depuis longtemps. Elle était assez au courant de la vie du quartier, les amours, les concubinages, les adultères des uns et des autres. Elle avait des petites amies dans son immeuble, dans les alentours, des mémés plutôt ragoteuses. Il ressortait de tous les témoignages que ce M. Byron, du plus loin qu'on se souvenait, n'avait jamais fréquenté le secteur avant 1945. La fleuriste était veuve d'un M. Lefèvre mort en 34 ou 35. Depuis on ne lui connaissait personne... pourtant dans le quartier on était attentif en diable à l'endroit des jolies veuves et des vieilles filles pas trop flétries. Cette dame Lefèvre avait un vilain défaut, elle était, disait-on, fière, pas très causante. C'est un mauvais point auprès des commères... ceux qui ne donnent pas prise aux médisances, on les calomnie... la moindre des choses. Les plus habiles savent ça et lâchent toujours quelques informations savamment dosées, calculées afin que les langues vipérines crachent tout de même un peu de venin pour se soulager. Armand Byron, certes, sa bonne présentation était un élément plutôt positif. Quoique, à la réflexion, on se demandait tout de même d'où il sortait... il présentait *trop bien* en un sens. On y allait en suppositions de toute sorte. N'était-ce pas un collabo ? Les partisans du Maréchal et du Führer remplissaient encore les taules. On chassait, traquait les rescapés de l'Epuration. Les autorités recevaient, plus qu'elles n'en avaient besoin, de gentilles lettres anonymes de dénonciation. Souvent de la même encre, la même écriture que celles qui parvenaient naguère à la Gestapo. Ainsi des mœurs dans notre douce France ! Byron, ça avait dû pleuvoir chez les flics, les bafouilles le dénonçant comme suppôt des nazis, milicien en rupture, trafiquant de la Carlingue. Tout ça ne reposait sur rien, sinon les poulagas se seraient empressés de l'enchtiber. Restait qu'il pouvait tout de même sortir de cabane... que c'était peut-être un truand qui venait de tirer un bon bail à l'ombre... en tout cas un aventurier... l'avis de ma grand-mère. Dans sa bouche, ça voulait tout dire *aventurier*. Son mari, ce grand-père que je n'avais pas connu, faisait partie de la corporation... flambeur, coureur, inventeur, affairiste toujours en faillite. Je lui ressemble, paraît-il... son portrait craché.

« Avec cet homme-là, il ne pourra t'arriver que des ennuis. »

J'aurais dû toujours l'écouter, ma bonne grand-mère. Elle se faisait, me disait-elle, du mauvais sang pour mon avenir qu'elle subodorait de cagades en cascade. Sans être diplômée psychologue, avec son instinct, elle voyait juste.

J'ai un goût pervers, je crois, pour les coups fourrés, les entreprises glandilleuses... toujours est-il que j'ai voulu poursuivre l'expérience encore quelque temps avec Armand Byron. Peut-être que je m'y prenais mal pour fourguer ses enseignes, que j'avais pas l'art et la manière. Représentant de commerce, c'est un foutu métier, ça ne s'improvise pas plus en définitive que le violon ou la cuisine. On ne peut apprendre que sur le tas... Il y a le don, bien sûr, mais comme toujours il faut savoir le cultiver. Avais-je ce don de baratineur du porte-à-porte ? Presque quarante ans plus tard je me pose encore la question. Mon drame... que je n'arrive pas à me forcer... si je me suis levé du mauvais pied, je reste bougon, fermé, je bâcle. C'est kif aujourd'hui pour liquider mes petites salades littéraires. Le jour où ça ne me dit rien de bonimenter, je me ferme... me recroqueville dans mon coin. Mes lecteurs assidus m'en font le reproche. On ne se refait pas, mes chers groupies... tout est dit très vite dès l'enfance, c'est une question de caractère. On peut toujours ensuite vous psychanalyser, ça n'y changera rien.

Ça m'avait tout de même foutu un peu le bourdon l'épisode avec le pédéraste fabricant de monuments funéraires. Je me distillais dans la tronche d'amères pensées. La seule fois où j'avais cru avoir une chance de placer mes lettres sublimes phosphorescentes s'était achevée encore pire que de me faire lourder par un épicier acerbe. Le soir, je me suis regardé un bon moment dans la glace. J'avais tout de même pas l'air d'une tante pour que cet enfoiré me mette carrément la main au cul. Je me voulais tout au contraire viril, surmâle... macho, comme disent les dames du M.L.F. Je me sapais en conséquence... je roulais un peu les mécaniques. Surtout ça qui m'avait vexé, que cette vieille lope puisse se méprendre.

Lorsque j'ai raconté ma mésaventure à Bertrand, comment j'avais fait une tête au grand chauve, ça lui a déclenché aussi sec les confidences. C'était sa hantise les histoires de pédocs. Une des raisons pour lesquelles il avait largué sa soutane. L'immense déception de son âme quand il s'était aperçu que son maître à penser, le révérend père je ne sais quoi, un théologien distingué, en était comme une princesse. Un jour, il était venu le surprendre dans sa chambre aux aurores, avant les matines.

« Il s'est assis au bord de mon lit... et... »

Ça ne lui venait pas à Bertrand, les mots, pour me narrer la scène. J'arrivais pas bien à comprendre si le théologien distingué avait essayé de lui prendre la queue sous les draps ou s'il lui avait exhibé la sienne... enfin quelque chose de ce genre.

« J'ai eu du mal à m'en débarrasser. Il était comme un fou. »

Bertrand, à ce qu'il disait, avait su résister... le

61

révérend était ressorti la bite en berne. Seulement ça lui avait donné un sacré coup dans la foi, à défaut de le prendre dans le fion, à mon pote ! L'ébranlement, le point de départ de cette grande crise qui l'avait amené à renoncer à ses vœux. A la veille de devenir définitivement prêtre... je ne sais quoi chez les Lazaristes... frère ou père... il avait carrément demandé audience chez le supérieur et il lui avait cassé le morceau.

« Sans toutefois dénoncer mon confesseur... ça, je ne pouvais pas, ça n'a jamais été mon style. »

Depuis Bertrand souffrait... toute sa vie, ça allait le poursuivre sans relâche cette perte de la foi en Dieu. Non pas, affirmait-il, tant à cause de ce théologien qui lui avait sorti son braquemart. Ça, au fond, ça n'avait été que le détonateur... on ne peut pas mieux dire... la crise était latente. Il doutait depuis un bail de la divinité de Jésus-Christ.

« Il n'est pas le fils de Dieu, mais il reste pour moi un modèle... comme un grand frère, un type qui m'accompagne, qui est toujours là dès que ça va mal. »

Quand il embrayait sur ce chapitre, il me fatiguait vite, le Bertrand. Fils de Dieu ou pas, pour moi ça me semblait du kif, ce barbu prêchi-prêcheur qui multipliait les harengs et les petits pains au chocolat. Je n'avais pas du tout envie de me fader un grand frère qui m'accompagne partout.

« Tu devrais tout de même lire... approfondir la question ! Le Christ est tout de même le plus grand révolutionnaire que tu le veuilles ou non. »

Après tout, j'aurais dû l'écouter un peu, me cultiver sur la question, ne serait-ce que pour me rendre un peu plus intéressant aux yeux d'Odette. Si je me mettais à Jésus-Christ moi aussi, ça augmenterait sans doute mes chances de lui montrer mon chibre en érection sans qu'elle aille au charron, comme Bertrand avec son révérend père. Ainsi raisonnais-je... mais j'avais la flemme de m'y mettre à ces fameuses saintes Ecritures. Il me faudra l'ennui le plus absolu du mitard de Fresnes pour que je me farcisse la Bible.

Le soir, en rentrant de mes tournées infructueuses de démarchage, je n'avais vraiment pas l'esprit à lire des ouvrages aussi sévères. Surtout j'étais préoccupé par la bouffe à dégauchir. On partageait nos dîners avec Bertrand et je dois reconnaître qu'il apportait beaucoup plus que moi à la galtouse commune. Il allait bottiner un peu sa famille, des oncles et des tantes pas trop guenilleux, des petits-bourgeois économes qui lui refilaient des bricoles, des légumes secs, des morceaux de lard... choses précieuses en ces temps où la société n'était pas encore, hélas, de consommation.

Il faisait cuire des lentilles dans une grande marmite, le Cureton, il avait appris à cuistancer un peu dans son séminaire. Ça nous faisait quelques jours les lentilles, on s'en tapait des écuelles pleines, on loufait sévère ensuite mais ça n'avait aucune importance puisqu'il n'y avait pas de damoiselles en nostre logis pour s'en offusquer.

Ça ne pouvait pas durer longtemps cette vie... ce que je me réfléchissais chaque matin en déhottant de mon lit bancal. Je me lavais à l'eau froide dans une petite cuvette en émail. Ça aussi, les gens d'aujourd'hui ne sont plus à même de se faire une idée. La moindre H.L.M., ils ont les douches... l'eau chaude, qu'ils ne l'ont pas inventée mais dont ils se servent à lurelure. Ils ont toutes les facilités possibles, ça devrait leur laisser le temps pour la culture et pourtant nos gouvernements se morfondent... le peuple ne fréquente pas les expositions de peinture abstraite... les concerts de musique sérielle... ça regimbe dans les bibliothèques d'entreprises devant les œuvres complètes d'Alain Robbe-Grillet... on se demande vraiment pourquoi ?

J'ai fini par placarder deux trois enseignes, il avait sans doute raison Armand Byron, ça pouvait peut-être démarrer d'un seul coup et devenir un boulot en or. En tout cas j'ai empoché le pognon des arrhes, c'était toujours ça. Je reprenais courage, j'allais un peu plus guilleret au combat... j'attaquais plus sec les boutiquiers en leur tanière.

« Chère madame, j'ai une chose étonnante à vous proposer... »

Mon entrée en matière, souriant, impératif. Lorsque c'est une femme qui me reçoit, je me permets des ambiguïtés... « Une belle affaire », je leur promets. Dans une charcuterie que je me pointe de la sorte... elle vient d'ouvrir, c'est l'après-midi vers les quatre heures, la clientèle n'arrivera qu'un peu plus tard... les mères vont chercher leurs gosses à la sortie de l'école... ça fait un creux et on a le temps de s'expliquer. Je ne gêne pas la bonne marche du petit commerce avec mes enseignes. La patronne m'écoute, accorte, les doudounes avantageuses sous une blouse blanche. Je ne sais trop pourquoi, j'ai l'air de l'amuser, je lis ça dans son regard... autre chose aussi peut-être mais je n'ose m'aventurer dans ce genre d'hypothèse coquine. Je suis là pour vendre du phosphorescent... s'agit pas de m'égarer en route. Oh ! ce n'est pas un prix de Diane, cette dame charcutière, n'empêche vu ma situation présente, mon manque en matière de sexe, je me la calcerais bien royal. Elle m'écoute lui vanter les mérites de ma peinture lumineuse, l'économie d'électricité que ça représente.

« Et en cas de nouvelle guerre, aucun danger que les avions ennemis aperçoivent ça du haut du ciel. Vous ne risquez pas d'être bombardée... »

Je fais feu de tous les arguments possibles. Elle trouve ma camelote intéressante, seulement elle ne peut pas décider sans son mari... Actuellement, il est parti, le pauvre homme, auprès de sa vieille maman très malade dans le Lot-et-Garonne. Et elle sait pas si je suis au courant mais entre Paris et Marmande, les communications ne sont pas encore si faciles. Elle me parle très gentiment... mon instinct me dit qu'il faut que je persévère... je ne sais trop... mais il me semble que j'ai le tickson. J'insiste donc... j'argumente qu'elle peut tout de même vérifier déjà par elle-même, si elle a un petit coin obscur dans son magasin, de la luminosité de mon renard argenté. Ça la fait marrer, la dabuche, elle accepte et nous voici tous les deux dans l'ombre de l'arrière-boutique. En passant devant moi, elle m'a frôlé avec son cul... du confortable, de quoi distraire des paluches de déménageur ! Je lui fais miroiter mon renard... pour son commerce à elle, on pourra lui exécuter un cochon doré. Je la serre de près sans trop le vouloir, un peu comme avec le pédoc des monuments funéraires. Après tout, je risque pas grand-chose à la lutiner un peu cette gravosse... au pire une mandale dans la gueule et me retrouver dans la rue avec ma valoche ! Tout en vantant les mérites de ma peinture au phosphore, je lui attrape d'abord le bras... la même technique, voyez, que le grand chauve. Ça la fait glousser, elle ne résiste pas du tout. Cette fois, je suis sûr de mon coup... y a bonne pince, faut que j'en profite ! Je réfléchis plus lerche, je m'enhardis... la taille... j'en fais pas le tour avec mon bras mais j'y vais, je serre et en même temps je la gratifie d'une bise dans le cou...

« Vous êtes rien culotté, vous alors !... »

Elle pivote en me disant ça mais, la salope, sa riposte ne se fait pas attendre ! Elle m'attaque d'un sévère patin... une langue qui m'assaille. Je ne vais peut-être pas placer mon enseigne lumineuse, mais je vais de toute façon lui placer autre chose d'aussi brillant en un sens. Elle se colle, elle m'a repoussé contre une sorte de grosse table... le billot de travail. Ça renifle un peu la chair à saucisse, le cochon fumé... des odeurs adéquates... je m'imaginais tout de même pas en entrant là respirer des parfums d'Arabie.

« Tu m'as l'air d'un drôle, toi aussi ! Hein ?... tu profites que je suis toute seule, espèce de petit coquin ! »

Elle se dégage brusque... ne va-t-elle pas se dérober, me laisser en plan, la queue en l'air ? Elle file rapidos dans la boutique... je l'entends qui ferme la porte, qui retire le bec-de-cane et elle revient.

« On sera plus tranquille ! »

Texto... au moins elle sait ce qu'elle veut, la dame charcutière, elle ne mêle pas Dieu ni sa fidélité conjugale à ses désirs. Ça va aller bon train maintenant... elle n'a pas le temps de fignoler, elle a lourdé son magasin, mais elle ne peut pas le laisser trop longtemps fermé. Je vais l'opérer contre son billot... son établi à charcuterie... là où son homme hache la viande. Carrément, elle s'est assise, elle écarte les cuisses. Je palpe ses gros seins à travers sa blouse. Elle est serrée, boudinée là-dedans, je farfouille... je m'efforce d'extirper au moins une tétine. Directos, elle de son côté me débraguette. Tellement elle est pressée, fébrile, elle m'arrache les derniers boutons ! Oh ! elle n'a pas la main si douce... C'est là qu'on s'aperçoit le genre de travaux qu'elle exécute ordinairement... avec une parfumeuse, ça serait plus agréable sans doute. Elle y va, elle me paluche sans ménagements. Sevré comme je suis, je risque de lui jaillir dans la pogne !

« Deux secondes... »

C'est moi qui la calme, qui lui repousse la main. Y a plus à tergiverser, qu'elle se la descende sa petite culotte... j'ai même pas tellement à l'aider, elle arrache... un ouragan ! Je distingue pas tellement sa chatte dans le clair-obscur de cette arrière-boutique... c'est une brune très poilue... Elle drive toutes les opérations. Elle-même elle s'enfile, elle me traite presque comme un gode et il faut que je me cramponne pour ne pas partir sur-le-champ, éjaculer précoce. Elle m'enserre avec ses grosses cuisses, ses énormes jambonneaux ! Je risque pas de me dérober à mon devoir de mâle. Elle éructe, bondit.

« Espèce de petit saligaud ! Grand dégueulasse ! Vas-y ! Vas-y ! Bourre-moi ! Bourre-moi bien ! »

Je n'ai même pas eu le temps de la décarpiller un peu, de lui extirper du corsage toute sa laiterie ! Elle rebondit sur la table... elle ahane, elle m'aspire, me bouffe littéral. Fort heureux que je suis capable de remettre la sauce deux fois de suite sans débander... J'ai attrapé le rythme à présent... elle en veut, elle va être servie, la salope ! Je suis à l'aise, faut dire, question chagatte c'est comme le reste, elle peut s'offrir un bourricot sans que ça la fasse trop saigner. Elle m'étouffe, elle beugle maintenant, elle me trempe mon froc que je n'ai même pas eu le temps de baisser. A se demander, en définitive, si ce n'est pas elle qui me viole, la vache.

« Vas-y ! Vas-y ! Plus vite ! Plus fort ! Plus fort ! Oui... Fort ! Fort !... »

Elle reluit à répétition... une vraie mitrailleuse à orgasmes. Si je la régale, merde ! elle sera obligée de convenir. Après ça, si elle ne me commande pas une enseigne lumineuse, ça sera de l'ingratitude parfaite. Ce que j'arrive à gamberger tout en la limant, en m'escrimant, m'essoufflant... Pas deux sans trois, dit-on, mais là je n'en peux plus... elle m'a pompé, la dévorante ! Elle ne demanderait pas mieux que ça continue, mais les meilleures choses, hélas ! se terminent. On se rajuste dans la pénombre, les odeurs de foutre et de charcutaille. Elle se marre, elle s'est payé une bonne pinte de bite... de la joie gratis, on peut dire.

« T'aurais pas dû... je suis une femme mariée ! T'es un vrai petit cochon ! Comment tu t'appelles ? »

Alphonse, elle trouve ça un peu vieillot mais

enfin, chez un homme, y a des choses qui comptent plus que le prénom.

Elle a eu vite fait de se remettre en état... elle allume une petite lampe de vingt-cinq watts qui nous précipite dans le blafard. Autour de nous, il y a des saucisses qui pendent, des jambons... de l'andouille... c'est plein de richesses en mangeaille... des terrines de pâté, de rillettes... par les temps qui se traînent dans cet après-guerre, c'est le Pérou ! Elle remarque mon regard de concupiscence sur toutes ces merveilles. Directos, elle décroche un sifflard... elle me coupe un morceau de jambon, un bout de lard... elle m'enveloppe un bon mètre de boudin.

« Tu rapporteras ça chez toi... »

Machinalement, bêtement, je lui dis comme un écolier bien poli : « Merci, m'dame ! » Ça la fait se fendre d'un énorme rire en cascade. Du coup, elle revient me cloquer une grosse bise sur la joue tout en me retripotant la braguette, voir si des fois je ne la gratifierais pas d'une relance de bonheur. Je me dérobe, ça suffit pour aujourd'hui les étreintes.

« Faut que j'aille au boulot... »

Plus le temps de lui resservir le café du pauvre bien serré à l'italienne. Elle le regrette, je sens et, vicelarde, elle me fait remarquer que mes enseignes je dois pas en placer des masses. Elle va faire son possible pour que son mari m'en commande une. Il revient au début de la semaine prochaine, il faudra que je vienne moi-même lui faire l'article.

« N'aie pas peur, il te mangera pas. Il est bien brave ! »

Elle a un accent du Sud-Ouest. Elle est de Marmande, elle aussi. Je range mon fourbi en vitesse, mes plaques, mes modèles... elle vient m'aider à enfourner dans ma valoche son paquet de victuailles. Jusqu'à la semaine prochaine, si je veux, je peux revenir... vers quinze heures trente elle est seule... voilà... je n'ai qu'à cogner à la vitrine, elle viendra m'ouvrir sa porte, ses bras, ses cuisses. Elle me fait des mines prometteuses avec le bout de sa langue. Ça me paraît tout à fait limpide... il suffit que je me repointe pour la bourrer sur son billot dans l'odeur de chair à saucisse et, en échange, elle me gratifiera de salaisons diverses... jambonneaux, cervelas, hure et pieds de porc !

Ce que j'explique le soir au Cureton. Il est horrifié, ce nave, il trouve mon idylle avec la charcutière tout à fait triviale... d'une bestialité éprouvante. Il n'arrive pas à en rire, mais tout de même il se tape du boudin aux pommes... nos lentilles pendant quelques jours auront une saveur qui devra tout à « cet acte réduit à sa plus sommaire expression ». Il me les casse, avec ses propos désobligeants. En définitive, avec cette mémère, c'était plutôt gentillet nos échanges... j'ai fait ma B.A. comme un petit scout. En Allemagne, pourtant, pendant la campagne, il en avait vu d'autres le Bertrand... les scènes de viol collectif... des sections entières de grivetons sur une seule femme... ça faisait la queue – le cas de le dire – le falso sur les jambes. Plus personne ne trouvait ça atroce puisque de la sorte nous vengions la France, la démocratie... les Boches avaient fait pire chez nous, ça allait de soi qu'on se venge sur le cul des *Gretchen*. Il n'avait pas pu se voiler la face, le Cureton, pendant ces bacchanales soldatesques. Moi, la grosse Lucienne – elle avait fini par me susurrer son prénom en me raccompagnant à la porte de sa charcuterie – après tout, je l'avais pas forcée, on pouvait même dire que c'était presque le contraire... ça m'humiliait un peu d'ailleurs. Dans toute cette affaire, je n'avais tout de même pas eu le rôle du conquérant Casanova. Tout juste si j'avais esquissé le premier geste ! Cette façon aussi qu'elle avait eue de me parler comme une adulte à un enfant et puis de me congédier après la saillie. Mon caractère susceptible allait être à rude épreuve dans les années qui s'approchaient... je me gourais pas encore de tout ce qui m'attendait.

Je suis tout de même retourné la voir, la grosse Lulu... c'était dans le XV⁰ son commerce... une petite rue entre la rue de Vaugirard et la rue Blomet. Bien sûr, j'avais cet alibi qu'il fallait que je fourgue mon enseigne lumineuse à son bonhomme, mais il faut bien avouer qu'il y avait aussi la tortore... ses chapelets de saucisses, la galantine, l'andouillette, ça c'était du positif. Et puis ça m'excitait aussi d'aller la tringler debout dans son arrière-boutique. Cette fois, elle avait prévu des petits accessoires hygiéniques, des serviettes, un morceau de savon de Marseille, une cuvette d'émail au-dessus d'un évier qui devait servir habituellement à évacuer je ne sais quel sang de porc. J'y ai réfléchi qu'une fois dans l'action... dans le feu de son cul, pour ainsi dire... elle était donc sûre que j'allais revenir, cette sagouine ! J'étais tellement morfale question sexe que j'allais pas jouer les bêcheurs sur l'énorme paire de miches qui s'offraient. A tout prendre à pleines mains, c'était une aubaine.

« On a un peu plus de temps aujourd'hui, mon chéri... »

Déjà elle me donnait de la tendresse verbale. Elle était presque à loilpuche sous sa blouse... juste une sorte de guêpière... des porte-jarretelles... tout ça en noir avec des froufrous, des dentelles. Je ne lui en demandais pas tant, n'empêche ça restait tout de même assez plaisant. Je vais pas m'étendre sur nos ébats, la façon dont je l'ai embrochée en levrette... comment qu'elle m'a turluté avec un savoir-faire buccal... une véritable artiste, on pouvait dire ! De mon côté, je me suis donné alors fougueux !... défonceur hardi !... ramoneur vivace ! Je méritais bien le petit paquet qu'elle a glissé dans ma valise avec un clin d'œil complice.

« T'en fais pas, tu seras content. C'est de la marchandise de première qualité ! »

Du cervelas, des pieds de porc, du fromage de tête... et puis encore un long morceau de boudin ! Pour notre consommation personnelle avec le Cureton, au bout de la troisième séance, ça nous a fait trop. Bien sûr, j'en ai porté à ma grand-mère et puis je me suis risqué à offrir à Odette un morceau de boudin et du pâté de tête.

« Pour votre maman... un peu de charcuterie... »

Je lui ai raconté un bobard, que j'étais en cheville avec un commerçant qui nous payait en nature une enseigne lumineuse. Odette, si pure, ne pouvait s'imaginer mes scènes lubriques, mes orgies avec la gravosse parmi les saucisses, les tranchoirs... dans l'odeur de cochonnaille. Ça lui aurait paru une incarnation de la luxure la plus sordide. Simplement, elle m'a fait la remarque :

« Ce soir, ça va être embêtant de traîner ce paquet... »

Pas pensé du tout à ce détail... pour la première fois, elle m'emmenait à Pleyel écouter un concert... l'orchestre du Conservatoire sous la direction de Charles Münch. Elle pensait que pour commencer mon initiation à la grande musique, la *Sixième Symphonie*, la *Pastorale* de Beethoven, c'était ce qu'il me fallait... quelque chose d'assez attrayant, évocateur d'images champêtres pour séduire mon oreille encore bien fruste. Elle s'était sapée tout à fait endimanchée pour Ludwig Van plus que pour moi... avec un petit bibi sur la tronche... un joli chapeau comme on n'en voit plus de nos jours...

Je la foutais plutôt loquedu avec mon costard de l'armée teint en bleu marine et puis surtout ce gros paquet de charcutaille sous le bras ! Vraiment je ne pouvais pas l'abandonner, c'était trop précieux en ce temps-là... plus précieux que le concert de Charles Münch... enfin de mon point de vue de béotien inculte, uniquement préoccupé de boustiffe et de fesses. Dans la grande salle, parmi les mélomanes, je manquais d'air ! L'impression désagréable qu'on me zyeutait réprobateur... que mon paquet de boudin, de cervelas reniflait un peu... faisait du bruit. Les amateurs de symphonies de Beethoven, c'était pas le même public que dans le XIIIe au palais des Gobelins et au Kurssal.

Ce qui me consolait un peu... que je trancherais tout de même jamais autant dans une salle de concert que la Globule avec ses pommes à Ravensburg. Ça me revenait dans la souvenance... une comparaison pas si flatteuse.

Ça remontait pas si loin... juste quelques mois... les bataillons de choc en garnison au nord du lac de Constance à Ravensburg – ne pas confondre avec Ravensbrück d'horrible mémoire – une petite ville d'environ vingt mille habitants épargnée par les bombes de l'armada aérienne américaine. Toute proprette, genre suisse... un petit cachet médiéval avec des tours, des restes de fortifications moyenâgeuses. On nous a encasernés là... on occupe le territoire ennemi, ça veut dire qu'on parade de temps en temps sur la place d'armes et qu'on fait des patrouilles le soir après le couvre-feu... On s'y ennuie ferme à la longue à Ravensburg. Notre seule idée à présent que la guerre est finie, rentrer chez nous... la quille... ce métier de soldat occupant ne nous amuse pas du tout. Ça a tout de même un côté flic, on s'est engagé, nous autres, pour combattre et on a bien combattu, guerroyé derrière le roi Jean et ses preux colonels, alors maintenant que les autres viennent prendre la relève, les bidasses de la classe 43, les appelés, qu'ils se farcissent le travail fastidieux. Ce qu'on se dit tous, mais il faut le temps que ça s'organise tous ces déplacements de troupes. Ils arrivent petit à petit nos successeurs. Un premier contingent d'abord, l'effectif d'une compagnie de rudes gaillards. Seulement faut tout de même qu'ils se dégrossissent un peu, les gus ! Ils débarquent presque tous de leurs labours ou leurs prairies, la basse Bretagne, le Poitou, le Cantal... la Drôme... C'est du paysan rougeaud, l'œil ahuri, les paluches calleuses. Une fois pris dans la machine à fabriquer des petits soldats... le camp d'entraînement de Grünkraut... régime de sport intensif... course, boxe, close-combat, parcours du combattant... sous la férule de Crespin, un lieutenant plutôt gorille comme style, comme délicatesse... ils deviendront tout à fait acceptables, nos bleus... présentables aux Allemands qui sont si fins connaisseurs en militaires de choc. Pour l'instant – c'est-à-dire septembre 1945 – ils sont plutôt mal à l'aise dans leurs uniformes... engoncés, pataúds... ils traînassent sans aucune coquetterie ni dans l'œil ni dans la tenue. Ils font honte aux anciens, ceux d'Afrique du Nord et des maquis. Vis-à-vis des Chleus, les officiers trouvent qu'ils ne donnent pas une image de l'armée française très reluisante. Je vous rapporte l'impression générale. Moi, je dois dire, je m'en tamponne le chose du chic et des belles manières du bataillon de choc... Tous ces ploucs qui rappliquent, je les trouve plutôt marrants... leur gaucherie, leur façon de traîner leurs grolles... ils reprennent le flambeau de l'ami Bidasse.

La Globule, dans le genre, c'est un spécimen alors de démonstration. Je ne sais trop comment on se l'est attaché, notre petit groupe de copains, mais il est devenu petit à petit notre larbin, notre souffre-douleur, notre sujet d'intense rigolade. Même dans son village, en Picardie, il doit tenir un peu le même rôle... on doit le brocarder... à l'école, ses copains devaient le branler à blanc, lui faire des misères épouvantables. Ça l'empêche pas de prendre les choses du bon côté, de se gaver comme un petit cochon, de se bidonner d'un rien. Sans doute, à bien réfléchir, qu'avec nous il a moins à se plaindre qu'avec ses congénères croquants. On l'envoie faire nos courses, on lui balance des vannes énormes, mais on ne lui met pas de carotte dans le cul... on lui fout une paix royale à vrai dire. Simplement on le chasse de la chambrée lorsqu'il lâche une perlouse... pas supportable, le dégueulasse... des boules puantes hiroshimiesques ! On est obligé d'ouvrir portes et fenêtres pour provoquer des courants d'air. On n'est pas spécial raffiné, mais y a des limites... on l'a prévenu, qu'il se casse dans le couloir dès qu'il en sent une prête à démurger de son calbute. Il reste souvent à regarder nos parties de cartes dans nos cagnas, les belotes ou les pokers sans rien y comprendre et cependant l'air très intéressé.

L'événement à Ravensburg, vers la fin de ce mois de septembre 45... la réouverture du théâtre municipal à l'occasion de la venue dans la ville d'un pianiste virtuose échappé par miracle à toutes les horreurs de la guerre... les camps de prisonniers en Sibérie... la mort pour le Führer... l'amputation ! Fallait qu'il soit béni des dieux celui-là pour nous parvenir indemne après ces cinq ans d'abominations en tout genre. Ça va être une très grande soirée à Ravensburg. Les Chleus, s'ils sont mélomanes !... éduqués depuis leur tendre enfance, dès les bancs de la maternelle ! Dans chaque petite ville, la moindre bourgade, un orchestre de chambre... les *Frauen* violoncellistes... *Gretchen* harpistes... les *Grossvater* au clavecin ! Ça y va du quatuor à cordes... quintette pour alto, contrebasse, etc. Mozart, Bach, Schumann ! Rien à comparer avec nos orphéons municipaux, nos pépères avec leur petite gapette qui soufflent dans leur trombone à coulisse... nos fanfares du 14 Juillet. Question musique, ils doivent nous tenir pour des barbares, les Fritz... surtout au niveau populaire, nos campagnes, nos petites villes, nos classes laborieuses... faut reconnaître, ça nous passionne pas tellement la grande musique. En dehors de la chansonnette, des flonflons patriotiques, je connaissais que fifre dans ma prime jeunesse. A la communale, nos professeurs de musique étaient des personnages grotesques, des vieilles filles revêches ou de malheureux guignols biglousards qu'on terrorisait tandis qu'ils essayaient vainement de nous inculquer quelques rudiments de solfège.

Pour la grande soirée du pianiste virtuose, tout de même le colonel Gambiez commandant de la place, il a tenu à ce que l'armée française soit présente dans la salle. Il sera là en personne avec ses officiers d'état-major et il a fait réserver plusieurs rangées de fauteuils d'orchestre pour ses vaillants soldats. On est venu nous faire la retape à la caserne... qu'on vienne nombreux pour faire honneur à notre drapeau... montrer qu'on n'a pas tout juste été bon à jouer de la mitraillette, qu'on est tout aussi cultivé que ces enfoirés de Teutons... apte à apprécier autant qu'eux les beautés de la *Sonate en mi bémol majeur* de Beethoven. Pensez alors si le Bertrand s'était inscrit ! Il m'a entraîné avec deux ou trois autres désœuvrés. On s'ennuyait si ferme dans notre caserne qu'après tout, ça nous divertirait peut-être d'aller écouter ce pianiste... aucun d'entre nous, bien sûr, n'avait jamais mis les pieds dans une salle de concerts. Tous les Chleus, les *Herren*, les *Frauen* et les *Fraülein* étaient cravatés, chapeautés... toutes leurs plus belles fringues pour se rendre au grand théâtre de la ville. Ça ne leur était pas arrivé depuis un bail une pareille fête ! Depuis la période des grands bombardements alliés sur l'Allemagne, les concertistes n'arrivaient plus à se déplacer quand ils n'étaient pas mobilisés... les derniers mois de la guerre, même les amputés et les vieillards servaient dans le Volkssturm. Plus question de musique ni de rien, c'était l'Apocalypse, la guerre totale dans les ruines.

Dans le *Theater* archibondé... des gens assis jusque dans les travées... par terre... les troupes françaises ont les premiers rangs réservés. Pour notre honte, nos places ne sont pas toutes occupées, loin de là. Malgré l'appel du colonel et la gratuité des places, la plupart préfèrent glandouiller en ville, traîner au cinoche local où pourtant on ne peut voir que des films en allemand sans sous-titres... *Karneval der Liebe, Unser Fraülein Doktor, Drei Cordonas*, de ces navetons pas croyables... seulement c'est l'occase de draguer quelques putassières *Gretchen* qui se laissent caramboler pour une boîte de *beans*, un paquet de Lucky... quelques rations K. Dans l'ensemble c'est pas des Vénus qui traînent avec les grivetons... des divines nymphettes... plutôt de la cambroussarde un peu hébétée... du moltogomme rougeaud... des tronches presque de la hure. N'importe, les hardis Franchouillards parviennent même à leur faire faire le mur à l'envers pour qu'elles entrent dans la caserne. Une fois dans la chambrée, bien obligées de se faire toutes les bites raides qui se présentent. En général, elles sont bonnes filles, elles se font égoïner sans histoire, depuis leur plus jeune âge on les a éduquées pour le repos, le plaisir du militaire vainqueur.

Bertrand savoure comme il se doit la musique de Chopin... une berceuse... il est au ciel, les paupières baissées, la tête légèrement en arrière ! Lui, il sait apprécier, je crois, l'exécution du pianiste à sa juste valeur... il frissonne adéquat dans les demi-teintes. On lui a appris à écouter dans sa famille... chez les curetons. Moi, bien sûr, je suis pas très au point comme mélomane, je subis plutôt dans une douce torpeur le charme, mais ça ne va pas plus loin qu'une rêvasserie sans consistance.

A ma gauche, il y a une place vide... les Allemands, derrière, ça doit les faire groumer, les révolter... ils n'avaient qu'à pas perdre la guerre, ces cons ! Tout est là... le bon droit, c'est de toute façon celui du vainqueur. Le pianiste attaque *La Barcarolle*, il me semble... Chopin est en première partie... Beethoven en seconde... prévues sur le programme l'*Appassionata* et la *Sonate quasi una fantasia*, celle que nous appelons plus vulgairement le *Clair de lune*. A peine entamée *La Barcarolle*, on entend tout un boucan de retardataire dans le fond de la salle. *Natürlich*, un soldat de notre unité qui déclenche ce tapage affreux. Je me détronche... misère Dieu ! C'est la Globule qui s'avance en bousculant tout sur son passage, l'ahuri... sans se soucier le moins du monde des regards qui le foudroient. Sa dégaine... un blouson trop court qui laisse voir sa chemise mal enfoncée dans son falze... le béret jusqu'au milieu du front. Il m'aperçoit pour mon malheur, il m'aime bien, la Globule... j'ai le tort d'être plutôt gentil avec lui. Il me fait signe, il a vu la place libre près de moi... je n'y coupe pas, il dérange toute la travée pour venir me rejoindre, pose ses grosses miches, plof ! sur le fauteuil d'orchestre. Il prend son temps pour s'installer... je lui fais « chut ! » du doigt sur les lèvres. Il est hilare... ça l'amuse, on dirait, d'avoir emmerdé tout le monde, provoqué ce mini-scandale. Je m'aperçois à ce moment-là seulement qu'il tient un paquet à la main... ce qui le gênait pour s'asseoir... Un paquet avec des pommes à l'intérieur. Actuellement, à Ravensburg, on ne trouve que ça dans les boutiques d'alimentation... des grosses pommes rouges. Rien d'autre sans ticket, la guerre vient de finir et en Allemagne c'est la disette encore plus radicale qu'en France. Les autochtones survivent comme ils peuvent de traficoteries, de marché noir. Ils se font le plus petit possible... on vient de découvrir les camps d'extermination, toutes les monstruosités du régime nazi, alors ils n'osent pas contester, se plaindre du vilain sort que les armées alliées leur imposent.

La Globule a fini par se caler confortable dans son fauteuil, il écoute un peu la musique... il a l'œil rond... il regarde autour de lui. Sans doute qu'il s'attendait à autre chose... on lui avait dit : « Il y a du théâtre », il croyait rigoler un peu. Il est pas difficile question divertissement, cézig... la moindre incongruité, l'allusion à un caca le comble de joie pour un jour entier. Là, il tombe mal, il est dans un magasin de porcelaine de Saxe... il a tout renversé pour rien. Il s'ennuie ferme, il bâille en faisant encore du bruit, il se penche vers moi et il me chuchote :

« Il va pas jouer *Besame Mucho* ? »

Je pourrais lui répondre qu'il aille le demander lui-même au pianiste... je ne suis pas facétieux à ce point... je lui fais encore « chut ! » du doigt, je le supplie par gestes de fermer sa gueule ! Il s'affale, il sait plus quoi faire... il n'ose pas sortir, déranger encore tout le monde. Mais il va trouver beaucoup mieux. Je m'aperçois d'un coup de châsse furtif qu'il s'est sorti une pomme de son sac en papier !... il se l'astique sur le bras pour la faire briller ! Il va tout de même pas ?... Mais si, mais si... il ose, il n'en a cure, il y va... l'abomination de la désolation... le crac ! De sa mâchoire... il mord de toutes ses dents dans ce fruit tacitement défendu pendant un concert de musique classique... en pleine *Barcarolle* de Chopin ! L'effet alors... une bombe ne serait pas pire... la salle vibre... une rumeur. Je n'ose broncher... surtout me retourner, voir un peu la tronche des Chleus. On n'entend plus maintenant que les mandibules de ce demeuré qui croque sa pomme. Plus de question, l'armée des barbares, des vandales, des iconoclastes, c'est nous les *Französisch* ! Le virtuose devant son clavier, on sent que ça le gêne ce bruit... que toute la magie de son récital part en brioche... qu'on lui écrase les doigts... qu'on assassine Chopin.

Tout ça me revient comme une mauvaise odeur... je me compare un peu à la Globule à Ravensburg en entrant avec Odette salle Pleyel. Mon paquet de charcuterie, je n'ai pas voulu le laisser au vestiaire à cause de l'odeur, la préposée pourrait s'inquiéter, le renifler, qui sait l'ouvrir, me chouraver un morceau de cet excellent boudin gagné, il faut bien le dire, à la sueur de mon zob. Aux yeux d'Odette, je dois être une sorte de la Globule, un rustre... une espèce de sauvage. Je suis mal dans mes pompes. Je gamberge à ma revanche, dès que je l'aurai sabrée cette pimbêche... que je l'aurai bien fait reluire, elle en redemandera je suis certain et, alors, fini de me bêcher pour ces histoires de grande musique ! Ses concerts, j'irai quand ça me fera plaisir. Et elle-même, je ne lui en laisserai plus le loisir tellement je vais la verger dans tous les coins à tous moments du jour et de la nuit... lui faire payer, la peau de vache, tout ce temps qu'elle m'a fait lanterner à la porte du septième ciel !

> Dans un coin, un petit groupe de clients, qui semblent *de l'époque*, font une interminable partie de dominos; leurs dés et leurs doigts ont des cliquetis de squelettes. Par instant, les vieux parlent et toutes leurs phrases commencent par : « *De notre temps...* »
>
> Alphonse ALLAIS, *A se tordre.*

AINSI s'écoulait ma jeunesse... à rêver de filles et de victuailles. Peut-être qu'il avait raison, Bertrand, ça manquait d'envolée lyrique... d'idéal... de métaphysique existentielle. Sans doute n'étais-je pas né pour ça. Il me restait cependant un certain goût de l'action, de l'aventure. L'expérience du maquis et de la guerre à ce sujet-là m'avait déçu... j'étais resté sur ma soif... tout ça s'était transformé en caserneries, en bureaucratie, en ennui dans les rues de Ravensburg. S'il ne me restait que l'armée pour l'aventure, ça me faisait pas lerche ! Juste l'occase d'aller se faire buter bêtement, pour rien, dans les rizières du Tonkin où maintenant se passaient les festivités militaires.

Tout de même, il m'arrivait de réfléchir et sans en appeler à Dieu pour ça. Je ressentais parfois une sorte de malaise en pensant à l'avenir... et puis un peu à ce que je foutais là dans cette galère humaine ? Je devais être mal né... ou né pour autre chose, je ne savais au juste. Je n'avais vraiment rien dans les pognes, juste mon sexe... qui me tirait, me tenaillait, m'empêchait peut-être d'accomplir des choses dites sérieuses. J'aurais pu m'en faire une arme redoutable... devenir avec un peu de patience, un minimum de savoir-faire, gigolpince au mieux, souteneur au pire. Je n'avais même pas assez de suite dans les idées pour m'accomplir de la sorte. Obscurément j'avais l'intuition que je pouvais un jour me réaliser, réussir ma vie d'une certaine façon, mais je ne voyais pas bien comment. Je ne m'accrochais à rien. Je ne me sentais pas très à l'aise dans mon époque. L'impression tout le temps d'être à côté de la plaque. On me demande aujourd'hui si je regrette de n'avoir pas fait d'études. A vrai dire, je ne regrette rien... j'ai fait mon parcours vaille que pousse, chaotique... au gré des heurts, malheurs, des bonnes et mauvaises rencontres... à la petite semaine, à la courte paille, l'inspiration du moment. J'avais bien quelques atouts dans mes brêmes... une mémoire d'acier... une imagination quelque peu délirante... ça ne me servait pas à grand-chose, qu'à m'amuser un peu en songeant aux moyens illégaux de faire fortune. Tout est venu beaucoup plus tard, en ce qui concerne le goût des belles-lettres, de la Culture, comme on dit à tout trac aujourd'hui, avec une majuscule. Le droit sacré à la Culture... la Culture des masses laborieuses... le centre culturel... le ministère de la Culture ! On en parle tant sans doute parce qu'elle barre en capilotade, la fameuse Culture ! Elle est devenue n'importe quoi pour n'importe qui... On y rentre... dans son temple... mieux que dans un supermarché, dans des chiottes sans dame pipi... sans jamais avoir à casquer. Or, mon petit avis d'homme qui s'est cultivé au jour le jour, à la nuit la nuit, à la longueur du temps dans les hostos et les prisons, à l'eau fraîche et au pain sec... on doit toujours tout payer. Ce qui est gratuit, c'est du pet sur une toile cirée... juste une vague odeur, rien de plus. Tout ce qui forcé, obligatoire aussi est détestable... J'ai tout appris par le désir... l'envie ! Il faut que ça commence par une bandaison... par le plaisir. Tout est amour, disait Bertrand, dans un sens il avait raison.

Lui, il avait beau m'inciter à lire ses livres, voilà...

je n'en ressentais pas encore la nécessité. La musique d'Odette non plus. Et je ne voulais pas leur donner le change... jouer à... faire semblant... parler à lure-lure. C'est le B.A. dans le monde des Lettres et des Arts... le snobisme... applaudir à la mode, s'y conformer... nul besoin de comprendre ou de ressentir... on communie avec ceux qui savent ou qui paraissent. Toujours j'ai été profondément allergique au snobisme. Je n'arrive pas à me forcer, à sautiller quand il le faut. Peut-être aurais-je avancé plus vite dans le savoir si j'avais joué la comédie avec Odette après les concerts, avec Bertrand en acceptant de lire ses livres en diagonale. C'est pas si duraille de passer pour quelqu'un à la page... cultivé en diable. On attrape vite quelques tics de langage, quelques formules, on répète... on disait en ce temps-là : « C'est excellent ! »... Aujourd'hui, on dit : « C'est super ! Génial ! Supergénial ! » Ça suffit le plus souvent.

Qu'est-ce que je pouvais lui dire à la belle Odette de son Charles Münch... sa façon magistrale de diriger la *Pastorale* de Beethoven ?... Des banalités... que ça m'avait bien plu... que j'étais aussi transporté d'extase artistique par l'ouverture de *Coriolan* ! Je préférais tout de même le cinoche à cette époque... *Les Enfants du paradis... La Bataille du rail...* je ne sais plus au juste... les films de guerre américains sur la campagne du Pacifique, *Trente secondes sur Tokyo, Objectif Burma* avec Errol Flynn. Et là encore je ne donnais pas dans le culturel, je n'étais pas le moins ce qu'on appelle un cinéphile. Je me tapais les toiles au petit bonheur... plutôt pour voir des acteurs... je me fiais comme tout le monde aux titres, aux affiches... J'en arrive encore à me demander si ce n'est pas le mieux. Les critiques et les exégètes du septième art nous trompent plus souvent que les affiches sur la qualité des films...

Après le concert à Pleyel, fallait se magner le fion pour ne pas rater ce fameux dernier métro. A présent, ce n'était plus à cause du couvre-feu des Fritz, mais simplement pour ne pas se taper à pince dans la nuit d'interminables parcours. Les taxis étaient encore rares et puis très onéreux pour mon budget quasi inexistant de démarcheur en enseignes lumineuses. J'ai dû, ces années-là, me farcir tout Paris après minuit... des bornes et des bornes quand j'avais loupé le dur. On fait des rencontres insolites de temps à autre... On apprécie mieux la ville quand tout dort, que seuls les nuiteux sont sur la brèche. C'était encore calme dans les rues, les avenues... peu de voitures... et certaines marchaient encore au gazogène. J'arrivais à l'Etoile et pour atteindre le pont de Neuilly, ça me faisait une longue perspective... une ligne droite déserte passé une heure du mat. Sur l'avenue de la Grande-Armée, restaient quelques putes à la retape. Curieusement, dans ce coin plutôt huppé, c'était pas du premier choix celles qui arpentaient, le sac en bandoulière, le bitume. Ça m'arrivait de bavarder un peu avec elles, quand elles ne voyaient personne au loin à racoler. Je leur expliquais que je n'avais pas le rond pour les consommer... que je rentrais à tartine faute de moyens. Si elle n'avait rien de mieux à faire, la môme perdait un peu de temps à bavarder... de quoi? Ça m'est sorti des souvenirs. Sans doute de choses très insignifiantes... des banalités... la vie chère... le ravitaillement toujours... M'sieur Félix Gouin qui plaisait pas tellement aux femmes avec sa bedaine et sa tête ronde. A moins que ce ne soit du docteur Petiot. C'est vers cette époque qu'on l'a jugé puis guillotiné, ce cher praticien. Ça marque une période les assassins célèbres autant que les militaires et les hommes politiques... comme le mobilier ou les fringues. J'appartiens, moi, à la génération du docteur Petiot, le tueur imberbe au nœud papillon. Quand il s'est caché quelques mois derrière une barbe de Landru pour échapper aux poursuites policières, ç'a été sa perte au bout du compte. Ça ne lui convenait pas. Tout est question de style pour les tueurs comme pour les écrivains.

Il se passait encore des tas d'événements dans le monde et ici même à Paris... des élections, des scandales en veux-tu voilà... les prisons étaient bien pleines... on fusillait de temps en temps un traître, un gestapiste au fort de Montrouge. J'étais loin de tout ça... peu concerné... ça m'échappait mon rôle exact dans la société... Les militants, je n'arrivais pas à entendre le chant de leurs sirènes... encore moins que les *lieder* de Schubert... les *Romances sans paroles* de Mendelssohn.

J'avais pourtant assisté à une audience du procès de Pétain. Un hasard... j'étais en perm au mois d'août précédent. C'est Bertrand qui m'avait encore entraîné là avec des arguments de choc.

« Il faut venir absolument. C'est historique... plus tard, tu pourras dire : j'y étais. Il n'y a pas eu d'autre précédent que le procès Louis XVI ! »

De goût, de tendance, j'aurais préféré sans doute un grand procès crapuleux... Petiot, je vous ai dit... les chauffeurs de la Drôme... Weidman... Pierre le Fou qui commençait à faire parler de lui... Pour accéder au procès Pétain, les places étaient chères... Bertrand, son aubaine... il avait un oncle magistrat à la retraite... un homme qui avait fait toute sa carrière en Afrique noire à juger des affaires épouvantables de cannibalisme et de crimes rituels. Le tonton nous a fait passer tous les barrages de gendarmerie. Il connaissait tout le monde au Palais de Justice... les guignols, les avocats, les journalistes, les gardes municipaux. C'était la buvette son port d'ancrage, là où il sirotait ses pastis pour entretenir sa cirrhose et ses relations.

Ma chronique du procès Pétain... je ne peux vraiment pas vous améliorer le tableau historique. Nous étions avec Bertrand coincés dans le fond de la salle de la 1ʳᵉ chambre de la cour d'appel... Vu le public, le nombre des journalistes, c'était une salle trop petite. On avait rajouté des chaises un peu partout. Nous, en tout cas, on était debout parmi les spectateurs tassés comme aux plus belles heures du métro. La chaleur alors torride ! Les transpirations... odeurs d'aisselles, de chaussettes douteuses ! L'ambiance houleuse, survoltée... En me mettant sur la pointe des pieds, en tendant le cou très haut, j'ai aperçu le képi glorieux du Maréchal passer dans l'arène de justice... quelques secondes... toc, puis disparaître... et puis plus grand-chose... encore quelques têtes qui passent... des murmures... le président Mongibeaux avec sa barbichette qui marmonne... un brouhaha... qui demande le silence comme toujours dans tous les procès ! On chuchote autour de nous que c'est l'ambassadeur Léon Noël qui vient d'entrer et qui jure de dire toute la vérité. Pas moyen d'entraver une broque de ce qu'il va dire. De temps en temps la voix d'un avocat domine tout de même dans le prétoire... Maître Isorni, je crois, qui agite ses grandes manches, qui donne de la voix. J'en ai déjà ma ration suffisante du procès le plus célèbre du siècle. Sur huit jours de perm, je vais pas perdre tout un après-midi là-dedans à rien voir, rien entendre, accablé de chaleur. Un autre kébour passe... le général Serrigny, si je me souviens bien... encore un vieillard qui vient chevroter à la barre.

« Je me tire, Bertrand, j'en ai marre de tes conneries. »

Ce que j'ai chuchoté au Cureton... je l'ai scandalisé encore une fois. Il s'était donné tant de mal pour qu'on puisse assister à cette audience... ça le dépassait que je fuie l'Histoire pour aller traîner dans je ne sais quel bal à Jo... gambiller futile... forniquer avec Dieu ne savait même pas quelle escaladeuse de zob ! Il avait tout de même raison, Bertrand, j'aurais pu au moins rester jusqu'au bout. Enfin, je vous dis ce qui fut... je me suis faufilé pour regagner l'air libre. C'est tout ce que j'ai vu, entendu du procès du Maréchal. Aujourd'hui, je peux le lire dans les livres... les *Historia*... c'est aussi bien.

Depuis, j'ai eu l'occasion d'en voir des procès, bien sûr sans comparaison sur le plan événementiel ou politique... Le seul avantage, c'est que ceux-là j'étais bien placé, parfois même protagoniste sur le banc d'infamie pour suivre les débats... écouter le réquisitoire du substitut... les plaidoiries des avocats.

Bertrand, de rester toute l'audience debout dans le fond de la salle, ça l'avait pas avancé beaucoup mais, lui, il n'avait rien de mieux à faire durant sa perm... Il allait pas traîner son uniforme Rhin et Danube dans les guinches de basse espèce, les bouges... les bordels encore ouverts en cette année 1945.

Lorsque je rentre dans la gendarmerie après avoir arqué quelques bornes dans le Paris nocturne, Bertrand, le plus souvent, il travaille dans sa piaule. Il écrit, il prend des notes... il apprend le russe, je crois... c'est un studieux, un sacré bûcheur... un homme d'étude et de réflexion. Maintenant, je vous saute quelques semaines. Bertrand a dégauchi un boulot dans une société de vins du Var... Socovar, ça s'appelle. Par relations... quelqu'un de sa famille l'a fait entrer comme représentant. Lui, il a un fixe, c'est infiniment plus sérieux que mes enseignes avec le père Byron.

« Je vais voir... s'il n'y a pas moyen de te faire entrer dans la boîte dès que je serai plus introduit. »

Il n'ose pas me le dire mais ça le déprime après le séminaire, le latin, la théologie, d'en être réduit à faire les bistrots avec des échantillons de vinasse. Pas du tout son style, mais bien sûr... il n'y a pas de sot métier, on peut s'accomplir d'une certaine façon partout. Il s'applique... il fait des comptes... il aborde, je me doute, les clients éventuels avec sa courtoisie, ses très bonnes manières, sa voix restée un rien feutrée au contact des ecclésiastiques. Est-ce la bonne méthode ? L'avenir va nous le dire, il vient juste de débuter dans la profession pinardière.

Je m'embrouille dans mes souvenirs... entre le Cureton, Beethoven, Odette la catholique et puis tout de même ma gravosse, la charcutière de mon sboub ! Celle-là, comme duplicité, elle se posait là autant que sa volumineuse personne. Bien forcé d'aller proposer mes enseignes à son cher époux. Plutôt fermé, rogue, cézig... il voyait pas du tout l'intérêt de se mettre un cochon lumineux au-dessus de sa boutique.

« Surtout qu'en ce moment, on n'en a pas tant que ça à vendre du cochon ! »

La ration individuelle n'était pas encore très élevée... vous dire le chiffre exact... le poids autorisé par personne et par semaine ?... Ça se perd un peu dans les débris de ma souvenance... peut-être deux cents ou deux cent cinquante grammes... guère plus ! En vue d'élections, les gouvernants nous augmentaient les rations de pain, de viande, de lait... et puis sitôt élus, ça leur créait des drôles de problèmes qu'ils n'avaient pas prévus du tout, paraît-il. Un mois plus tard, ils resserraient la vis du rationnement. En toute circonstance, c'est toujours le même schéma et ça prend à tous les coups... les générations nouvelles se foutent de l'expérience des anciennes... ainsi va le monde ! peut-être que c'est utile au progrès de l'humanité... savoir ?

Derrière son homme, la grosse Lulu, elle me faisait des petites grimaces, des petits gestes de sa main potelée, des clins d'œil coquins, elle se bidonnait interne, la salope ! Vrai qu'il n'était pas leaubiche son partenaire coutumier du pageot... un bouffi à l'œil morne, la face couperosée... une moustache encore hitlérienne, quoique ce ne fût plus trop la mode depuis la Libération. Elle m'avait prévenu... il fallait insister, le tarabuster à mort, il disait toujours non au début et puis, au fond, c'était un faible, il finissait par céder. Elle connaissait bien les hommes... la plupart, ils sont va de la gueule, bravaches, rouleurs mais, en fin de compte, c'est les gonzesses qui font la loi. Il suffit juste d'y mettre les formes. Nos féministes ont tout compris, sauf ça... et il s'ensuivra bien des conflits inutiles.

J'ai donc fait une bonne affaire avec ce charcutier cocu... fini par lui fourguer un énorme porc debout sur ses pattes de derrière, une véritable œuvre d'art... mon plus grand modèle d'enseigne lumineuse. Ça méritait une bonne récompense à coups de chibre pour madame... que je lui régale royal son cul. Seulement, avec le mari de retour, c'était plus possible qu'on s'assouvisse les instincts dans son arrière-boutique. Fallait qu'on aille à l'hôtel, qu'elle se trouve des prétextes pour s'échapper... qu'elle s'invente des courses, des visites à une vieille cousine. On se retrouvait l'après-midi dans une sorte d'hôtel de passe rue des Tournelles, près de la Bastille. Je suppose qu'elle connaissait l'endroit, qu'elle y était déjà venue avec des tringleurs de rencontre... j'étais certainement pas le premier avec lequel elle cornardait son pépère. Dans un sens, je regrettais le billot de travail, la boudinière, le saloir... la pénombre de son arrière-boutique parmi les jambons et les sifflards pendus. Une fois dans cette piaule d'hôtel... le dessus-de-lit jaune... l'édredon... le bidet derrière un petit paravent à fleurs mauves... ça perdait un peu, nos étreintes... leur rituel... leur érotisme crapuleux ! Question poids, fallait en outre la soulever Mme Lucienne dans les positions acrobatiques qu'elle affectionnait. Elle était poilue pas possible... le véritable tablier de sapeur... je préférais tout de même tirer les rideaux, la casseroler dans la pénombre... Elle en voulait de tous les côtés... insatiable, la vache ! elle bondissait, beuglait, mugissait, miaulait, couinait... toutes sortes de cris de bêtes... me retournait à sa convenance comme une crêpe. A la longue, je mollissais tout de même... je trouvais moins de réserves pour la transpercer encore... moins d'élan... j'arrivais plus à fournir pendant les deux ou trois plombes où on s'enfermait. Le seul avantage... qu'elle me parlait pas du tout d'amour, elle m'appelait uniquement son grand dégueulasse, sa grosse bite, son défonceur. Ça me suffisait comme mots tendres, je lui répliquais dans le même style pendant nos ébats... grosse salope ! ordure ! cochonne ! Elle s'en pourléchait, en redemandait... et au bout de quelque temps, quelques séances... une fois bien habituée... en guise de caresses des grandes claques sur son gros cul ! de la bastonnade ! Juste elle me suppliait d'y aller pas trop fort, non par crainte de la douleur, mais pour éviter les marques...

« Si Baptiste me voit couverte de bleus, il va se demander d'où ça vient ? »

D'après ce qu'elle me racontait, son Baptiste, il la gâtait pas lerche question quéquette. Il la tirait deux trois fois la semaine à la va-vite... la seule fantaisie de temps en temps en levrette dans la cuisine. Ça le prenait quand elle faisait la vaisselle... il venait la trousser.

« Mais j'ai même pas le temps de m'essuyer les mains, il a déjà fini son affaire. »

Un égoïste encore cézig, un minable bandeur comme il y en a tant. Bien pour ça qu'elle n'avait aucune honte, aucun remords de le tromper à tout bout de zob... de lui subtiliser du lard, des andouillettes, des morceaux d'échine et de plat de côtes de sa chambre froide pour me récompenser, me donner des forces afin de mieux la bourrer, lui ravager sa belle chagatte.

Voyez, nous étions dans les meilleurs termes possibles. Ça s'était régularisé nos parties de jambes en l'air tous les lundis, le jour de fermeture de sa boutique... bien suffisant à mon avis, au-delà j'en aurais eu vite ma ration. A la longue, c'était surtout son paquet de victuailles qui me stimulait. Elle commençait même à diversifier un peu ses petits cadeaux... elle me rapportait des cigarettes, du chocolat américain... Si je ne m'étais lassé tout d'un coup... la décision subite de rompre... ça prenait le chemin qu'elle me fringue des pompes à la chemise. Elle m'avait déjà offert une jolie cravate en soie avec un petit paysage sur le plastron... deux palmiers sur un atoll, la mer bleu d'azur tout autour, le genre américain... Abott et Costello dans leurs meilleurs films. De quoi provoquer les foudres d'Odette. D'où je sortais ça ? Pas facile de lui expliquer, de trouver un mensonge plausible. Elle me prêtait tout de même pas un si mauvais goût pour aller m'acheter un pareil emblème de rastaquouère ! C'était vraiment les antipodes la grosse Lulu et Odette. L'une tout en sexe, un ouragan d'indécence, d'égarement... l'autre toujours sur sa réserve, au bout de deux mois encore à de timides patins... quelques furtives caresses qui la crispaient. L'une me reposait de l'autre finalement, je trouvais provisoirement mon compte comme ça. Peut-être que ça serait l'idéal d'alterner, de diversifier les gonzesses, d'en avoir non seulement des grosses et des maigres, mais aussi des toutes en cul et des esprits presque purs... des bovidées pour se reposer des mélomanes et vice versa.

J'en étais pas, à cette époque, à tirer de la situation une philosophie aussi sage, aussi sereine... jeune connard, ça me gênait plutôt, je me sentais mal à l'aise dans cette duplicité. Ce qui m'a fait stopper avec Lucienne... que je me débectais un peu dans ce rôle d'étalon rémunéré en palette de porc, saindoux et autres cervelas ! Gigolpince, passe encore, mais il eût fallu, tant qu'à faire, pour me calmer les scrupules que je me farcisse alors de la vraie viocarde de luxe, bagousée de diam's, ruisselante d'or... qui m'eût véhiculé en Rolls. Dans la situation où je me trouvais, en considérant les choses avec un peu de lucidité, je ne pouvais profiter de la seule chose vraiment palpable que j'avais dans les mains... mes dispositions artistico-érotiques. Ça représentait tout de même quelques énormes difficultés avant de les quimper, les mémères emperlousées ! Comment les atteindre, lier connaissance... fallait un minimum de relations, d'occasions... que je me lance dans un certain monde et, j'avoue, là je manquais de dispositions naturelles pour me propulser dans les mondanités... En dehors même de mes sapes... y avait aussi mes mauvaises manières, ma façon loquedue de m'exprimer.

« T'en as rien à foutre ! Tu vas de cinq à sept dans les salons de thé... juste, faut que tu cires tes pompes et que tu te mettes une cravate. »

Ça, ce sont les conseils de Jojo Kermonec, un bon petit pote de la porte d'Italie. Gratuites, ses suggestions... lui, il n'avait pas été voir comment ça fonctionnait le parcours gigolpincier... il disait ça comme beaucoup de choses, en se marrant au zinc des bistrots. Il se bidonne tout le temps, ce Jojo, une heureuse nature... il se caille pas métaphysique. Ça l'amusait sans doute, ce vicelard, de m'imaginer au tapin dans un salon de thé... abordant les douairières, leur offrant du feu pour engager la conversation. Il se contentait, lui, de son sort dans l'horlogerie... c'était un sage. Je ne peux guère m'étendre davantage à son endroit... les sages n'ont pas d'histoire, c'est bien connu. Je suis donc obligé de vous le mettre à l'écart après cette petite parenthèse.

M'y retrouver dans le dédale des semaines... ce printemps gris qui n'en finit pas à Paris sans fleurs ni couronne. Ça ne s'améliore pas depuis mon métro du début... toujours les magasins quasi vides malgré les socialistes et les communistes au pouvoir... les gens dans les rues avec leurs fringues, leurs mines fatiguées. Ça se chevauche les événements... le procès, je vous ai dit, du docteur Petiot qui va se terminer par son exécution au petit jour dans la cour de la Santé. On prépare des élections... un référendum pour la nouvelle Constitution... les oui-oui et les oui-non... Ça ne me met pas dans un état d'exaltation éperdue... je zyeute les affiches plutôt indifférent. La politique pourtant ça meuble, ça vous donne un sens à la vie, surtout quand celle-ci est décevante, tristounette... Tous ces militants de toutes couleurs, tous poils, tous sexes, j'en arrive à me demander si, dans le fond, ils y croient vraiment à leurs slogans, leurs bobards, s'ils sont si naves de se figurer que leur pauvre sort ya changer grâce aux élus de leur cœur qui vont accéder aux placardes ? Ça les divertit surtout, je pense... ils s'agitent, ils vibrent, ils s'embrasent, ils finissent par se faire mystifier par leur propre délire verbal... ils deviennent peu à peu capables de tout, du meilleur peut-être et du pire souvent... de mourir ou de tuer au nom de leurs idées. Tout ça participe d'une certaine folie. A vingt ans, bien sûr, je ne m'en rendais pas si bien compte... juste je subodorais un peu la vape. Tout ce que j'ai vu depuis m'a forgé cette petite conviction... une des rares qui ne soient pas meurtrières dans ses conséquences.

L'ardu pour vous écrire cette chronique... le méli-mélo des événements, leur superposition... la politique, l'amour, le fric... les copains... le boulot. Je n'arrive plus bien à reconstituer cette chronologie... si j'avais quitté la grosse Lulu avant Byron... si les élections se déroulaient bien au même moment. Bertrand, il m'en parlait de ce référendum... une raison de plus pour cézig de se mettre la rate au court-bouillon ! L'enseignement qu'il avait reçu au séminaire aurait dû le pousser vers la démocratie chrétienne incarnée par MM. Bidault, Francisque Gay le barbichu, Maurice et Robert Shumann... M.R.P., ça s'appelait ce parti bien installé au pouvoir depuis la Libération... Mouvement républicain populaire... mais Bertrand, depuis sa désertion de chez les Lazaristes, il se sentait devenir de gauche de plus en plus.

« L'Eglise a failli à sa mission vis-à-vis de la classe ouvrière. »

Le schéma classique qui allait conduire petit à petit tous les curetons à se débarrasser de leur soutane, de leurs vertus théologales, de leur Vierge Marie, de leur latin... à devenir plus marxistes sincères en trente piges que les membres du Politburo. A ce moment-là, les boniments de Bertrand, c'était au moins nouveau. Il avait perdu sa vocation de prêtre mais il se considérait toujours comme une sorte de chrétien de cœur. Les communistes prêchaient une espèce de fraternité des pauvres qui facilitait le passage de l'Eglise à la cellule où l'on retrouve les vérités fortes... la chaleur des convictions partagées. Au moment de ces élections, il s'est mis à aller dans les réunions, les meetings, écouter les uns et les autres pour trouver sa voie, disait-il...

« Nous sommes *au monde*... tous concernés... que tu le veuilles ou non. »

J'étais en quart, moi, à propos de ces concernations... déjà l'horreur des troupeaux, des brandisseurs de pancartes... instinctif. Il me faudra encore une nana, par la suite, pour m'embringuer quelque temps dans une aventure politique, ma seule expérience du genre... Soyez patientes, je vous débiterai ça le chapitre venu, un peu plus tard, mes belles lectrices attentives...

Odette aussi s'intéressait à la vie du monde... l'évolution de la société. Elle me reprochait mon absentéisme... que j'étais dans une position insensée, égoïste, sans perspective aucune. Elle, elle était carrément démocrate-chrétienne sans aucun penchant vers le marxisme. Ça n'allait pas, ses engagements, jusqu'au militantisme, seulement dans ces périodes électorales, les gens s'enfièvrent un peu... ça discutaille dans les bars, les ateliers, les bureaux. Oh, j'aurais bien été jusqu'à écouter des discours d'hommes politiques des soirées entières dans des préaux d'école en compagnie d'Odette si ça avait pu me faire progresser vers son lit... Mais quel lit d'ailleurs ? où la sabrer ? Quelquefois je la sentais presque à point après la gambille ou le cinéma. Sous le porche de son immeuble, quand je la raccompagnais, je jouais mon petit duo de paluches en zob majeur... artistique, je parvenais à lui ramollir la chasteté... seulement c'était pas possible de grimper chez elle, sous un prétexte quelconque, à cause de sa dabuche. A ma gendarmerie, j'avais bien essayé de l'attirer, elle refusait, elle se méfiait de moi bien sûr et peut-être maintenant d'elle-même. C'était le mariage qu'elle recherchait, aucune gourance. On en était aux châsses enamourées, aux mains dans la main... Roméo et Juliette... Tristan et Iseut, etc. Les serments, j'y allais tout de même moderato, ça m'a toujours gêné de raconter certaines salades aux gonzesses pour arriver à les sabrer... ça me sort mal de la bouche, j'ai toujours l'air de ce que je suis... éhonté érotomane, fornicateur cynique. Je parle, bien entendu, par rapport aux mœurs d'il y a trente quarante ans lorsque Don Juan promettait le mariage aux femmes pour arriver à ses fins. Aujourd'hui, tout ça n'a plus cours, n'a plus de sens... c'est la fiesta des trous du cul sans musique et sans paroles.

JE vous saute un mois ou deux, je ne sais plus... après ma période de vendeur d'enseignes lumineuses... ma rupture d'avec Byron. Odette, puisqu'on en était aux « Dis, tu m'aimes ? », elle insistait pour que j'entre dans sa boîte de prothèses orthopédiques. Elle pouvait me pistonner pour devenir je ne sais quoi... une sorte de visiteur médical... démarcheur dans les hôpitaux, les centres de rééducation. On me ferait faire un stage payé pour apprendre les rudiments du métier. On ne fourgue pas des fauteuils de paralytiques et des jambes artificielles comme des cochons phosphorescents, ça demande quelques connaissances en anatomie... sans doute aussi des boniments d'un autre style. Je me voyais pas dans ce genre d'apprentissage... ma curiosité universelle n'allait pas jusque-là. J'ai préféré me brancher sur les vins du Var par l'intermédiaire du Cureton. Mais je vous raconterai ça plus loin. Pour l'instant, j'en suis aux bagatelles de la porte avec Odette... porte qui se referme sur mes érections. Je n'ai même plus la grosse Lulu pour me calmer, me faire éponger les ardeurs. Un lapin... un mastard garenne, je lui ai posé brutalement... la décision d'un beau matin. Ma claque ! Fallait que je tourne la page... irrévocable. Ça me prend comme ça... je casse brusquement, parfois sans raison bien précise, sinon que j'ai trop vu une tête... une paire de fesses, je m'explique pas ça bien autrement... la satiété ! Avec certains potes, ça vient de cette fameuse goutte d'eau qui déborde d'un vase qu'ils remplissaient sans bien s'en rendre compte. Ces coups de tête vont parfois contre mes intérêts les plus immédiats. Le cas typique avec la grosse Lulu... la privation d'andouillette, de pieds panés... de centaines de mètres de boudin... toutes les gâteries alimentaires dont elle me comblait. Je n'insiste pas sur ses divines turlutes... toutes les mignardises du plumard qu'elle me prodiguait sans retenue.

A ce moment, n'est-ce pas, j'ai opté pour l'esprit... la musique symphonique plutôt que la charcuterie... le culturel, les livres, les expositions de peinture. Odette se donnait vraiment du mal pour m'élever un peu l'esprit. Elle m'emmenait aussi au théâtre... *Caligula* d'Albert Camus, ça je me souviens tout à fait, avec Gérard Philipe en péplum... de beaux costumes... les tirades ! Les trois quarts de tout ça m'échappaient... je faisais un réel effort pour m'intéresser à ce qui se passait sur la scène... ces personnages forcenés, vociférants, ça m'était total étranger... issus vraiment d'une autre planète... Duraille ensuite d'en parler, me sentir transporté... je n'y comprenais pas grand-chose. Ça me foutait presque des complexes. Mais y avait-il vraiment quelque chose à comprendre dans la plupart des pièces que j'allais voir avec Odette. J'avais du mérite, je me rends compte, à me farcir des spectacles qui m'ennuyaient tellement. C'est ça d'ailleurs la culture... quand on s'ennuie... enfin, je nuance un peu à présent, mais pas tant que ça. Il paraît que c'était une chose extraordinaire de voir Gérard Philipe dans *Caligula*, un peu comme pour nos grands-parents Mounet-Sully dans *Hamlet*. Ça m'est passé net au-dessus de la tronche ce moment unique de l'histoire théâtrale... un peu comme le procès Pétain.

J'allais souvent attendre Odette à la fin de son

boulot... je vous ai dit, c'est elle qui fermait la boutique, elle avait les clefs, la confiance du patron. Ce qui s'est passé ce soir-là ?... plus bien ça en mémoire... le pourquoi je suis entré dans le saint des saints, dans le magasin parmi tous ces objets qui me foutaient une trouille intense. Pendant la guerre... mes barouds avec le colonel Fabien, puis dans les commandos de France... ce qui m'avait toujours obsédé... que je laisse un bras, une patte... les deux pourquoi pas ? sur le terrain... que je me retrouve mutilo glorieux dans les défilés d'anciens combattants... la flamme à ranimer à l'Arc le 11 novembre. Je préférais nettement me faire étendre d'une balle en plein cœur, en pleine tronche.

Odette est venue m'ouvrir... L'heure de la fermeture était déjà passée depuis longtemps, mais il lui restait je ne sais quelle paperasserie à remplir... une lettre à taper dans le petit bureau qui lui était réservé, attenant au magasin. Me voici donc pour la première fois dans le sanctuaire. Je peux voir d'un peu plus près les appareils, toutes les gentillesses prothésiques... Odette a éteint la boutique, je suis dans la pénombre entre l'éclairage de la rue et celui de son petit bureau dans le coin. Je perçois les choses d'une curieuse façon... rétrospectif, ça me refout une sacrée pétoche... ces guibolles articulées... ces cannes, ces chaussures pour pied bot, ces bandages herniaires... tous ces appareils dernier modèle de l'époque.

« Attends-moi cinq minutes... je finis une lettre pour mon patron. »

Ce qu'elle a dû me dire en me laissant ainsi en chandelle au milieu de son commerce pas comme les autres. Je suis resté debout... pas la moindre envie de m'asseoir sur une chaise de paralytique. J'avais le temps de méditer pendant mes cinq minutes... me dire que j'étais vraiment un petit vernis de m'être arraché de la catastrophe européenne avec juste un bout de fesse en moins. Une blessure mal placée sans doute... très près du fion... un centimètre près, j'étais encaldossé par l'artillerie ennemie... une espèce de sodomisation dont on ne tire pas tellement d'avantages dans les belles-lettres. Ça m'avait pourtant frôlé le nerf sciatique, de quoi rester avec la patte raide.

Me reviennent les souvenirs de ce matin du 31 janvier 1945... la mission de mon groupe dans la nuit noire vers cinq heures... d'aller tâter un peu les Fritz vers le cimetière de Durrenentzen. Le froid polaire... ça tournait entre moins quinze moins vingt sur les bords du Rhin depuis quelques jours et nous n'étions même pas équipés de survêtement de camouflage blanc comme nos adversaires. Ceux-là alors, rompus par la guerre en Russie à toutes les intempéries, habitués à se mouvoir dans les glaces de Carélie ! Des chasseurs alpins revenus de Finlande... l'edelweiss leur insigne ! L'Allemagne paraissait pourtant foutue en ce début 45, on ne voyait plus ce qui pouvait retourner la situation... les Popofs étaient déjà en Prusse-Orientale, en Hongrie... les grandes villes d'outre-Rhin rasées par les superforteresses américaines. Que ces soldats trouvent une pareille énergie pour se défendre, c'était vraiment l'énorme surprise.

L'os au cimetière de Durrenentzen... des fantômes blancs dans la neige qui nous y ont accueillis à coups de sulfateuse... un duel de tombe à tombe. Ces vicelards nous avaient laissés entrer tranquillos, l'arme presque à la bretelle... l'impression que le village était abandonné... et brusquement le feu d'artifice... les Edelweiss planqués partout, les tantes, nous allument comme à la foire. Duraille de vous dire ce qui se passait dans ma tête à ce moment-là ? Ce que je sais... que j'étais total inconscient du danger. Toute la progression pourtant ardue dans la neige de la plaine, je fonçais sans réfléchir. On avançait par bonds en se faisant des signes. Je voudrais pas tomber dans le récit de guerre haut les cœurs ! Debout les braves !... mais ce fut quasiment ça. J'avais eu sérieux le trac toute la nuit... débarqué des Dodge à Urschenheim, on s'était calfeutré comme on avait pu dans les granges, les caves du village. Pas question de se faire le moindre feu pour se réchauffer. On battait de la semelle... juste nos réserves de schnaps pour se donner un peu de poil au cul ! La veillée funèbre ça sentait. Bob Preuil, l'ancien des pompiers de Paris, qui avait participé à la fameuse mission sur Rouen en flammes après le grand bombardement du 18 avril 44... je le sentais nerveux, tendu à l'extrême, ce bon pote, alors que d'habitude il était imperturbable en toute circonstance. Il avait peut-être le pressentiment de sa mort. Ce qu'on se dit après. En tout cas, lui, il s'est conduit d'une façon quasi suicidaire... on appelle ça *en héros*. J'arrive toujours pas à savoir ce que c'est exactement un héros.

D'une seule rafale de sa Schmeitzer, le Chleu qui a débouché brusquement de derrière l'église a étendu deux copains derrière moi. Ce qui m'a sauvé ?... savoir ! J'étais pourtant le premier sur sa trajectoire... un quart de seconde, je l'ai vu, ce dégueulasse, j'ai plongé à terre à plat ventre pour riposter avec ma carabine amerloque à quinze coups semi-automatique, une merveilleuse petite machine à distribuer la mort. Mais j'ai lâché ma rafale dans le vide, il avait disparu comme un fantôme. Et ça a continué dans le même style... le harcèlement... à ne plus savoir où se planquer, sur qui défourailler. L'effet de surprise du commandant, passez muscade ! C'est bel et bien nous qu'étions surpris et faits presque aux pattes... dans l'impossibilité de décrocher.

Tout ça s'est déroulé, je ne me rends plus compte du temps exact... j'avais roulé dans une fosse, carrément dans une tombe creusée toute fraîche, toute prête. Même pas eu le loisir de me faire des réflexions métaphysiques sur cette situation incroyable... l'amère ironie du sort ! Qu'il suffisait qu'un jeton me tombe sur la tronche et je pouvais me passer de toute cérémonie funèbre... on n'avait plus qu'à me recouvrir, m'enterrer sur place. Trop tendu, occupé uniquement des apparitions de l'ennemi pour me mettre à gamberger. Derrière moi sur la gauche, le long du mur d'enceinte, le caporal Lequerré avait mis son F.M. en batterie direction de l'église. Un Breton ce Lequerré, comme son nom l'indique... un impassible, un type absolument sûr, sans phrases, sans un geste de trop... L'histoire de France le connaît bien, le caporal Lequerré... il devait être à Fontenoy... à Valmy... voilà un brave à Austerlitz !... vous le retrouvez avec Chanzy en 70... il sera de tous les sales secteurs de 14-18... les Eparges et le Chemin des Dames... Il est revenu, il ne se lasse pas... engagé volontaire, il est dans ce coup dur, fidèle au poste et il va me sauver la mise, le caporal Jean-Marie Lequerré.

Quand ça s'est mis à pleuvoir sur nous... les obus... un déluge de l'artillerie américaine... qu'on s'est sorti de nos planques, sans lui je serais resté sur le terrain, probable... Mon jeton dans le cul, j'étais immobilisé... il a réussi à me tirer, me remettre à l'abri dans un trou d'obus jusqu'à ce qu'on vienne me chercher, que les chars de la Légion soient passés à la rescousse pour nous dégager, virer les Chleus à edelweiss jusqu'au-delà du Rhin.

Tout cela, bien sûr, ça me ferait des pages et des pages... les moindres détails... mon arrivée au poste de secours à plat ventre sur le capot d'une ambulance trop pleine pour que je puisse être à l'intérieur. Le trac fou alors de me faire achever comme ça, aussi bêtement, lorsque tout était fini ! Mais il me semble qu'on vous a raconté ça quelque part, un ou plusieurs confrères... en dix vingt volumes qui s'empoussièrent déjà sur les rayonnages des bibliothèques. Tout ça n'intéresse plus que quelques vieux dinosaures d'avant les années 50.

Ma pensée s'était branchée sur ces souvenirs encore récents pendant que j'attendais que la tendre Odette ait fini de taper sa bafouille dans son petit réduit. C'était les prothèses qui m'avaient provoqué cette rêverie... mon flache-baque dans le cimetière de Durrenentzen. Bon... Odette termine sa dactylographie... je la gaffe, la petite lampe au-dessus de sa machine à écrire n'éclaire qu'une partie de son visage. Elle se redonne un petit coup de bouffant à sa chevelure... un geste de coquetterie machinal.

« Qu'est-ce que tu fais ? »

Elle s'inquiète... que je suis là dans l'obscurité debout, immobile parmi les prothèses. Je ne lui réponds pas... ma décision soudain est prise... je vais vers elle, j'entre dans son minuscule bureau. Elle me regarde venir, elle me sourit. Je la trouve belle, belle de tous les désirs que j'ai accumulés depuis maintenant près de trois mois en ce qui la concerne. Souventes fois en égoïnant la grosse, la Lulu charcutière... en lui écartant ses grosses cuisses, c'est à toi, Odette, que je pensais. J'imaginais, chérie, ton corps, tes seins... que je m'enfonçais dans toi. Alors suffit les simagrées, les fiançailles !... les main dans la main... les concerts à la salle Gaveau ! J'en ai ma claque du *Carnaval* de Schumann, des préludes de Debussy... des sonates et des concertos. Je me sens assez cultivé à présent pour avoir le droit de cuissage.

J'ai une façon de l'embrasser brusquement qui lui fait comprendre que ça va être sa réelle fête, qu'il n'y a plus de pardon, que ça va se passer ici même, ou que ça ne se passera jamais. J'en ai marre, Odette, d'attendre que tu veuilles bien soulever tes jupes. J'ai eu tort, un certain soir j'aurais pu te sabrer dans une porte cochère le long du chemin...

on s'était arrêté pour une embrassade, te souviens-tu ?... Mais oui, tu te souviens... j'avais réussi à glisser ma paluche, à remonter le long de ton bas jusqu'à cet espace de chair tendre avant d'atteindre ta petite culotte ! Tu te débattais bien sûr, j'ai eu du mal à écarter ton slip et à toucher ton sexe juste au bon endroit. Pourquoi n'ai-je pas poussé plus loin mes avantages ? Je réfléchis et ça me revient... l'après-midi de ce jour-là, je l'avais passé dans la chambre d'hôtel avec la gravosse. Encore une partie de balayette infernale... je l'avais tambourinée, enculée au point de lui faire crier grâce à cette mangeuse de santé à l'appétit sexuel insatiable ! Seulement, moi aussi, j'étais sur les genoux à tel point que je me suis posé la question de savoir si j'aurais encore des ressources de bandaison afin de te tringler, ma belle chrétienne, comme une chienne, debout dans l'ombre sordide ! Voilà ce qui t'a sauvée du déshonneur, du désespoir qui te rongerait depuis lors... Ce n'était que reculer pour mieux te culbuter, mon enfant !

Cette fois, elle a entravé, elle esquisse un geste de défense, de protection... elle voudrait attendre je ne sais quoi... qu'il soit légalisé, sacralisé, ce coup de bite... qu'un prêtre s'en mêle... merde ! pourquoi pas me la bénir et me la tenir, me la diriger vers le saint des saints... le petit tabernacle d'amour !

Je l'ai coincée contre son bureau, sa vieille Underwood... je lui plaque le cul sur les touches. Ce patin infernal !... J'arrête plus de le lui rouler, lui envoyer ma menteuse au fond de la bouche, de l'étouffer, la peau de vache ! Sans pour autant perdre les pédales... je gamberge à la suite... il faut que j'éteigne la lumière... je tâte et je trouve enfin l'interrupteur... toc ! j'éteins. Mignonne, dans le noir tu auras moins honte de te faire arracher ta jolie culotte.

« Tu es fou ! Qu'est-ce qui te prend ? Qu'est-ce que tu fais ? »

C'te bonne paire !... bien le cas de le dire... ce que

je fais ?... Une chose vieille comme Néanderthal, comme cromacouille-de-mes-deux-gnons... comme, si tu préfères, les babouins avec les babouines sur le rocher de Vincennes au zoo, rappelle-toi ma tendre, ma douce... tu avais détourné tes jolis yeux presque chastes, mais enfin tu avais bien vu, aussi bien que moi, la queue rougeâtre du monsieur babouin... Pas très engageante, je te l'accorde, mais elles font avec, les dames cynocéphales, elles n'ont pas nos préjugés esthétiques.

Comment a-t-elle réussi à se dégager, à me repousser ?... « Non ! Non ! Laisse-moi, je t'en supplie ! » Elle a profité du moment où je me débraguettais... Elle était déjà pourtant au four... prête au sacrifice suprême... en porte-jarretelles... le slip à moitié descendu... son soutien-gorge qui ne soutenait plus ses seins. Un sursaut, sans doute Dieu qui lui vient en aide, ce pédé ! J'ai relâché ma pression, mon attention... hop ! elle m'a repoussé... elle s'est propulsée... la voilà toute dépoitraillée, quasi déculottée, qui tente de m'échapper dans le magasin des horreurs parmi les jambes mécaniques, les bras de démonstration. Je fonce à son train dans la pénombre. Bing ! je me cogne dans je ne sais quel corset, quelle béquille... quel fauteuil roulant. Fort heureux, un lampadaire, dehors sur le trottoir, nous diffuse un peu de lumière. Enfin je la ragrafe par le pan de la jupe... je tire... ça ne tenait pas beaucoup plus que ses bonnes résolutions... ça se déroule, ça me reste dans les pognés, mais elle ne pourra plus échapper, Odette, au dieu Priape ! Tu ne peux pas, pauvrette, t'esbigner dans la rue Notre-Dame-des-Victoires en porte-jarretelles, les tétons à l'air... ça ne serait vraiment pas décent... pas correct du tout ! Je n'ai pas le choix, je la rattrape, je la maltraite un peu et je la cloque sur une espèce de chaise de paralytique ! Je ne me rends pas exactement compte et d'ailleurs je m'en contrefous ! Elle a eu tort d'essayer de se faire la paire, ou plutôt non dans ce cas précis, mon expression argotique prête trop à confusion. Contre sa machine à écrire, le péché eût été moins grave sans doute, moins sacrilège. Sur ce fauteuil d'infirme, ça ajoute je ne sais quoi de pervers, d'un peu crapuleux à notre étreinte. Parce que ça y est maintenant... j'y suis et j'y resterai le temps qu'il faudra pour qu'on reluise. « Pas ici ! Non ! non ! Pas ici ! » Elle proteste encore mais ça se ramollit dans la conviction. Je l'ai toute arrachée, dépiautée de partout... la petite culotte rose, le porte-jarretelles... le corsage... ça vole, virevolte parmi les bandages herniaires, bas à varices, semelles podologiques... les minerves... toutes sortes de ceintures médicales... Merde ! Il me la faut toute... que je la dévore, la ravage, la glougloute ! Je la veux des pognes, de la bouche, des yeux... je l'ai pénétrée sans ménagements, elle l'a mérité... elle l'a bien voulu, la salope ! Je l'inaugure comme une bête, un clébard des rues. Oh ! je risque pas de m'arracher le gland, ce préambule, elle ne pourra pas prétendre que ça ne l'avait pas excitée... elle m'inonde, elle est trempée autant que la grosse Lulu dans ses meilleurs morceaux choisis.

Je voudrais bien vous continuer, lectrices, je suppose attentives, mais ce fauteuil de paraplégique, je vous oubliais, il est roulant. Il n'a pas bougé au moment de l'assaut, mais je ne sais pourquoi, sans doute un frein qui se desserre, et il se déclenche brusque... il fait marche arrière... je décroche, je reste sabre au clair tandis que la belle Odette s'éloigne cuisses écartées. Bang ! Elle est arrêtée dans sa course par un mannequin sans tête... le modèle pour les corsets orthopédiques. Il valdingue mais elle est tout de même stoppée dans sa glissade. Elle s'est mise à crier, je vous oublie... ça lui fait tout de même une drôle d'émotion qui s'ajoute à celle de se faire empaler, comme ça à la surprenante, sur ce fauteuil de stropiat. Ma présence d'esprit... d'instinct plutôt...

je rebondis, je refonce à l'ouvrage... je la rembroche !
Cette fois les roues sont bien bloquées. C'est un
modèle, paraît-il, d'avant-garde pour les poliomyéli-
tiques, les culs-de-jatte... les invalides cent pour
cent... Je n'y pense plus, je suis tout à mon œuvre de
chair... je lime artistique... à la godille, puis au piston
de machine à vapeur... j'alterne. Je m'attendais pas à
ce qu'elle me réponde aussi bien cette Odette si chrétienne, mélomane et prude. Elle ne veut plus que je
m'arrête, elle en redemande sans oser me le dire.
C'est pas comme la grosse Lulu qui se permettait
dans le verbal autant de licence que dans l'action.
Les cochonneries, tous les mots obscènes qu'elle
proférait, celle-là !... A faire rougir tous les soudards
de la colonne Fabien et du bataillon de choc réunis.

D'instinct, Odette a relevé très haut les cuisses
afin que je puisse mieux la besogner, l'enfouiller
jusqu'au tréfonds. Je vous explique donc pour celles
qui ne comprendraient pas très bien... n'est-ce pas,
elle est sur le fauteuil et moi debout dans une position pas très confortable, je vous accorde, mais lorsque l'homme redevient un animal, il ne s'occupe
plus de rien, ni de son confort, ni de son âme, ni
même de son froc qui lui retombe sur les mollets
d'une façon pas très esthétique pour l'œil qui se
pointerait, le mateur improbable heureusement. Je
ne sais plus trop comment tout cela s'achève... je ne
me souviens plus parfaitement... dans la confusion,
la reprise de nos souffles... une gêne réciproque.
Rien pour se faire quelques ablutions dans ce magasin, se rafraîchir chacun nos chers organes génitaux.
Il est vrai que jamais quiconque a dû avoir l'idée
saugrenue de s'achever la romance dans ces décors
d'épouvante ! N'étaient les circonstances que je vous ai
décrites minutieux, mon impatience de jeune clébard, on irait s'imaginer je ne sais quoi... que j'étais
déjà dans mon plus jeune âge un vicelard tout à fait
pervers.

A peine consommé mon péché de la chair, je me suis mis à penser aux conséquences... si je l'avais pas mise en cloque du premier coup. Aux temps d'avant la pilule, les contraceptifs remboursés par la Sécurité sociale, ça vous arrivait le plus souvent de faire un carton ! C'était bien ce qui retenait le plus les gonzesses de s'écarter du droit chemin. Odette, avec ses préjugés religieux, c'était pas concevable qu'elle aille se faire avorter dans une loge de concepige avec une aiguille à tricoter... Si j'avais mis dans le mille, le môme elle se le gardait et elle me traînait à la mairie et à l'église... autant dire à l'enterrement !

On s'est retrouvé où après ça ? Peut-être avons-nous été tout de même au cinoche ou au concert comme prévu. C'était tout à fait exclu de continuer à folâtrer parmi les modèles de prothèses chirurgicales. J'aurais bien remis le couvert séance, mais la situation s'est coincée. Pour Odette, pas question de venir se faire achever toute la nuit dans ma gendarmerie Louis XV because la vieille maman qui se ferait un sang d'encre et qui mourrait de honte à l'idée de l'inconduite de sa fillette. Oui... on a dû se calmer les ardeurs, n'est-ce pas, salle Gaveau avec Debussy ou Ravel.

En tout cas, Odette, le baptême de son cul administré dans un fauteuil d'infirme, ça ne l'avait pas le moins traumatisée. Je m'attendais de sa part à des reproches, des jérémiades n'en plus finir, des regrets éternels, je ne sais quoi de ce genre ! Que fifre, elle s'était rajustée calmement... et ensuite elle avait fait un peu le ménage... remis tout en ordre, le fauteuil bien à sa place... pris soin d'essuyer le siège... d'effacer toutes les traces de notre faute. Un sang-froid tout à fait inattendu. Les remords, elle les aurait sans doute plus tard, à la messe, au confessionnal... chaque chose en son temps. Un trait, j'ai remarqué souvent chez les catholiques, ils se repentent de leurs crimes mais auparavant ils préfèrent essuyer leurs empreintes digitales, laisser la police dans les énigmes, les problèmes les plus insolubles possible.

Elle me surprenait vraiment, la chère Odette. Peut-être cachait-elle son jeu depuis le début. Difficile, même à présent que les années et les années me séparent de cette agréable aventure, de me faire une petite opinion. Déjà lorsqu'il s'agit de soi-même, on se perd facile dans l'écheveau de ses motivations profondes, ses intentions, ses cachotteries corps défendant... alors dans celui des autres !... qui plus est celui des femmes !

Toujours est-il que j'avais maintenant du mal à croire qu'Odette était une quasi-jeune fille aussi bien rangée qu'elle avait voulu me le faire croire. Peut-être que son amant bancalo héroïque ne l'était pas du tout côté chibre et qu'il l'avait déjà bien initiée... égoïnée en maître ès bite ?... Ou alors derrière sa façade de vertu, elle était rongée par une sexualité torride, un tempérament d'escaladeuse de braguette. Ces dissensions internes donnaient, du temps de la chasteté chrétienne obligatoire, des surprises intéressantes à la chute... des drôles de gémissements dans les alcôves de fortune. A se demander ce qu'on a gagné en définitive avec la libération totale des mœurs ? Tout un cheminement du désir qui contournait les tabous nous conduisait à des félicités quasi divines. Le retour aux sources préhistoriques, la copulation pure et simple et sans fioritures, nous laisse-t-il autant de jubilation, de joie dans l'extase ? Rien de moins sûr. En tout cas, Odette m'a vite rassuré question mise enceinte. Elle calculait les choses avec la méthode Ogino... on n'était pas dans la période de fécondation. Déjà qu'elle puisse répondre tout de suite à ce sujet m'a donné à réfléchir.

Byron me promettait toujours, tel un homme politique, le bonheur pour demain... le pactole assuré, une place de choix puisque j'étais son premier démarcheur propagandiste... un pionnier dans le lumineux sans électricité. Dans un sens il n'avait pas tort... aujourd'hui, j'en vois un peu partout de ces enseignes phosphorescentes. Avec la crise de l'énergie que les augures économistes nous annoncent, il ne restera plus que cette solution dans nos villes la nuit. Byron mort, j'aurais pris sa suite... ce qu'il me laissait entendre.

« Vous êtes mon bras droit. »

Il en avait certes un sérieux besoin, le sien lui servait surtout à lever le coude dans une variété infinie de bistrots entre les champs de courses et le domicile de la fleuriste. Oh ! il était jamais ourdé à mort, il gardait toute sa dignité... sa grande allure, son chic anglais, son affabilité, toute sa tête qui fonctionnait perpétuellement à la recherche de toutes les solutions possibles pour faire remonter la monnaie. Il avait des ardoises un peu partout... facile de se rendre compte qu'il tapait les uns et les autres dans le quartier. Sur sa bonne présentation, il arrivait à se faire faire du crayon dans un tas de bistrots, à extirper des fouilles les plus harpagonesques quelques piécettes qui lui servaient, en général, à apaiser d'autres créanciers devenus par trop harcelants. Tout un travail de funambule, il exécutait le petit père Byron... une adresse folle... un instinct fabuleux ! On peut dire, dans son genre, un drôle de prestidigitateur.

A moi aussi, il devait du flouse, ainsi qu'à M. Eugène. Celui-ci groumait mais sans jamais dépasser le stade des récriminations non suivies d'effet. Sans doute entre eux existait-il de vieilles complicités plus ou moins avouables. Armand lui parlait d'une façon différente... un peu comme à un pote emmerdant mais qu'on aime bien. Par la suite, en y repensant, éclairé par mes expériences carcérales et malfrates, j'ai mieux compris leurs rapports profonds.

Quand il était en dette, Byron, ça devenait coton de le coinçaresse, on le voyait plus à l'atelier, ni même chez Anatole. Ce soir-là, j'étais total fleur... *plus une thunette estoit en fouillouse!* Juste ma carte hebdomadaire de métro et une fois à la gendarmerie les lentilles du Cureton à me tortorer, sans même le lard de la grosse Lulu pour les améliorer. Je n'aurais pas dû rompre... quelquefois, ça me prenait des remords de l'avoir larguée, cette providentielle salope, sans crier gare. D'une part, ce n'était pas correct, pas gentil du tout, d'autre part, je me privais d'une sacrée ressource alimentaire en ces temps de disette.

J'ai traîné les rades du secteur, avenue de Choisy, rue de la Pointe-d'Ivry... rue Baudricourt pour lui foutre la griffe sur l'alpague à mon cher petit employeur. Sur trois ou quatre dernières affaires, il me devait ma commission, le fumier, cette fois j'étais devenu haineux. Fini par l'apercevoir qui sortait du Clair de Lune place d'Italie... un endroit qui n'existe plus, hélas! On y bectait au marché noir au premier étage au-dessus de la brasserie. Au zinc, au rez-de-chaussée, c'était toujours plein de putes sur le retour, les mémés de la rue Fagon qui venaient se désaltérer là en compagnie des Arabes et des clodos. Il n'a pas pu m'éviter, s'esquiver, papa. Dans ces cas, il renversait avec maestria... à bras ouverts! Tout à la joie de me rencontrer... que justement il avait des choses importantes à me dire... des confidences à me faire.

« Oui, mais enfin, monsieur Byron, j'ai besoin d'argent...

– Hélas! nous avons tous besoin d'argent! »

Ce qu'il me rétorque et qu'il trouve ça fort détestable ce fric qui gâte tout, qui gâche même les plus belles amitiés. Pour l'instant, je n'ai nul mouron à m'égrainer... il remet encore au lendemain ce qu'il ne peut pas faire le jour même. Mais, là, je marche plus à son boniment... c'est tout de suite que je claque des ratiches... il me le faut ce soir même mon petit carbure, ça fait déjà trois fois qu'il remet l'échéance.

« Très bien... Je vais trouver une solution ! »

Il a réfléchi... il va vite lorsque ça urge. Voilà... que je redescende cinq minutes avec lui l'avenue de Choisy. Il a une cagnotte chez Lélia... il va y puiser puisque je suis tellement dans le besoin. C'est pourtant une petite somme qu'il réserve pour investir... agrandir l'affaire... je ne sais ce qu'il me baratine... qu'il veut faire de la publicité. « Byron... Les enseignes lumineuses de demain ! »

« Sans publicité, nous ne décollerons jamais, mon cher. »

J'en conviens, mais il faut que je me sustente, moi, je suis à un âge où l'on dévorerait père et mère. Les lentilles du Cureton, à la longue, ça ne vous provoque que des gaz... des perlouses en rafales qui vous font le plus grand tort lorsqu'on les lâche à la surprenante chez les commerçants, les parfumeurs par exemple... même à tout prendre dans les poissonneries où ça jette la suspicion sur la fraîcheur de la marchandise.

On parvient à proximité de la boutique de sa fleuriste. Il préfère, Armand, que je l'attende sur le trottoir de la rue de Tolbiac... il en a pour cinq minutes à peine... il me promet.

« Soyez sans crainte. »

Qu'il éprouve le besoin de me rassurer, ça me laisse tout de même rêveur de coups fourrés en perspective. Mais je suis bien obligé de le croire, de faire le pied de grue, de prendre patience... Il rabat presque dans les délais... je le vois rappliquer avec un soupir. Cette fois, il peut plus me bonimenter n'importe quoi... qu'on lui a chouravé sa cagnotte, ça serait trop énorme. Il marche vite, il traverse presque au pas de course, m'attrape par le bras.

« Venez... ne restons pas ici. »

Je ne pige pas très bien... il m'entraîne vers le métro... oh ! mais je ne vais pas tarder à comprendre. J'entends crier : « Armand ! Armand ! » Il essaie de me presser encore un peu plus, mais c'est trop tard. Lélia nous a repérés... au loin, elle gueule carrément... elle court après nous. Byron ne peut plus se faire la levure, s'évaporer à son habitude... bel et bien il est coincé. Alors, encore une fois il se retourne et il fait front... Il prend l'air surpris.

« Mais que se passe-t-il, mon amour ? »

Elle arrive sur nous, elle ne reprend même pas son souffle... elle est tout échevelée... la bouche hargneuse.

« Salaud ! Espèce de salaud ! Ordure ! »

Elle l'agrippe par la manche... aux revers de son manteau.

« Voyons, Lélia, vous êtes insensée ! Qu'est-ce qui vous arrive ? »

Là, il mesure pas exactement la colère de sa dame. Pour une fois, il renverse mal. Ses paroles ne la calment pas, bien au contraire.

« Ce qui me prend, espèce de voleur ! Rendez-moi ce que vous m'avez pris dans mon tiroir-caisse ! »

Il s'indigne qu'elle puisse le soupçonner d'une pareille vilenie... Elle fait une grossière erreur, il se permettrait pas de puiser comme ça sans lui demander la permission dans sa caisse ! Elle le prend pour qui... lui, un industriel, un homme de sa valeur ! Elle ne sait plus où se retourner, la pauvre femme, il l'étourdit encore une fois de mots, de formules, de grands gestes ! Pourtant elle n'a pas rêvé... elle avait mille huit cents francs dans sa caisse, ils n'y sont plus ! Alors... tout simple... si ce n'est lui, c'est donc son frère, son bras droit, mézig en l'occurrence.

« Vous êtes son complice... Il vous a refilé cet argent ! Armand, cette fois je ne marche plus ! Je vais appeler les flics !... vous faire embarquer tous les deux ! »

Elle nous braille sa menace... les flics ! Il n'y a pas tant de passants dans la rue à cette heure-là, il pleuvasse, je crois me souvenir... n'empêche, on commence à nous regarder ! Le comble que je me retrouve au quart, moi qui me suis dépensé depuis plus de deux mois de boutique en magasin... me suis usé en semelles de pompes, en salive et même avec ma queue, si je considère que l'enseigne de la charcutière je l'ai enlevée haut la braguette !

« Calmez-vous ! Il s'agit sûrement d'un affreux malentendu ! Expliquons-nous gentiment... Voyons, Lélia, entre nous ! »

Lélia, elle est entre la fureur et les larmes. Dans un état épouvantable. Elle bafouille... elle a du mal à parler. Il tente une ultime manœuvre. Il lui prend le bras... « Lélia ! Lélia ! ma chérie ! » Si elle le repousse, le défie et lui lance :

« Armand, vous êtes maudit ! Vous ne changerez jamais... Le procureur avait raison... J'aurais dû le croire, idiote que j'étais !... »

Aïe ! Aïe ! Nous y voilà... le procureur... la clef du mystère ou presque ! Ça corrobore mes plus saumâtres suppositions. Il ne sort pas, M. Byron, de Polytechnique comme il m'avait laissé entendre ! Bel et bien de Centrale... Clairvaux ou Poissy ! Je me gourais pas tout de même que ça aille jusque-là. Je le supposais surtout mythomane. Souvent, ses plus beaux récits se recoupaient mal avec la chronologie historique.

« Voyons, Lélia, la colère vous égare ! Vous ne savez plus ce que vous dites ! »

Je ne sais pourquoi, ça, ça la fait bondir littéralement. Comme un instinct, elle lui accroche le pardingue, son beau raglan en lainage chiné... Nous sommes donc encore en hiver, ce détail m'éclaire le souvenir. Oui, elle plonge la pogne dans sa poche droite. Il esquisse un geste, il veut pivoter, mais il n'est pas assez rapide, elle tient la preuve, l'objet du délit... un vieux lazingue plein de biffetons retenus par un élastique.

« Et ça ?... Hein ?... c'est à qui ça ?... Voleur ! »

Et plaf ! une cinglante gifle... tout son élan ! Il se protège de l'avant-bras, se baisse pour pas en reprendre une autre. Il recule... l'enfifré, il se planque derrière moi ! Je m'y attendais pas, la deuxième mandale, c'est moi qui me la repère dans la gueule. Je marche plus alors, je vais riposter. J'ai rien à voir dans leurs salades ! Je suis une victime, moi aussi, de cet escroc, il me doit au moins mille balles depuis plus de quinze jours.

« C'est vous qui l'avez entraîné, espèce de voyou ! »

Je tentais de la repousser, et maintenant elle m'accuse, elle me met dans le coup. Je sens que ça va tourner vinaigre, faut tout de même que je me méfie, si un flic passe, on est bonnard pour des explications tumultueuses au poste. Tant pis pour la baffe, je me la garde sans riposter. C'est une simple erreur de tir, dame Lélia est excusable. Je préfère battre en retraite... tout larguer, mes mille balles ! ma situation de chef des ventes ! bras droit de Byron dans les enseignes phosphorescentes ! Cette fois, j'ai compris, Odette a cent fois raison, faut plus que j'insiste dans cette barcasse qui prend eau de toutes parts.

« J'y suis pour rien, moi, madame ! Il me doit de l'argent, votre mari... mais je ne lui ai pas demandé d'aller le prendre dans votre caisse ! »

Je tente de m'expliquer avant de décrocher, mais elle glapit, elle redouble... elle te l'a ragrafé, son Armand chéri... elle te l'avoine sec en rafales sans qu'il esquisse une défense... le moindre geste !... à

113

coups de griffes, de baffes... elle lui dégueule tous ses griefs.

« Espèce de saloperie, moi qui vous ai tout donné quand vous êtes sorti du bagne sans un sou ! Vous allez y retourner, escroc ! Sale voleur ! Faussaire !... Ce que j'ai pu être bête ! tout sacrifier pour un maquereau qui ne bande même plus ! »

A peu près les dernières paroles que j'enregistre en me tirant la révérence. J'en ai jamais su davantage sur Byron... un maquereau qui ne bandait même plus ! La tare, alors, irrémédiable... les femmes veulent bien se laisser gruger, dépouiller, déshonorer, mais au moins qu'on les fasse reluire ! Ce que j'ai sans doute appris ce soir-là... Des choses qui ne sont pas dans les manuels scolaires, ni même dans les savants traités de psychologues professionnels.

Est-ce, cet incident regrettable, avant ou après l'embrochage d'Odette sur le fauteuil orthopédique ? Je n'arrive plus à remettre tout ça bien en ordre... que mes lecteurs et surtout mes lectrices veuillent bien m'excuser encore une fois. Bref, c'était plutôt négatif comme première expérience de réinsertion dans la vie civile pour un fier soldat du général de Gaulle, un ex-héros presque de l'ombre. Après ça, puisque je ne tenais absolument pas à me retrouver dans le sacerdoce des prothèses avec Odette, j'ai accepté la proposition de Bertrand de me faire prendre à l'essai dans la société de vins du Var où il bossait depuis quelque temps. La succursale parisienne avait son siège rue Monge. Ils ne paraissaient pas très vétilleux là-dedans, question références, pour l'embauche des démarcheurs... bonne présentation... ancien combattant... certificat d'études primaires, j'étais bonnard pour le service actif dans le pinard ! Juste une petite semaine de formation. Un vieux de la vieille qui m'a emmené avec lui faire sa tournée. On avait une sacoche spéciale, une sorte de grande serviette en similicuir, avec des petits flacons échantillons... des blancs, des rouges, tous bien rangés, bien étiquetés chacun dans un étui.

Ce que je constatais d'abord, qu'il me fallait pédibus arquer encore dans les rues, de bistrot en bistrot, me trimbaler par tous les temps sur tous les trottoirs de la capitale. Mon pédagogue pinardier, mon ancien, M. Fernand, c'était un expert, un fin dégustateur. Il pavoisait un peu de la tronche, le tarbouif turgescent dans ces tons bleutés qui indiquent, paraît-il, le vin un peu trop jeune. Avant-guerre, pendant des années, il avait placé les plus grands crus de Bourgogne... ceux de la côte de Nuits...

« N'est-ce pas... jeune homme... les chambertin... chambolle-musigny... clos-de-vougeot... Des vins célestes, je peux vous le dire ! »

Il se morfondait depuis son retour de captivité en Allemagne : « Près de cinq ans à boire de la flotte ! »... d'être tombé carrément dans la piquette... ces vins du Var qui n'étaient pas le fin du fin question saveur, arôme, bouquet... que sais-je !

« Mon pauvre ami, il faut bien que la classe ouvrière se désaltère elle aussi. On ne peut pas lui offrir sur le zinc des bistrots du mouton-rothschild, que voulez-vous ! »

Le petit verre au comptoir cuvée Bercy, le jaja 13°, on pouvait le concurrencer aucun doute, on était un chouïa plus cher mais sur la qualité nos vins du Var pouvaient tout de même jouer leur carte. Tous les buveurs ne sont pas des gosiers en béton armé... il avait des arguments pour convaincre les plus récalcitrants bougnats, m'sieur Fernand. Une race à part, il m'avait averti, des commerçants pas comme les autres. Je les avais déjà un peu pratiqués avec mes enseignes lumineuses sans d'ailleurs pouvoir leur en placer une. Vite fait, ils m'envoyaient rebondir sans grands ménagements, ces enfoirés.

Maintenant, avec des échantillons de vinasse, ça changeait radical l'accueil. J'ai pu le constater immédiat... mon dab éducateur, il était reçu plutôt gentil... il engageait la discussion l'air de rien. Il se mettait à comparer avec d'autres vins qu'il faisait dodiner dans son verre... le poignet bien souple, il humait. L'adage... que le nez est une sentinelle avancée qui vous évite les mauvaises surprises dans la bouche. Il retenait le vin sur le bord de la langue. Sa théorie que même un picton ordinaire méritait ce petit traitement. Tout ce cirque, ça impressionnait les bistrots derrière leur zinc. Il commentait, il avait les mots adéquats. Je me voyais pas si fortiche dans ce numéro... Bertrand, très vite, on l'avait placardé dans un des bureaux de la Socovar à s'occuper des livraisons. Ils avaient dû s'apercevoir en haut lieu qu'il était pas tellement doué pour attaquer le débitant en son domaine.

Dès que je me suis retrouvé seulâbre dans le XVIIIe arrondissement qu'on m'avait attribué comme secteur de prospection, ça m'a pas paru si facile d'aller fourguer du vin. Je m'emmêlais les pédales dans mon discours. Les leçons du dab, en une semaine c'était plutôt court pour les assimiler. Ça demande une longue pratique ce genre de négoce. Toujours est-il que le premier soir je suis rentré presque paf à la gendarmerie... les bougnats, pour que je me rende compte, que je puisse faire la différence entre ma bibine et la leur, celle qu'ils me garantissaient avoir aux meilleurs prix, ils me faisaient goûter, savourer un peu au rade... Un fond de verre, bien sûr, mais en les additionnant à la longue, je voyais trouble, double... je tenais plus tellement sur mes cannes en finissant ma tournée.

« C'est pour ça que j'ai préféré prendre un poste dans un bureau », m'a dit Bertrand.

... lui, *natürlich,* c'était pas son style l'attaque au coup de rouge au comptoir des débits de boisson. Il était plein de toutes les bonnes volontés du monde, mais ni Claudel ni Teilhard de Chardin ne l'avaient préparé à affronter les troquets le verre à la pogne. Le peu de temps où il avait opéré, il trempait juste ses lèvres dans le jinjin... ça lui suffisait pour être tout de même léger brindezingue le soir et il en était très malheureux. Moi, il m'estimait plus fort que lui pour ce genre d'exercice. L'erreur... je l'étais moins en définitive, simplement parce que je me laissais aller à biberonner... je recrachais rien, j'y allais franco, la bonne gorgée lorsque je goûtais. Pas possible de faire ce métier sans y sacrifier son foie ! M. Fernand s'y était résigné depuis longtemps, il avait la tronche couperosée, son tarin qui arborait haut la couleur de son idéal.

J'avais fui le boulot régulier, la musette à l'imprimerie des Myosotis... ça m'avait filé le vertige cette idée de refaire toujours le même parcours pendant quarante ans... Me retrouver avec une sacoche de représentant en vins du Var... alcoolo avant la trentaine... c'était pas une perspective tellement plus radieuse, à vrai dire. Je ne pouvais guère envisager toutes ces placardes de démarcheur qu'en pis-aller. Du provisoire, mes en attendant quoi ?... j'aurais eu bien du mal à le dire.

Le XVIIIe c'est Montmartre, un sacré quartier tout en pentes et tout en putes. Jusqu'alors je n'étais pas trop sorti de mon trou, mon XIIIe miteux, ma porte d'Italie et mes Gobelins. Dans les bistrots de la rue Lepic, c'était le même populo dans les cafés, autour des comptoirs, qu'à la Butte-aux-Cailles mais, de temps en temps, le hasard me faisait enquiller dans d'autres genres de rades,... ceux où les conversations s'arrêtaient au bar lorsque je me pointais timidement avec les échantillons de ma bibine sublime. On était alors dans des éclairages plutôt tamisés... les frimes de la clientèle, ça reniflait un peu la saumure... le hareng, pour être plus précis. On m'accueillait dans la méfiance. Le taulier ou sa dame, en peu de mots, me faisaient comprendre que ma piquette varoise c'était pas pour les gosiers de sa clientèle ordinaire. Ça carburait plutôt, dans ces endroits, au pastaga ou au champ. Je me décourageais pourtant pas, je tentais ma chance dans tout ce qui avait un comptoir en zinc ou en bois, peu importe. C'est comme ça que j'ai retrouvé Tonio... le beau Tonio, notre chanteur de charme du commando, notre célèbre crooner à Ravensburg.

On était bien potes, on traficotait un peu dans des bricoles de marché noir en Allemagne avec Tonio. Son blase laisserait croire que c'était un brun ténébreux, un beau Rital, à la rigueur un Niçois de charme, détrompez-vous, belles dames. Tonio est blond... coiffé ondulé assez long dans le cou. Même à l'armée, il se démerdait pour garder le maximum de sa chevelure. Blond à reflets roux mais, je ne sais comment dire, ténébreux tout de même au bout du compte... le style à gonzesses... tombeur rien que par le velouté de sa voix. Dès qu'on avait un bal quelque part, Tonio poussait la romance sans se faire trop prier. « *C'est la fumée qui monte de ma cigarette... la fumée qui me picote un peu les yeux* »... son morceau préféré et puis bien sûr, à la demande, les succès de Tino Rossi... « *Maria, quand je vois tes yeux... Tchi-Tchi... Laissez-moi vous aimer... ne serait-ce qu'un soir !* » Même les Allemandes, les épaisses *Gretchen* qui n'entravaient pas tout le moelleux, toute la poésie des paroles, étaient sous le charme. Il n'avait plus qu'à les cueillir... les mettre en vase... se décorer avec un bout d'existence.

Je me suis fourvoyé encore dans un drôle de tapis de la rue Berthe... un de ces bars qui n'ouvrent que le soir vers six heures pour l'apéro. Une journée harassante, je viens de me coltiner, sans avoir affuré grand-chose, juste quelques petites commandes. « Pour essayer ». Ce que me disaient les patrons les plus affables, ceux qui avaient daigné m'entendre. J'enquille donc là... *Bar Nabab,* je remarque l'enseigne qui m'amuse. Il était de dos, Tonio, sa coiffure impec, les deux côtés gominés bien rabattus qui se rejoignaient sur la nuque... costard bleu croisé, la veste assez longue, comme c'était alors la mode. Il est seul dans ce rade confortable et tamisé, juché sur un tabouret... je remarque même ses pompes semelles de crêpe. Pour l'époque, vu les restrictions de tout, il est sapé Milord... Milord l'arsouille, si vous voulez, mais Milord tout de même. Je vois personne derrière le comptoir à qui m'adresser alors, un peu con, je demande s'il n'y a personne.

« Y a moi... ça ne vous suffit pas ? »

Il se retourne, il n'a pas lancé son vanne dans les amabilités. D'abord je le remouche pas, je m'attends pas à le retrouver là, je l'ai quitté encore en griveton, tout en kaki, sauf le béret noir avec les rubans et la croix de Lorraine. C'est lui, toujours en éveil, qui me reconnaît.

« Alphonse ! merde, alors ! »

Voilà, il démurge de son tabouret, oh, il m'embrasse... sans conteste, il est vraiment heureux de ces retrouvailles ! On va s'abreuver la dalle pour fêter ça. Tonio, il avait disparu de mes horizons... tous ces camarades de baroud, on a bu, becté... couru ensemble les mêmes dangers... On a chanté, braillé : « Tiens, voilà mon zob zob zob ! » dans tous les bouges du parcours, et puis la vie nous a séparés. Certains, on les reverra plus jamais, ils s'enfonceront dans le passé avec les souvenirs, leurs visages s'estomperont... jusqu'à leurs blases qu'on finira par oublier... « Ah ! oui... celui qui avait un nom en i... ou en a... un maigre avec les dents qui avançaient comme celles d'un lapin... » Et on apprendra, au détour d'une rue, d'une rencontre, qu'il a eu un infarctus ou bien un cancer... qu'il fumait trop... que ça lui a atteint les poumons. Voilà... il sera même pas sur le monument aux morts avec les copains à Colmar, sa petite existence n'aura vraiment servi à rien.

Tonio, lui au moins, il sert aux dames, c'est déjà ça. C'est dans ce secteur qu'il se défend, trouve sa raison profonde d'exister. Il a une curieuse tronche tout en angles, avec les arcades sourcilières saillantes, le menton carré. Depuis la période de la guerre, il s'est laissé pousser une fine moustagache à l'américaine genre Errol Flynn, Clark Gable. Au poignet, je remarque sa gourmette en or massif, une bagouse, une chevalière au doigt avec un petit brillant... sa cravate aussi en jette... soie naturelle aux couleurs vives.

« Ça me fait plaisir, tu sais, de te revoir ! »

Il me tape dans le dos, il m'offre un verre de vrai pastis qu'ils ont ici au marché noir. Il se demandait parfois ce que je devenais, un homme comme moi de ma valeur. Il était pour ainsi dire inquiet, Tonio... que j'aille pas me fourvoyer, déchoir à me salir les pognes en des besognes indignes, insipides et de rapport médiocre.

« J'ai toujours pensé que t'en avais dans le chou... que tu ferais un jour quelque chose de bien. »

Je ne pige pas exact ce qu'il entend par là. Enfin on trinque. On reparle encore de nos campagnes... l'Alsace, l'Allemagne et l'Autriche. Tonio, vous vous êtes tout de suite aperçu à ma rapide description, ce qu'il est devenu depuis son retour de la guerre. Il se la fait grasse et crapuleuse au pain de fesse... n'empêche, durant nos campagnes, il mollissait par-derrière son F.M... Dans maintes circonstances glandilleuses, il s'est montré tout à fait digne des grands ancêtres... ceux de Kléber, de Marceau et du soleil d'Austerlitz ! On s'est d'ailleurs fait décorer en même temps, le même jour... une prise d'armes à Lindau...

par le général en chef lui-même, le roi Jean... de Lattre de Tassigny... L'accolade... presque la bise, que c'en était à se faire vanner ensuite de graveleuses plaisanteries par les potes... les doutes sur l'intégrité de nos miches : « Ta croix de guerre, tu l'as eue grâce à ton fion ! » Ce qu'on évoque avec Tonio... tout ça... les blagues et la tournée triomphale au Vorarlberg en Autriche dans la zone d'occupation des troupes françaises. Le succès qu'il a eu partout Tonio... sa voix de velours. Il avait chanté trois chansons à la station de radio de la Ire armée.

« J'espère que tu ne laisses pas rouiller un instrument pareil ! »

Ce que je lui explique... qu'en travaillant un peu sa voix... les vocalises... le minimum, il pourrait se lancer sur les planches. Très vite, j'en suis certain, il remplirait les salles à Paris, Marseille, Toulouse ! Il en est moins sûr que moi, plus au courant des réelles difficultés qu'en rencontre pour s'imposer dans la chansonnette.

« De toute façon, après Tino, je ne pourrais être que le second. »

Ça, jamais... son orgueil le lui interdit. Tout ou rien, sa devise. La barmaid est arrivée, a débouché de l'arrière-salle. C'est une accorte petite personne qui porte son sexe au milieu de la tronche. Elle, elle est bien de mon avis. Elle est toute admirative pour le timbre de la voix de Tonio.

« Un ténor léger, c'est rare. »

J'en oublie le motif de ma visite au Bar-Nabab. Je n'ose plus révéler à ce pote si rutilant mon métier de traîne-lattes, ma petite serviette similicuir et mes flacons de vins du Var. Il ne me pose pas de questions d'ailleurs, il est reparti dans les souvenirs guerriers sans doute pour briller aux yeux jolis de la barmaid. En 1946, ça plaisait encore les histoires de casse-pipe... le héros des champs de bataille avait ses chances sur le marché de l'Amour. Il me présente comme son meilleur pote, celui avec lequel il a pris une mitrailleuse lourde allemande... une attaque à la grenade. Il en rajoute la bonne mesure... jamais on a enlevé une mitrailleuse lourde, mais c'est pas mon rôle de contester... j'abonde toujours, moi, dans le sens des héros surtout dans les bars, les vapeurs d'alcool. C'est là finalement que tout s'échoue, tous les plus beaux bateaux, les plus grands voiliers de la mythomanie. Il arrête plus, Tonio, je me rends compte que depuis midi, l'heure où il s'extirpe de son pieu, il a dû carburer pas mal. Janine, la barmaid, visible qu'il cherche à se la faire, il lui glisse de temps à autre des regards appuyés langoureux. Je finis tout de même à en placer une, raconter un peu ma mission, ma sacoche et mes flacons de pichetogorne. Il est tout navré de ce que je lui apprends, il me considère avec une sorte de commisération... comme si j'étais un peu malade, que quelque chose d'infiniment triste me soit arrivé... Ça lui semble, dans son éthique, dans sa référence des valeurs, presque au même niveau que d'aller à l'usine, mes pérégrinations dans les rues du XVIIIe de bistrot en bistrot.

« Et tu te défends un peu tout de même ? »

La vilaine question, je ne peux pas lui avouer que c'est minable, que j'use mes tatanes en presque pure perte. Je reste évasif... je débute, d'ici à un an j'aurai sans doute un bon portefeuille de clientèle. La boisson, n'est-ce pas, en France, ça marche toujours, ça passe même avant le trou du cul dans les statistiques... notre pays est avant tout vinicole, sa première, sa plus grande qualité. On ne comprend rien à notre culture, à notre politique, notre économie sans doute, si on ne se met pas cette évidence dans la tronche.

Il conteste pas trop, Tonio... lui, d'ailleurs il tutute déjà pas mal, s'il ne finit pas un soir à coups de flingue au coin d'une rue, il s'en ira par le foie... les six roses qu'il a déjà semées et qui poussent autour de sa vésicule biliaire. Il réfléchit et puis tout de même il trouve mon truc pas si dénué que ça d'intérêt. Il m'emmène m'asseoir à une table qu'on puisse se jacter tranquillement. Il demande à Janine de lui remettre une fine à l'eau. C'est le breuvage du moment, nous n'en sommes pas au temps du scotch, il s'en faut d'encore quelques années pour que cette mode-là nous parvienne par les films américains et les livres de Peter Cheyney.

« Comme berlue, ça doit pas être mal ton business. »

Berlue, dans mon argomuche du XIIIe, c'est une couverture. Bon, mais il est obligé de m'affranchir un peu mieux... dans la jactance des voyous et des macs, avoir une berlue ça veut dire un métier, un moyen d'existence plus ou moins fictif pour décourager la curiosité des flics. Voilà où il veut en venir, que ça l'arrangerait bien d'avoir une profession avouable sur sa carte d'identité. Je ne demande pas mieux que de lui rendre service à ce pote de la ligne de feu, seulement je débarque, moi, à la Socovar, je ne peux pas encore me permettre de recommander quelqu'un.

« Je ne suis pas pressé, mais penses-y. Moi, de mon côté, si je peux te faire croquer d'une combine au noir... j'ai quelques chevilles... »

Ça lui paraît bien plus rentable que mes commissions sur les caisses, les tonneaux de picton. Il m'ouvre, bien sûr, d'aimables perspectives... c'est toujours l'époque où tout se vend au clandestin : la boustiffe, les fringues, l'essence, les pneus... on a le choix. Ça peut mener en cabane, le seul mais grave inconvénient. Je suis pas encore tout à fait blindé, acculé pour prendre un tel risque. La prison, en fait, ça vous fout beaucoup plus la trouille lorsqu'on n'y a jamais mis les paturons. On se fait dans la tête une farandole épouvantable de rats, de chiourme, de pédés forcenés ! En réalité on s'habitue à tout... on sécrète de sacrées facultés d'adaptation. Dans le trou le plus sordide, on finit par se calfeutrer une existence animale... quasi végétative qui vous permet de tenir.

Sont arrivés au milieu de notre conversation des amis à Tonio... des petits arcans, deux ou trois, je suis incapable de vous préciser. Des lascars dans le ton, les couleurs de la maison... costard, bada genre Borsalino, gourmette, les mêmes lattes que Tonio à semelle crêpe... des façons de jaspiner un peu en retrait, en méfiance devant l'intrus. Le Ténor les a vite rassurés.

« On a fait la guerre ensemble... »

Il a dû leur en bonir des gratinées question héroïsme et le toutime... ils deviennent du coup déférents à mon endroit. L'un d'eux commande à Janine le champagne... il ne craint pas de nous affirmer qu'il est patriote et que s'il a pas pu combattre, c'est qu'on l'avait mis quelque temps au lazaro avant la Libération.

« A Poissy, et ça a jamais été de la tarte, Poissy... je sais pas si t'es au courant ? »

Non, mais je me doute, et je ne lui demande pas pourquoi on l'a encagé cet homme, mais je suppose que si c'était pour la Résistance, il ne manquerait pas d'en faire état.

Enfin, on trinque à la France éternelle... le général de Gaulle que tout le monde aime bien chez les jules. La suite de cette soirée se paume, s'estompe... en tout cas je suis resté là un bon bail. La patronne est arrivée, une dame taulière encore consommable dans les toiles. Il me semble qu'on a becté sur place quelques bricoles... du sifflard, un morceau de fromage. Tonio, j'ai fini par comprendre qu'il passait le plus clair de son existence au Nabab et dans quelques autres bars du même style... qu'il attendait que les heures s'écoulent en tapant le carton, en faisant rouler les dés sur la piste du 421. Il avait, mais ça je ne l'ai su que plus tard, une fiancée charmante qui s'expliquait sur le turf pour que cézig n'aille pas s'esquinter les pognes en des travaux rebutants.

L'air de rien je venais de mettre un doigt dans un engrenage maudit. Rapide, je me suis mis au pli... la soirée s'est terminée au petit jour après moult rouillardes... une virée dans quelques boîtes à Pigalle. Rentré comment ? Ça m'est sorti de la mémoire... peut-être piteusement, les châsses plus tellement en face des trous, ai-je attendu le premier métro ? Je me souviens juste de mon arrivée à la gendarmerie... j'ai trébuché dans l'escalier, dans l'obscurité... réveillé ce pauvre Bertrand.

« Mais tu viens d'où ? »

Il se permettait, le con, comme une mémère de m'interroger, le regard plein de reproches... comme si on était des lopes en ménage... la meilleure ! L'exemple tout frais des harengs, leur façon d'être, de *s'assumer,* ça m'a propulsé pour l'envoyer sérieux aux pelotes, le Cureton !... Ma claque de ses discours, son âme crucifiée, ses remords-moi le nœud ! Tonio, comme modèle, il me paraissait plus abordable, plus dans mes possibilités immédiates. Je respirais dans son secteur des façons de vivre plus agréables et sans fatigue excessive... Certes, je n'avais pas encore conscience des réels dangers de la vie malfrate... toutes les embûches sur le terrain... les arquebusades au coin des rues... l'envers du décor à la Maison parapluie... 36, quai des Orfèvres... je donne l'adresse, c'est toujours la même. Des fois que ça fasse réfléchir quelques jeunes écervelés.

Je démêle de mon mieux tout ça... les tronches, les événements, les amours qui se mélimélottent. Ça vous revient avec des chansons parfois, l'air du temps, les airs à la mode... *Quand allons-nous nous marier... mon cow-boy adoré...* J'ai dû traîner un soir Odette à l'A.B.C., au music-hall voir Georges Ulmer, l'idole d'alors avec Yves Montand... L'un, aujourd'hui, a disparu de la scène sans qu'on sache trop pourquoi, l'autre tient toujours en haut de l'affiche. Le music-hall alors participait un peu du cirque, avant la vedette on avait droit en première partie aux dresseurs de chiens, aux équilibristes, jongleurs, prestidigitateurs, danseurs de claquettes... c'était bon enfant, sans prétention de vouloir faire populaire à tout prix parce que ça l'était vraiment. La télé a bousillé tout ça... et ça ne pourra jamais revenir. Certaines choses sont bien mortes, on ne les ressuscitera jamais.

Odette, tout de même, elle avait des côtés bêtement petits-bourgeois, elle m'accompagnait voir mes rigolos, mes chanteurs, en traînant les pieds, pour me faire plaisir. Je vous la situe tout d'abord avant notre première étreinte sur ce joyeux fauteuil roulant. Ensuite, le miracle ! Le premier coup de chibre tout à fait magique me l'a transformée. Elle est devenue en quelque sorte plus attentive à mes mauvais goûts, moins bêcheuse intellectuelle. En poussant mes avantages – je mets ça au pluriel, appréciez ma délicatesse – j'aurais pu, dans le style de Tonio, la mettre vraiment au pli, cette chère enfant, l'arracher peut-être à maman, sa religion, son altruisme, ses bancalos... savoir ? L'envoyer en arpenter pour mézig... à la réflexion, ça ne paraît pas le moins plausible ! Les mômes qui vont aux asperges sont prises en main plus jeunes... encore dans la fraîcheur enfantine... la naïveté des vagabondages de l'esprit... Et puis le niveau mental, il faut dire... Fumetti... roman-photo ! Odette, au mieux, j'aurais pu m'accrocher à sa carriole, vivoter tel un cloporte de ses ressources besogneuses. Je précise tout de suite, et non pas pour me blanchir, mais parce que c'est tout simplement vrai... que ce n'était pas du tout dans, je ne dis pas mes principes, je n'en ai jamais eu, mais dans ma nature profonde. On ne devient pas mac, on l'est de naissance. Même aux crochets d'une mémère, je n'aurais pas tenu bien longtemps. Il y faut l'art et la manière... la patience... J'ai toujours préféré toutes les funambuleries des arnaques les plus insensées... les friponneries poétiques en quelque sorte.

Je vais y venir, nous n'en sommes qu'à mes tentatives de vie honnête... tous mes efforts et mes flacons de pichetogorne... mes vins du Var. Ça n'a pas duré si longtemps que les enseignes lumineuses. Je n'arrivais pas comme M. Fernand à déguster juste... garder quelques secondes sur la langue le nectar lorsque les patrons de bistrots, les bougnes me proposaient de comparer leurs petits crus avec mes piquettes de Grimaud, Roquebrune, Pierrefeu... s'ils étaient durs, doux... veloutés, gouleyants... leur bouquet ? Je m'efforçais, je faisais semblant d'être fin connaisseur afin de défendre ma cause que je trouvais tout à fait formidable vu son prix ! Pour le dégustateur averti, l'œnologue, je ne donnais pas le change cinq minutes... il me cataloguait vite fait inapte à devenir un jour sommelier, même dans un restaurant de moyenne catégorie. Le résultat : je plaçais très peu de marchandises et les soirs je rentrais zigzaguant, la bouche pâteuse, l'œil vitreux... De même que je ne peux pas vivre des gonzesses, je ne tiens pas à la boutanche. Beau m'efforcer, jouer les fiers-à-bras, sur la distance je m'effondre au bord de la route, on me récupère hoquetant, loqueteux dans la voiture-balai à tous les coups.

J'en suis donc à ce moment où j'essaie de devenir un véritable efficace représentant en vins, où je suis devenu l'amant d'Odette et où je retrouve ce Tonio, le crooner de Ravensburg, le chéri de ces dames de petite vertu des rues montmartroises. Toutes ces choses s'accordent mal ensemble. Odette m'explique qu'elle n'a cédé qu'à un moment d'égarement dans la pénombre de son magasin, mais que depuis elle s'est ressaisie, elle ne laissera plus entrer le loup libertin le soir dans sa bergerie orthopédique.

« On ne peut pas faire des choses pareilles sans se marier. Rends-toi compte, si nous avions un enfant ! »

Certes, l'enfant ça ne paraît pas l'idéal ! Ni le mariage... surtout sans le rond... la condamnation sans appel à perpète à végéter dans la pire médiocrité.

« De toute façon, je veux un enfant, mais pas comme ça... »

... à la sauvette, elle veut dire... sans la bénédiction de Dieu. C'est le malentendu entre nous. Entre tous d'ailleurs, partout. On croit se comprendre et il suffit d'une petite cagade, un incident de rien du tout pour s'apercevoir qu'on bafouillait chacun pour soi dans les nuages. Ce qu'elle me raconte, à moi, me fout le trac, j'ai envie de la larguer séance... là, plein milieu du boulevard Bonne-Nouvelle, ne pas aller au cinéma, ce que nous avions prévu, voir *La Symphonie pastorale* qui va me raser à mort, j'en suis certain.. puisque Odette m'a prévenu que c'était un film pour la réflexion profonde... une histoire triste d'un pasteur protestant amoureux d'une jeune fille aveugle ! Je ne sais trop pourquoi, je me laisse faire... elle m'entraîne et, pour me venger, pendant le film je vais jouer mon solo de paluche entre ses cuisses. Elle résiste pour dire, n'est-ce pas... mais très vite je finis par introduire ma pogne sous son slip... et puis voilà, je la fais gémir tout doucement. Ce qui se passe sur la toile... Pierre Blanchard qui roule ses yeux de gallinacé, je l'empêche de s'y intéresser. Si elle veut se farcir *le message*, il faudra qu'elle revienne toute seule... je veux la laisser toute pantelante, qu'elle se réalise, s'assume salope !... comprenne enfin que c'est tout de même plus normal, plus agréable d'être une jolie vicelarde qu'un triste bas-bleu. Seulement elle n'est pas si simple, Odette... rien n'est affiché avec elle. Une fois sortie de ce cinoche, elle se reprend encore, elle ne veut plus venir visiter ma gendarmerie historique. C'est pourtant un lieu on ne peut plus culturel. Ce qui a pu se dérouler là-dedans au XVIIIe siècle... ça serait le moment d'entreprendre des recherches ! Et puis le coup d'œil pour le style... l'esthétique, merde ! nos plafonds... les poutres apparentes... nos hautes fenêtres... la cheminée dans le grand salon ! Je me lance dans les descriptions pour l'allécher, la prendre par son côté artistique... elle résiste... invoque sa mère... renverse la vape !

« Il faut absolument que tu viennes la voir. Je suis sûre que tu lui plairas... »

Elle ajoute cependant qu'il faudra que je me mette en frais de toilette... la cravate... les cheveux bien coupés. J'en ai les jetons, moi, de sa daronne... l'engrenage fatal ! Je me débats... elle me tue, cette môme... J'ai envie surtout de la casseroler de toutes les façons possibles... de recommencer n'importe où, à pied, à cheval ou en fauteuil roulant... de nuit, de jour... férié ou non. A raideur de bite, je peux lui donner de la joie, un véritable hymne comme Beethoven avec sa neuvième. Qu'est-ce que sa vieille mère vient foutre là-dedans ? Elle n'a pas besoin d'elle pour prendre son pied.

Ce soir-là, ça s'est terminé mal. Je pouvais plus maintenant me contenter des bagatelles de la porte. Je l'ai larguée, la tendre Odette, avec des mots durs, de ces petites cruautés qui vous viennent à la bouche brusquement... tout à fait acérées, sans doute parce qu'on se les aiguisait inconsciemment dans son cœur depuis quelque temps.

Voilà... en plan. Sur un quai de métro. Puisqu'elle ne veut pas se faire tringler, qu'elle retourne chez sa mère ! Ma claque de ses simagrées, ses atermoiements, chichis de conscience... vertu soi-disant outragée ! Certes, je suis bien incapable de me mettre un peu à sa place... prise entre ses sentiments, ses désirs, ses préjugés, ses craintes, et moi je n'ai guère en définitive que mon appétit sexuel à lui offrir.

C'est au Bar-Nabab que je vais me consoler... me revigorer le phallocratisme au contact de Tonio. Il m'attend presque... il est là, à la même place que la dernière fois, il ne bougera jamais, dirait-on. C'est l'éternel souteneur au bar en attente de la comptée de sa gagneuse. Une allégorie de la catégorie la plus basse, il me faut bien convenir aujourd'hui. A l'époque, ça ne sautait pas spécial aux yeux... bien des aspects, des arrière-plans, des arrière-pensées du Julot m'échappaient totalement. Je me fiais naïvement à l'heure de son chrono en or massif.

« Salut, mec ! »

Il me donne l'accolade des hommes. De quoi me regorger d'orgueil devant la barmaid Janine et deux lascars qui me saluent d'un signe de la main tout à fait comme un vieil habitué. Il suffira donc que je me pointe tous les soirs à l'heure du pastis pour que je fasse partie des meubles, sans me gourer bien entendu que si les poulagas lancent leurs filets sur ce banc de harengs, je me trouverais pris dans la nasse.

Il a changé de sapes, Tonio, puisque c'est le printemps, il arbore un costard prince-de-galles, une petite merveille si l'on considère la pénurie dans l'habillement... qu'on voit, aux actualités, même nos ministres fagotés dans des costards de friperie. C'est du sur mesure, il m'explique, un tailleur rital qui trouve tous les tissus qu'on veut pourvu qu'on y mette le prix.

« Tu ferais bien d'aller le voir... »

Le conseil d'ami... que je ne peux pas continuer à fréquenter des *hommes* comme ses amis si je suis fringué comme le dernier des naves. Je traîne toujours mes uniformes amerloques à peine transformés, teints en bleu marine. On embraie souvent dans la truanderie pour pouvoir vanner auprès des gonzesses, se présenter dans les rades avec le parfait uniforme du voyou qui sait se défendre. Ça participe du même comportement que celui des gens du monde, des snobs, de la bourgeoisie... L'essentiel : paraître... toujours sauver la face. C'est les salons de Proust, la même mécanique humaine. Avant de bien entraver la coupure, il y faut tout de même du temps, de la sueur, des coups de bambous, de castagnettes... se respirer de drôles de compagnons dans les culs-de-basse-fosse ! Beau faire, défaire, dire, contredire, la vanité c'est le moteur essentiel du comportement humain. Même l'intérêt n'est que secondaire.

La tristesse de constater, en revoyant mon passé, que je vais admirer pendant quelque temps ce Tonio... qu'il me possède avec son prince-de-galles, ses pompes en daim, ses cravates en soie. Toutes les semaines, il va chez le coiffeur se faire travailler la crinière au shampooing, la lotion, la brillantine. Lorsqu'il s'apporte voir ses amis, il a honte de rien. Il a fait savoir en lousdoc à tout un chacun qu'il est calibré 7,65... que si on veut le chercher, on le trouve. Pendant nos campagnes libératrices et patriotiques, il a appris le défouraillage instinctif... il tuerait son ombre en cas de nécessité absolue.

Ce côté-là me séduit plus que le proxénétisme pur et simple. Pour devenir truand, j'ai tout de même quelques dispositions, en Allemagne on n'a pas seulement chanté, bu et sabré les Teutonnes... on s'est permis quelques brigandages avec un surnommé la Belette notamment. Un saignant celui-là qui s'est retrouvé au falot pour quelques attaques à main armée. Sa technique, il se déguisait en Ricain, les écussons, les galons... en M.P. parfois et il allait avec deux autres malfrats braquer les fermiers, les banques, jusqu'aux trésoriers-payeurs de l'armée française. Toutes les audaces il avait, la Belette, on lui avait appris depuis des années à ne faire que ça, des coups de Jarnac, des attentats, des opérations nocturnes où le moindre faux pas vous valait pire que la mort... ça lui paraissait normal de continuer, il ne respirait bien que comme ça... un oxygène raréfié. Revenir dans la plaine des existences tiédasses, il ne l'envisageait même pas. Soixante-dix-sept fois sept fois et, fatal, il s'est fait coincer... flinguer à vue par cette fois de vrais cowboys de la Military Police... Tonio me racontait qu'il était en piteux état devant le tribunal militaire, s'appuyant sur des cannes, la tronche rectifiée.

« Il a pris dix ans... mais s'il se rebecte, qu'il redevienne capable de tenir un flingue, ils l'enverront en Indochine. Ils recrutent dans les prisons pour l'Extrême-Orient. »

Tonio se prétend bien informé. L'Indochine, c'est devenu notre nouvelle guerre, je vous ai dit... des potes y sont déjà dans le delta du Tonkin avec Leclerc. Bien failli, moi aussi, y aller me laver les pinceaux. Ça a tenu à un quart de poil. On nous tâtait, sitôt l'armistice du 8 mai signé, savoir si certains d'entre nous ne seraient pas intéressés par un petit stage aux U.S.A. afin d'être en mesure de poursuivre la guerre qui n'était pas tout à fait finie dans le Pacifique contre les Nippons. Ça commençait à devenir l'ennui mortel dans nos villages occupés autour du Bodensee... on avait épuisé trop vite tous les plaisirs de la victoire... les filles, la chasse, les beuveries... L'alléchante proposition, une incorporation presque dans l'armée ricaine... entraînement parachutiste, je ne sais où dans le Colorado, le Nouveau-Mexique.

« D'ici là, ça sera terminé avec les Japs. Vous aurez fait un beau voyage à l'œil. »

Ce que vient nous jouer sur son pipeau le recruteur... qu'on sera équipé, nourri royal. La possibilité ensuite de se trouver une jolie situasse, de s'installer à New York ou à Chicago si on en manifestait le désir. Bref, idyllique son dépliant à l'officier recruteur, une publicité touristique des plus alléchantes. A ce moment, à la mi-juin, je cantonne à Bodneg, un petit pays tout à fait ravissant dans les verdures du Wurtemberg, à quelques kilomètres du lac de Constance. La vie quasi de château, je loge chez l'habitant... une chambre comme je n'en ai jamais occupé de ma vie, chez un conducteur de tramway de Friedrichshafen dont on sabre, toute une équipe de fiers lurons, la sœur, la femme et la grande fille à nattes. A tour de rôle, on se les repasse dans mon plumard, on partouse quasiment... Le dab, il est ultra-tolérant, laxiste avant qu'on utilise le vocable. Il pratique une sorte de maquereautage... c'est lui qui encaisse nos dons en marchandises, raretés de toute sorte... cigarettes, chocolat, sucre, boîtes de *beans*, Nescafé. Un jour, je raconterai l'histoire, la saga de cette belle famille d'outre-Rhin... une petite nouvelle qui vaudra son pesant de cocasserie et d'ignominie tout à la fois.

Qu'est-ce qui m'a pris d'abandonner cette douceur sordide de vivre pour prêter l'esgourde à la chansonnette de l'officier recruteur ? L'idée sans doute de l'aventure, d'aller voir les Etats-Unis aux frais de la princesse démocratie... que ça pouvait pour l'avenir déboucher sur quelque chose... Rien de très certain, mais comme je ne savais pas très bien où me diriger dans l'existence, ça me coûtait pas lerche de risquer le parcours. Rien ne m'attendait en France que ma pauvre grand-mère dont j'aurais bien dû m'occuper davantage, retenir mieux sa bonté, son sourire d'infinie tendresse. C'est bien la seule chose que je regrette.

Et je signe la feuille... l'engagement pour la durée des hostilités en Extrême-Orient plus trois mois. Une prime confortable à toucher dès mon incorporation dans ma nouvelle unité. Il y a cependant des aspects un peu ambigus dans ce contrat... l'entraînement aux U.S.A. n'y est pas mentionné... certaines choses vagues... l'indication Extrême-Orient... je ne me rends pas bien compte que ça ne signifie pas uniquement le Japon. Au moment de partir avec une douzaine d'autres volontaires dans un Dodge, le lieutenant Lambert me confie tous les dossiers... les feuilles d'engagement des copains... leurs fiches signalétiques. Un énorme paquet de paperasses.

« Vous êtes le plus haut gradé, je vous nomme responsable jusqu'à Donaueschingen. »

Un brave zig, ce lieutenant Lambert, un grand secco aux yeux de batracien qui lui donnent l'air de voir les choses avec un certain détachement. On est plus souvent attaqué par des regards perçants, interrogatifs. L'œil du lieutenant Lambert vous repose.

« Je ne sais pas si vous avez tellement eu raison de vous embarquer dans cette galère. »

Ses paroles au moment où je le salue avant de grimper dans le camion. Il a une moue dubitative. Il me serre la cuillère : « Bonne chance tout de même. » On m'a nommé caporal-chef au cours de la campagne d'Alsace... ça me permet, ce qui est appréciable, de palper une solde de trois mille balles. Malheureusement, ça ne durera pas, bientôt pour quelques peccadilles, je vais être cassé, réduit deuxième pompe pour ma démobilisation.

Donaueschingen, ça ne fait pas un long trajet depuis notre point de départ. C'est une belle journée d'été sur le Wurtemberg. Une région vallonnée, verdoyante, giboyeuse. Ça ne donne pas l'impression, de notre Dodge, qu'on traverse un pays qui vient de subir la plus destructrice des guerres. On chante... *La digue du cul en revenant de Nantes !... Les couilles de mon grand-père sont pendues dans l'escalier...* des choses de cet acabit, l'éternel répertoire de l'armée française en campagne. On est tout à fait euphorique, fleur au flingue, on part joyeux pour une course lointaine. L'un de nous accompagne à l'harmonica nos paillardises. On fait des bras d'honneur aux Fritz sur la route, aux paysans... les paysannes, on leur crie des obscénités en allemand. Dans ce secteur, ils prennent notre occupation comme un moindre mal... les Franchouillards sont chapardeurs, tringleurs, braillards, c'est tout de même préférable aux Russekofs qui sodomisent tout sur leur passage, les femmes de six à quatre-vingt-dix ans, les petits garçons, les grands-pères... heureux d'être encore vivants après la tourmente. Il se colporte des drôles d'histoires sur les Tartares, les Mongols de Tolboukhine, Timochenko, Rokossovski, Boudienny... qu'ils se prennent une revanche épouvantable sur les exactions des S.S. en Russie. Question atrocités, ils rivalisent, ça taillade, tranche, tronche, empale, égorge, riffaude... alors pensez, en Wurtemberg, s'ils s'estiment joisses de nos facéties de corps de garde, nos pétomanies de comiques troupiers. Tout au plus pendant la campagne les dames se sont fait passer en série par la soldatesque avinée. Le jeu de la guerre... ils trouvent ça parfaitement conforme aux lois du genre. Les *Gretchen* d'ailleurs nous adorent, nous chouchoutent, nous sucent... lavent notre linge sale en leur famille...

A Donaueschingen, le Dodge nous fait pénétrer dans un camp militaire. Sur le portique... 9ᵉ D.I.C... ça veut dire quoi ?... Division d'infanterie coloniale. On nous débarque dans une cour au milieu de baraquements tout à fait rébarbatifs... style concentrationnaire. A se demander si, avant le 8 mai, les nazis ne liquidaient pas ici les juifs et tous les ennemis de l'Europe nouvelle.

« C'est vous les gars du Bat à choc ? »

L'adjudant qui me réceptionne, ça ne serait pas aujourd'hui un gentil organisateur du Club Méditerranée... la tronche qu'il arbore d'alcoolique ! Nulle hypocrisie quant à sa prédilection pour le jinjin... la face couperosée, l'œil injecté, le tarbouif en fraise. Il m'adresse la parole comme un maton à un taulard... les mêmes intonations suaves. Tout de suite des menaces... qu'on a pas fini d'en chier des roues de brouette dans son camp d'entraînement !... qu'il va leur apprendre, lui, aux Bat à choc, à rouler des mécaniques ! Que la rigolade est terminée... etc.

Il a l'air, ce con, de nous en vouloir particulièrement, de nourrir un complexe à l'égard des commandos. Il fait descendre les autres volontaires du Dodge en leur braillant presque des insultes. Ça les surprend, mes copains, ils ont pas l'habitude d'être traités de la sorte. L'idée de nos cadres... d'être en rupture totale avec l'armée d'avant-guerre, le fayotage, les corvées de chiottes, les vexations imbéciles des sous-offs scrogneugneux... de prendre le plus possible exemple sur les Ricains.

« Garde à vous ! »

Il nous a fait mettre en rang, ce juteux de merde... le paquetage aux pieds. Il nous répète encore qu'ici il s'agit plus de jouer aux marioles... qu'on est désormais dans l'infanterie coloniale où la discipline fait la force des adjudants alcoolos, si je comprends bien. Il a l'air aux anges, ce pédé, de nous dire des choses désagréables, nous promettre qu'on va débourrer des cactus, pisser le raisin, baver de la bile ! Il a dû, pas possible, apprendre son métier à Tatahouine ! Il se goure pas, cézig, qu'il me sauve de la sorte peut-être la vie... que sans son accueil de chien de quartier courtelinesque, je me serais peut-être laissé embarquer pour le delta du Tonkin... les rizières... les petits Viets meurtriers cachés dans les arbres, dans les marécages, avec les armes que leur ont laissées vicieusement les Japonais. Déjà je flaire l'escroquerie... la 9ᵉ D.I.C. ça me paraît curieux qu'on l'envoie aux U.S.A. pour s'entraîner. Le juteux m'ordonne de le suivre avec mes dossiers dans un baraquement. Je m'enhardis sur le parcours de lui demander quelques précisions sur notre entraînement parachutiste au Nouveau-Mexique.

« Et les gonzesses d'Hollywood pour vous sucer les chaudes-pisses ? Ça va plus, non !... »

Voyez comme il me rétorque en postillonnant, le salingue ! Je croyais pas que ça existait encore des modèles de ce genre ! Il me surprend... je reste un peu abasourdi ! Je vous oublie... il balade une brioche au-dessus de son ceinturon... un calot posé sur sa tête rasée sans nuque... de courtes pattes un peu arquées ! Je ne vous force pas le portrait... il se caricature tout seul. En plus, en le serrant de près, il m'attaque aux naseaux, cézig, une drôle d'odeur... mélange de panards, de tabac, de vinasse. Je me vois pas dans les îles du Pacifique sous ses ordres... à l'assaut des Japonais. Avec des crétins bornés pareil, ça m'étonne plus que l'armée française se fasse rétamer à tous les coups.

« Les nouveaux... »

Il claironne, le juteux... me fait signe de déposer mes dossiers sur la table d'un bureau dans lequel une afate plutôt mignonne tape à la machine. Il va me lâcher un peu maintenant. Il reviendra tout à l'heure me reprendre avec mes hommes pour nous conduire à la cantine.

La petite môme en uniforme n'a pas le temps de nous enregistrer tout de suite; elle fera ça après le déjeuner. Elle a du boulot par-dessus sa blonde chevelure. Je voudrais tout de même qu'elle m'explique, si elle peut m'accorder cinq minutes ! Nous n'avons rien signé pour l'infanterie coloniale. Il doit y avoir une malencontre.

« On devait aller en Amérique s'entraîner au parachutisme ! »

Ça, elle n'est pas au courant, elle n'a même pas entendu parler qu'on soit destiné à combattre le Japon.

« Il est question d'Indochine... »

La reconquête, ça, elle en est certaine. Là-bas c'est l'anarchie, la révolution... il faut des troupes pour y remettre l'ordre. La 9ᵉ division d'infanterie coloniale est prévue à cet effet. On va nous regrouper dans le Midi du côté d'Antibes avant de s'embarquer.

Mes potes, lorsque je leur annonce la nouvelle dans la cour, c'est le festival des gueules qui s'allongent... si ça groume... qu'on se l'est fait mettre dans l'oignedé à sec... une véritable escroquerie ! Ils veulent pourtant argumenter... notre contrat... il y est précisé : la guerre en Extrême-Orient plus trois mois. Là que se situe l'ambiguïté de la formulation. S'il ne s'agit pas du Japon, ça risque de durer beaucoup plus longtemps. On a de quoi s'inquiéter... et on n'a même pas idée que la guérilla va se poursuivre jusqu'à Diên Biên Phu... en 1954... jusqu'à la liquidation du corps expéditionnaire.

Surtout ce juteux qui me paraît un piaf de fort mauvais augure ! Je m'interroge... comment me sortir de ce mauvais pas... contester ma signature arrachée au prix d'un bluff par l'officier recruteur ? Je vois pas à qui m'adresser. On s'est affalé près de nos paquetages, à l'ombre derrière le baraquement, on discute... on n'arrive pas à y croire à ce coup fourré... de s'être fait posséder de la sorte. Tous, on a pourtant à nos palmarès deux trois campagnes, des étoiles, des palmes à nos croix de guerre et on se retrouve, là, faits comme des bleus, des rats, des vrais caves !

Je gamberge ferme en entendant l'afate qui tape toujours à la machine dans son bureau. Après tout, nos engagements sont encore dans les dossiers que je viens de lui remettre. Il suffirait... il me vient comme ça une idée... j'aperçois une jeep devant un autre baraquement... deux grivetons qui viennent d'en descendre. C'est plutôt calme dans le secteur... l'heure de la gamelle, on peut profiter de l'embellie. Je réagis sec... qui m'aime me suive! Tout simple, je pose la question aux copains... ceux qui veulent se faire la paire, ils peuvent encore... enfin je crois... il suffit pour cela de récupérer nos feuilles, la seule preuve de notre engagement. Ils renaudaient tous à l'instant mais, une fois au pied du mur, ils se tâtent, ils se trouvent des raisons d'hésiter. J'ai remarqué tout le long de mon existence... les hommes se plaignent, gémissent, menacent et puis s'ils doivent prendre une décision, foncer dans le brouillard, se mouiller à mort, alors les volontés se ramollissent, les vifs jactanciers font machine arrière.

« T'es dingue, on va se retrouver au falot!
— Ils peuvent même nous tirer dessus!
— Et alors, j'ai de quoi leur répondre, moi, à tous ces naves! »

L'exception qui confirme la règle des déballonnades. Un nommé Henri Mufflard, Riton pour les potes, qui s'exprime ici... un type à la gueule en biais, un de Belleville... un jaspineur d'argomuche. Lui, il est parfaitement d'accord avec moi. Il a gardé dans son paquetage un joli parabellum 9 mm... et quelques chargeurs.

« Un en-cas... il plaisante. »

C'était pas permis bien sûr de garder des armes, même de récupération sur l'ennemi. Un autre se décide... veut bien nous accompagner... Petacci, un petit Marseillais... Les plaisanteries qu'il se trimbale depuis les bancs de l'école avec ce nom, homonyme de celui de la maîtresse de Mussolini!... Vous vous doutez, amateurs de bons mots Vermot, si ça fuse : « Et debout comment tu les lâches? » Il a appris à leur rétorquer, à ces petits malins, en leur lâchant des perlouses d'élite... choucardes, bruyantes, odorantes. « Celle-là, asseyez-vous dessus! » Enfin, c'est plus le moment de faire de l'esprit... des calembours, calembredaines. On doit se décider fissa.

Tous les autres préfèrent voir venir, aller s'expliquer, disent-ils, en haut lieu.

« Ça finira mal vos conneries. »

On a plus le temps de tergiverser. Petacci va foncer, piquer la jeep, embarquer nos paquetages et nous arracher dès que j'aurai repris nos dossiers. La simplicité de l'opération. Mufflard m'escorte dans le baraquement... jusqu'à la porte du bureau.

« Pardon, mademoiselle, je voudrais consulter trois dossiers. »

Je suis entré sans frapper. La mignonne afate, la blonde que je lutinerais si bien en d'autres circonstances, n'a pas le temps de me répondre, m'autoriser. J'ai déjà saisi le paquet... rapidos, je retrouve nos trois feuilles d'engagement, nos fiches... Mufflard, Petacci, la mienne... je les estoufarès... pliées en deux dans ma vareuse.

« Mais vous n'avez pas le droit de les emmener...
– On va le prendre, cocotte. »

L'emmerde, avec des mecs genre Riton, qu'ils poussent très vite trop loin le bouchon. Il brandit son parabellum sous la frimousse de l'afate qui s'était levée pour essayer de m'arrêter. Oh ! elle se rassoit d'un seul coup.

« Mais... mais... qu'est-ce qui vous prend ? »

Elle bafouille, les yeux tout écarquillés. Ça lui est jamais arrivé d'avoir un calibre brandi sous le minois. Elle se demande s'il ne va pas tirer, ce type à tête de bandit... elle perd ses moyens.

« T'as intérêt à fermer ta gueule ! »

J'aurais préféré que ça se passe plus en douceur. Y a plus maintenant à revenir en arrière. On s'arrache de ce bureau, du baraquement... en voltige, on grimpe dans la jeep !

L'anecdote... je revois ça flache-baque assez net. La tronche apeurée de cette môme devant le flingue de l'autre arsouille. J'en déduis que ça serait tout aussi facile d'aller dans une banque me faire quelques suppléments, m'arrondir mes fins de semaine. D'évoquer ces facéties avec Tonio au Bar-Nabab, on glisse vite sur le toboggan des possibilités dangereuses.

« Faut que ça vaille le coup. En cas de dèche... Vol à main armée, on peut se récolter douze ou quinze piges facile, aux assises. »

Tout de même il voit le mauvais côté de l'entreprise. La peur du gendarme, il conteste pas Tonio que ça rend presque sage. Il se contente de sa nana qui en remoud pour cézig sur une carpette en bitume. Ça lui permet de se saper prince-de-galles, d'avoir quelques breloques en joncaille aux poignets, aux doigts... Il parle de s'offrir une traction... une 11 CV. Il voudrait pas perdre toutes ces jolies proies pour l'ombre d'un cachot.

On s'était arraché du camp de la 9ᵉ D.I.C. comme des vrais gangsters... sur les chapeaux de roue de la jeep. Le Marseillais, au volant, je me demandais s'il n'avait pas des références voyoutes. Il me le confirmera par la suite... des histoires de vols de fourrure sur la Canebière. Le paveton dans la vitrine... l'embarquement de la camelote en voltige. Un genre d'arnaque qui se pratiquait avant-guerre. Laurent Petacci, c'était toujours lui qui volait les voitures et qui servait de chauffeur au petit gang. Pour se tirer du camp à Donaueschingen, c'était donc l'homme idéal. Le temps que ça réagisse derrière, que les sentinelles réalisent le coup, nous étions déjà loin vers Geisingen. Je vous résume. Là, on a changé de véhicule pour semer nos poursuivants éventuels. Carrément, on a chouravé le command-car d'un colonel de spahis... il avait laissé, l'imprudent, son képi sur la banquette. Bref, une équipée tout à fait malfrate. On s'est retrouvé vers Uberlingen un peu plus tard au bord du lac pour chanstiquer encore de bagnole.

Inconscients, on s'est payé le luxe d'un petit bain dans le Bodensee... se rôtir un moment la couenne sur un bout de plage. Ç'aurait pu tourner vinaigre notre incartade, qu'on se retrouve tous les trois aux durs, un séjour de quelques années au bat' d'Af... Je ne comptais que sur le lieutenant Lambert pour nous écraser le coup. Puisqu'il nous avait mis en garde contre l'officier recruteur, j'espérais bien qu'il nous couvrirait.

« C'était un brave mec, Lambert. »

Tonio est bien de mon avis, même dans l'armée il y a des *hommes*... Lorsqu'il nous a vus revenir, il a fait comme si nous n'étions jamais partis. Il avait hâte, lui, de retrouver la vie civile. C'était un combattant juste pour cette guerre. Un type aux idées de gauche, je crois, qui avait rejoint l'Afrique du Nord par l'Espagne pour fuir la Gestapo.

« Et Riton Mufflard, tu sais ce qu'il est devenu ? »

Pas la moindre idée. Après notre arrachage de la 9ᵉ D.I.C., il était reparti au 2ᵉ commando... probable qu'il avait été démobilisé en même temps que nous, qu'il était retourné dans son XXᵉ... son arrondissement d'origine.

« Je crois me rappeler qu'il crèche rue Ramponneau. »

Tonio me fait la remarque qu'elle est pas si longue la rue Ramponneau... que ça serait bien le diable si on ne le dégauchissait pas dans un bistrot de ce secteur.

« Il suçait pas des glaces non plus. Il s'appelle pas Mufflard pour rien ! »

Ce qui ressortait de ses propos... que ça serait peut-être sympathique de retrouver ce pote si résolu du parabellum.

« Tant qu'à penser à des braquages, autant que ce soit avec des gens qui ont l'habitude des armes à feu. »

Je n'arrivais pas bien à me rendre compte ce qu'il avait exact dans le cigare, le ténor léger... le savait-il lui-même ? Il hésitait entre sa douce sécurité d'hareng montmartrois et des aventures plus lucratives mais bien sûr plus glandilleuses. On raisonnait un peu dans le même sens... qu'on était bien truffe d'avoir risqué notre peau pour la gloire, autant dire pour que fifre, alors qu'on pouvait à moindre péril reprendre la Sten pour notre compte.

Je vous rapporte succinct nos méditations, conversations au Bar-Nabab. Ça débute souvent de la sorte, les associations de malfaiteurs, on parle gentiment de choses et d'autres, on fait des hypothèses, on suppute les chances et on en arrive à monter sur la belle petite affaire... de la vraie mousseline !... qui va vous permettre soi-disant d'aller vivre sur la Côte d'Azur, les doigts de pied en éventail, la queue sucée en permanence.

Sa môme à Tonio, elle s'appelait ou se faisait appeler Jenny. Une blonde platinée juchée sur de hauts talons... les bas à résille... la jupe fendue. Une très belle pouliche d'abattage. J'ai fait sa connaissance ce soir-là justement... elle avait fini son périple racoleur sur le boulevard de Clichy. Elle venait s'offrir un peu de repos, retrouver son chanteur préféré de charme. Cézig, s'il se comportait parfait julot avec elle ! A peine une bise presque distraite. Aucune affection visible. Il la tenait le plus possible à l'écart de nous, il lui causait souvent par gestes. S'il voulait qu'elle s'éloigne vraiment, qu'il avait à dire aux amis des choses qui n'étaient pas pour les gonzesses, il lui posait abrupt la question.

« T'as pas envie de pisser, Jenny ? »

Elle se le faisait pas dire deux fois, fissa elle se glissait vers les gogues.

« Les femmes, ce qu'il y a de bien, elles ont toujours envie de pisser. »

Il commentait goguenard. N'allez pas croire, chères lectrices, que j'approuve ce triste comportement. Je vous rapporte la façon d'agir, de s'exprimer d'un souteneur de presque encore la Belle Epoque. Je fus témoin, je m'efforce de rapporter les choses avec le plus d'exactitude possible en chroniqueur fidèle. Pour être tout à fait honnête, je dois vous avouer que sur le moment j'enviais Tonio de pouvoir se conduire de la sorte avec une nana. L'Odette, j'aurais bien voulu de temps en temps l'envoyer pisser avec ses concerts de musique classique... ses auteurs qui *font réfléchir* ! Tout de même si je me suis réfugié ce soir-là auprès de mon petit mauvais camarade Tonio qui risque de me contaminer, de me faire devenir repris de justice, c'est bien à cause de ses chichis... ses tortillages pour se faire tringler. Elle m'aurait accompagné dans ma gendarmerie Louis XV, elle n'en aurait tiré que du plaisir, j'ai l'orgueil de le supposer, et je ne serais pas en train de me perdre au Bar-Nabab parmi les putes et les harengs.

Justement ça se remplit la taule... d'habitués... ici tout le monde se connaît. Tonio me présente toujours comme un héros de la guerre, je n'ai pas encore d'autres titres pour mériter l'estime de la gent truandière. Je sens bien d'ailleurs qu'on ne me prend pas très au sérieux avec mes fringues des stocks de l'U.S. Army. C'est mon sort depuis toujours d'ailleurs... je n'ai jamais les fringues qu'il faut au moment où il faudrait. Actuellement, je devrais être plutôt guenilleux, barbu, chevelu craspect pour bien me faire admettre des intellos, des artistes en cour. Je les indispose en me lavant chaque jour les panards... ils me reniflent réactionnaire... bon à prendre le jour de leur grand soir.

Tonio avait raison, Riton Mufflard je n'ai pas eu tant de mal à le dégauchir. Son fief, c'était moins rutilant que le Nabab... un simple troquet rue des Couronnes... dans l'arrière-salle où il tapait le carton des après-midi entiers. De me revoir, ça ne l'a pas ému spécial... il n'était pas aussi expansif que Tonio. Il n'en a pas arrêté sa partie de poker pour si peu. Serré juste la louche... comme s'il m'avait quitté la veille.

« Salut... assieds-toi et prends un verre. »

Ce que j'ai fait en attendant la fin de leur partie. Ses partenaires à Riton, c'était des types plus vieux que lui, des frimes alors d'arcans patentés... ça fleurait les années de cabane toute cette tierce. Style nettement avant-guerre, bal musette... formation accélérée sur les fortifs... les règlements de comptes entre voyous à la saccagne... les sobriquets adéquats... Jo les Gros Bras... Bébert Points bleus... Charlot la Cavale. Des hommes de poids, certes... des rouleurs de jars comme on n'en entend plus guère... qui sortaient de ces vannes, des quolibets qui ne faisaient mouche qu'une fois... qui ne resservaient plus réchauffés tellement on était sûr d'en trouver d'autres sur tous les terrains possibles. L'invention verbale fleur du paveton... Ça leur venait de la nuit des temps de la capitale... droite ligne de l'escholier Villon. J'ouvre cette petite parenthèse sur l'argot, ça a été mon émerveillement de toujours, mon initiation à la poésie. Je ne m'en rendais pas compte alors, mais de tout ce que j'emmagasinais dans ma tête, c'était ça le plus important... que je puisse un jour, très modestement, peut-être contribuer à perpétuer une espèce de tradition. Ça ne me revient plus texto ce qu'ils pouvaient dire tous ces voyous, ces macs, ces casseurs de Ménilmontant, Pigalle, les Gobelins... je ne me suis jamais promené dans l'existence avec un carnet de notes. Il faut que j'assimile, que ça s'évapore, que ça paraisse tout à fait disparu, enfoui dans le temps, et alors sous la plume me reviennent les expressions, les métaphores, la musique incomparable de ce langage des taules et du bitume parisien. L'impression que je suis un peu un privilégié de l'oreille... je fais écho... caisse de résonance... je répercute, ça n'en finit plus. Ma seule modeste ambition, avec Albert Simonin et quelques autres... fixer quelques instants de ce langage qui sans nous, et ça serait grand dommage, se perdrait à jamais avec les ruines du vieux Paris.

En tout cas d'instinct, malgré tout ce que ça pouvait comporter de risques de toute sorte, je me dirigeais par là. Je savais que j'en apprendrais bien davantage sur n'importe quel plan que dans tous les savants ouvrages de Bertrand ou d'Odette, mes premiers guides culturels. Par la suite, bien sûr, je m'en suis gavé des auteurs et pas des moindres pendant mes stations prolongées dans les prisons et les hostos de la République... j'ai voulu connaître ça aussi, les émotions littéraires. Je n'en finirai jamais de rattraper mes vagabondages du temps de ma jeunesse folle... je m'y use, épuise les yeux de mes nuits d'insomniaque. Seulement, à la fin presque de mon parcours, ce qui me donne encore un petit poil d'originalité, c'est ce que j'ai appris dans la rue et dans les geôles, avec mes professeurs de langue verte à la tronche en biais.

Mufflard, sous son blase de bulletin de naissance, seules quelques vieilles à Belleville le connaissaient. Partout on ne l'appelait que Riton... Riton les Pognes, je ne sais pourquoi, j'ai jamais pensé à le lui demander. Probable qu'il les avait depuis toujours habiles, les pognes... que dans son enfance, il avait dû s'en servir plus souvent pour chouraver dans les boutiques que pour écrire ses devoirs de vacances. C'est un maigre, Riton, tout en nerfs, en muscles, en os... les lèvres minces, l'œil enfoncé dans l'orbite, mais auquel rien n'échappe de ce qui se trame, s'esquisse, s'intentionne autour de lui. Il est sapé, lui, sans beaucoup de recherche... une salopette de mécano, un chandail à col roulé par-dessous... les tifs plaqués Valentino comme c'est déjà plus la mode... avec une petite raie presque au milieu. Son âge... peut-être qu'il n'a même pas trente ans, mais il est de ces types qui font toujours un peu plus vieux. Voilà... il a un côté tranchant de partout, de sa frime en lame de couteau, de son regard, de sa jactance où il excelle dans la formule cinglante... l'économie de moyens toujours !

« De toute façon, même en Amérique, on aurait eu tort d'y aller. Y a jamais eu rien de bon à affurer sous l'uniforme. »

Ce qu'il foutait, alors, dans la Ire armée... on aurait pu s'interroger ? A la longue, il s'expliquera tout de même... il daignera... quelques bribes... qu'il avait fui en 43 une histoire de marché noir compliquée où il avait entubé les Fritz. L'obligation de se faire la malle... l'opportunité de prendre le maquis... d'y devenir un matador question sabotage et coups de main. L'occase de se refaire une virginité. Pas d'autre explication à son patriotisme.

Je suis venu le voir un peu en mission, envoyé par Tonio... le tâter s'il se mouillerait pas sur une affaire intéressante.

« Et c'est quoi son affaire intéressante ?... »

That is the question. On a fini, après sa partie de brèmes, par se cloquer dans un coin du bistrot pour se jacter à voix feutrée. Lui dire exact, je ne le sais pas... Tonio voudrait qu'on se rencontre, qu'on engage le dialogue, dirait-on aujourd'hui. Peut-être qu'il ne sait pas exact lui-même, le Ténor, qu'il se dit avec juste raison, qu'une fois décidés, prêts à tout, les larrons trouvent toujours de quoi exercer leurs talents. On a tous une certaine pratique de la mitraillette... on n'a pas perdu la main en si peu de temps depuis notre décarrade des armées... on a envie de prendre un peu de sous là où il y en a. Riton, ça lui paraît limpide tout ça, il gamberge depuis son âge de raison à ce genre d'exercice. Lui, il s'est pas égaré la tronche à la recherche de Dieu comme Bertrand. Sa raison d'être sur terre, c'est d'échapper à la triste condition du prolétariat où il a vu son papa mourir à la tâche pour des nèfles. Seulement il est d'une prudence de cobra. Il reste sans rien dire un bon moment devant son pastaga. C'est un jour où il pleut... on regarde les hallebardes dégringoler dru sur la rue des Couronnes à travers la vitre du troquet. On y est bien, à la chaleur d'un gros poêle. J'ose pas rompre la méditation de mon pote. Ses partenaires du poke se sont fait la malle, y a plus que nous maintenant dans le rade et le gros patron, avec sa gapette droite sur le trognon, derrière son comptoir près du percolateur. C'est toujours l'époque des cafés ersatz à l'orge grillé, au gland de chêne... des choses qu'aujourd'hui on n'oserait pas servir même aux taulards dans les Q.H.S.

« Tu comprends, Tonio, c'est un mac... »

Son objection laconique. Il boit une gorgée, ensuite il rallume sa cigarette qui s'était éteinte. Sans qu'il me fasse une dissertation, j'entrave la coupure. Riton, il a la méfiance instinctive à l'égard des julots... C'était ainsi chez les vieux casseurs, ils voyaient toujours chez l'hareng un indic en puissance. Pour tenir le pavé, revenir à Paris surveiller leurs gonzesses, lorsqu'ils avaient de l'interdiction de séjour... dix ou quinze ans de trique... bien des proxénètes rencardaient la Grande Maison. J'étais pas encore très au parfum des us et coutumes de la voyoucratie, mais l'éducation malfrate se fait plus vite que celle du beau monde. Je commençais déjà à réagir comme il faut... au bon moment. En tout cas, Riton, il s'en tape des paroles en l'air, des projets vaseux. Entre les lignes, il me charge de répondre à Tonio qu'il se mouillera que lorsqu'on lui proposera une affaire précise qu'il aura le temps d'étudier dans les moindres détails.

« Vingt piges de durs, petit mec, ça se fait pas sur une jambe. »

Le conseil d'un sage, d'un homme déjà de poids. Nous étions, je vous signale, à une époque où le moindre faux pas pouvait nous valoir une chute prolongée au trou. Les assises de l'après-guerre, même les simples correctionnelles, bastonnaient le délinquant sans s'occuper de son psychisme, de ses complexes, de ses motivations existentielles. L'enfance désastreuse... le père bourreau et la mère indigne... toutes les circonstances atténuantes dont les avocats se gargarisaient, les magistrats se les glissaient sous le coussin de leur siège et pétaient dessus. Ça obligeait le malfrat à agir en souplesse, le Code pénal d'une main, la pince-monseigneur de l'autre... si possible, sans arme et sans véhicule pour s'enfuir. On ne s'improvisait et on n'improvisait pas dans ce métier sous peine de relégation dans les plus brefs délais. Riton les Pognes, c'était en quelque sorte un modèle parfait de ce genre de truand averti. Dans un sens, je ne pouvais pas tomber sur un éducateur de meilleure qualité.

« Tonio, il a pu faire des choses pas mal à la guerre, mais s'il est mac, c'est qu'il a une mentalité à part. »

De ça, il en démordait pas. C'était un vice rédhibitoire à ses yeux. On en est resté là ce soir-là. Il avait suffisamment de combines, les Pognes, pour subsister sans nos projets encore fumeux. Toujours, il avait des bijoux à fourguer qu'il sortait de ses poches... des louis d'or... des petits diam' s, des bagouses de toute sorte. Il donnait aussi dans le noir... les cigarettes américaines... le pastis de contrebande. S'il reprenait sa partition dans un concert de calibres, fallait vraiment que ça ne soit pas pour des queues de cerises. Je vous résume la situation.

Sans le savoir Mufflard, il venait de me sauver peut-être du pire. J'étais bien prêt à ce moment-là d'embrayer dans n'importe quelle aventure glandilleuse pour m'arracher de ma condition de traîne-lattes au porte-à-porte. Ce n'était donc pas encore mon heure de chuter dans le bas truandage. Un sursis en quelque sorte, une période de pleine liberté avant d'aboutir où tous les malfrats finissent tôt ou tard... dans les radieux locaux de la Maison poulaga, menottes aux poignets, la mine déconfite et mal rasée.

En tout cas, ces mauvaises fréquentations de Montmartre et de Belleville, ça m'a tout de même influencé dans le comportement vis-à-vis d'Odette. Je suis devenu plus cassant avec elle, j'ai adopté un style quasi-hareng.

Je vous l'avais larguée, la pauvrette, vous vous souvenez, sur un quai de métro... déjà sans un mot d'adieu, de gentillesse... butor, peau de vache... je mérite pas mieux dans le qualificatif, je vous l'accorde. Ensuite je l'ai laissée quelques jours en rade... sans nouvelles. D'habitude, je lui bigophonais à son boulot. Finalement c'est elle qui m'a relancé... une bafouille... une de ses enveloppes bleu tendre... comme elle m'envoyait à la guerre... sa plus belle plume pour me faire quelques reproches formulés dans la tendresse et pour me dire à mots couverts que désormais elle se soumettait. Si ça me rebectait l'orgueil sa bafouille ! Je me sentais, moi aussi, un vrai petit mac comme Tonio. Ça, c'était de l'éducation sentimentale alors... basée uniquement sur les rapports de force ! Le bel exemple du Ténor m'a poussé, lorsque j'ai revu Odette, à forcer la note, jouer au dur, lui jacter à la mode voyoute jusqu'à lui tirer les larmes des yeux. Ça m'a permis de me découvrir un joli petit côté sadique... que je suis tout excité, tout émoustillé de la voir chialer, cette tendre môme. Ça se situait encore cette scène dans une brasserie, je crois me souvenir, au Cardinal, à l'angle du boulevard des Italiens et de la rue de Richelieu. Sans me soucier de ses larmes, je me suis lancé aussi sec dans un pelotage sans vergogne. On était dans un coin de la salle, un petit renfoncement. L'idée m'est venue carrément de glisser ma paluche sous ses jupes pour lui faire une petite gâterie, tout en lui roulant une galoche fureteuse. Le mélange de ses larmes, ses trémoussements... de quoi s'envoyer en l'air sur-le-champ. Plus question, merde ! qu'elle me remette sa vieille maman et son Dieu le Père sur le tapis... elle était obligée de me suivre à Neuilly.

De nos jours, avec les bagnoles individuelles, dans ce domaine, tout est devenu simple... ça ne vous fait presque aucune rupture entre les bagatelles de la danse et la chambre des folles étreintes. Là, fallait se taper encore ce métro poussif... changer à Concorde... toutes les stations à se farcir. Odette m'a suivi, docile, résignée au péché de la chair, à tous les risques... c'était vraiment le grand amour. J'avais renversé la vape... le mouvement classique. Au début, elles minaudent, elles se font attendre, désirer le plus longtemps possible. Elles invoquent n'importe quoi... les saints du paradis, le romantisme pour vous faire lanterner, baver de concupiscence aux portes de la volupté... Enfin c'était leur tactique en ces temps lointains, à présent tout est à l'inverse, tout est remis en question, les règles du jeu bouleversées ! C'était une affaire de patience, jacasseries roucouleuses, mille grimaces souvent pénibles... seulement, une fois qu'on les avait mises au lit, pour peu qu'on ait du gourdin, comme il sied à un homme normalement constitué, un peu de savoir-faire viceloque, on pouvait rapidos leur tenir la bite haute ! La revanche du mâle. Ç'aurait dû, avec Odette, être bien réglé depuis nos débordements parmi les appareils orthopédiques. Ça m'avait plutôt desservi de l'avoir trombinée dans un tel lieu, de telle façon...

elle assimilait ça à une sorte de viol dans sa petite tête de chrétienne. Elle ne me l'avait pas caché. « Faut plus recommencer... » Elle m'accusait d'avoir abusé de sa faiblesse, de m'être comporté comme un animal diabolique, etc., des choses énormes, si on réfléchit bien... une certaine forme d'hypocrisie pour se disculper. A présent, elle pourrait plus invoquer quoi que ce soit pour s'innocenter. Bel et bien, elle prenait le métro, elle se laissait même peloter, embrasser farouche dans la rame Vincennes-Neuilly où d'habitude elle détestait ce genre d'exhibition.

J'avais l'intention, en ouverture, de lui arracher ses fringues, de la posséder sur le seuil presque de ma carrée, debout contre la porte en guise de hors-d'œuvre.. qu'elle ait pas le temps de dire ouf! de je ne sais quoi exiger... encore des prévenances, des tortillages de popotin! Je n'étais plus d'humeur à piétiner devant l'extase. Je comptais sans les aléas, les surprises... je pensais plus, tout à mon obsession, à Bertrand. Je me le figurais parti dîner dans sa famille... Il allait souvent voir des tantes, des sœurs et des frères disséminés aux quatre coins de Paris. Le manque de chance qu'il soit resté rue Paul-Châterousse ce soir-là. Il était dans sa tambouille à se mitonner une espèce de pot-au-feu. Il avait dégauchi un peu de barbaque je ne sais comment. Oh! la surprise... ce qu'il était heureux de faire enfin la connaissance d'Odette dont je lui avais tellement parlé!... Mais qu'elle entre... qu'elle retire son imperméable, son petit béret. Depuis janvier, il avait aménagé une sorte de salon entre nos deux chambres... un petit coin *sympa* dans l'ancienne salle de garde des gendarmes Louis XV... un canapé, des sièges en rotin avec des petits coussins rouges et bleus... des tentures en raphia avec toujours ses photographies de montagnes, d'églises romanes... un portrait de Saint-Exupéry. Le style local de patronage bien propre à ravir Odette. Rien qu'à son œil j'ai tout deviné... son sourire franc et pur... que mon camarade lui plaisait énormément. Je veux dire question fréquentation, que c'était le genre de type qu'elle trouvait comme elle disait *bien*. Un homme qui avait une conscience, des états d'âme, qui pouvait parler musique, cinéma, poésie... religion pourquoi pas. Bernique! j'étais encore repoussé à un peu plus tard, aux calendes païennes, moi avec mon braquemart impatient, mes bas instincts insatiables! On allait, puisque nous n'avions pas encore dîné, partager sa modeste pitance. Je vous rappelle que c'était toujours le problème lorsqu'on sortait, on ne pouvait pas s'offrir le restaurant... on bouffait toujours en rentrant après le cinoche ou le bal quelques maigres victuailles qui ne risquaient pas de vous encombrer le garde-manger. Aucun problème de cholestérol, de ligne pour les dames.

A mon grand dépit, Bertrand s'active pour nous organiser une table. Elle a accepté son offre, la vache... heureuse de cette diversion, de ce sursis! Je me demande avec une certaine angoisse si elle ne va pas après la dînette nous annoncer que sa vieille daronne l'attend, qu'il ne faut surtout pas qu'elle rate le dernier métro. Serviable, elle aide mon cureton à mettre le couvert. On a des assiettes, fourchettes et cuillères dépareillées... n'importe! On en rit, n'est-ce pas... c'est beau la jeunesse! On a toujours bien le temps de s'embourgeoiser avec de la vaisselle en argent, des nappes en toile brodée, de la porcelaine de Sèvres! Ce genre de commentaires qu'ils batifolent, les cons, pour m'énerver encore plus. Cet abruti de Bertrand, s'il avait deux ronds de jugeote, il aurait entravé la coupure... que je m'en tape, moi, de son pot-au-rif... son morceau dans la macreuse... j'en ai un autre dans la culotte, qui piaffe, qui s'enfièvre, s'enrage, merde! J'ai pas le goût à participer à leur conversation. Il l'a branchée sur son Teilhard de Chardin... il va lui prêter ses œuvres. Il s'étonne qu'elle n'ait même pas lu *Le Milieu divin* son grand livre de spiritualité ! Gnagnagni ! Elle en est restée, elle, à Emmanuel Mounier... à Simone Weil... les romans de François Mauriac, les essais de Maritain... je ne sais qui ou quoi... Ils ont vu *Le Soulier de satin* de Claudel... tous les deux, ils ont le même enthousiasme. Spécial, tout son séminaire à Bertrand s'était déplacé à la Comédie-Française en 1943... Ils avaient eu des tarifs réduits.

« Je portais encore la soutane. »

Je l'avais pourtant prévenue, Odette, que mon petit copain logeur était un ancien ratichon... elle ne s'en souvenait plus ou elle a fait semblant, et elle s'étonne, s'ébaubit. N'est-ce pas, ça devient captivant de rencontrer un homme comme lui. Elle l'interroge, elle se permet... que s'est-il passé pour qu'il abandonne sa vocation ? Il ne va pas bien sûr lui raconter son histoire de directeur de conscience, théologien pédéraste, qui avait voulu lui rouler une pelle en guise de prélude à l'après-midi d'un giton. D'abord, il a eu une crise aiguë, n'est-ce pas... il ne s'est pas senti les épaules pour soutenir son sacerdoce...

« J'ai quitté le séminaire tout d'abord sans perdre la foi... »

Je connaissais le parcours ! Il me l'avait maintes fois raconté... que sa croyance en l'Eglise s'était fait la paire et puis, peu à peu en Dieu tout court, la divinité de Jésus-Christ.

« Seulement je lui garde mon cœur... l'Evangile me guide toujours... Humainement s'entend ! »

Ça l'intéressait vivement ma fiancée. Elle lui posait encore des questions, elle argumentait. Pendant ce temps, je m'étais levé pour chercher à boire. Dans sa piaule Bertrand avait un petit stock, c'était tout naturel, de vins du Var... une douzaine de betteraves de nos crus les plus prestigieux de Draguignan, Plan-de-la-Tour, Vidauban, Les Arcs, ceux que j'avais tant de mal à fourguer dans les bistrots du XVIII⁰. Ma rage d'être blousé comme ça par ce triste cureton... qu'il m'accaparait ma gonzesse alors que je l'avais bien mise en condition pour la casseroler ! Et en plus il lui mettait Jésus de Nazareth sur le tapis... mon plus redoutable concurrent... A la boutanche j'allais me consoler, me venger, sang merde ! J'avais pris un peu d'entraînement depuis mes débuts à la Socovar. Toc ! Pendant qu'ils palabraient sur la divinité du Christ, je glougloutais en lousdoc... je faisais semblant de m'intéresser à leurs propos. Ah ! non, je n'allais pas me laisser encore avoir par la maman seule dans son petit appartement de la rue de Maubeuge. Elle allait ronfler ici, Odette... autant que faire se peut. J'avais décidé ça dans ma petite tronche d'érotomane... Dieu n'y pourrait plus rien, ni Claudel, ni tous les saints du paradis !

Il avait aussi, pour tout arranger, un phono Bertrand, un appareil à manivelle avec des disques 78 tours... Après la bouffe, il a voulu faire entendre à Odette des enregistrements encore de Beethoven... des sonates, les mêmes que celles du virtuose à Ravensburg. Il la prenait par son faible, la mélomanie... il avait tous les atouts spirituels et artistiques, ce cave, pour l'envelopper, la séduire d'âme. Il me restait plus à moi que le trivial... ma biroute, mon coup de chibre magique, seulement fallait-il encore que je trouve l'occasion de le placer ! Je devenais jalmince à la longue, le picrate aidant. Ça me traversait aussi la gamberge qu'après tout je n'avais rien à affurer avec une souris pareille... que c'était pas du tout ce qu'il me fallait pour m'agrémenter l'existence. Du côté de chez Tonio, je trouverais mieux chaussure à mon pied. Fallait que je rompe, je m'enlisais dans l'honnêteté. Ce que je foutais là avec les disques de Beethoven, ce cureton et cette nana tout empêtrée dans ses principes, ses inhibitions on dirait aujourd'hui ? Brusquement, ça m'a pris l'envie de me tailler, de la laisser là... merde ! qu'elle se le fasse, ce défroqué ! ensemble, ils pourraient après le coït discuter encore de la divinité de Jésus, des concertos de Beethoven et des pièces de Paul Claudel.

« Où vas-tu ?
– Je vous laisse, vous êtes trop bien tous les deux ! »

Là, Odette, tout de même elle a bondi pour me retenir. Elle s'était pas rendu compte qu'elle m'avait un peu vexé, offensé presque en me laissant comme ça, tel le bovidé, à l'écart de leurs échanges culturels. Ce qu'elle m'a raconté ensuite pour s'excuser. Elle est venue faire rempart de son corps devant la lourde... me passer ses bras autour du cou pour m'empêcher de sortir.

« Ne sois pas ridicule ! »

Ridicule ! J'allais lui claquer la gueule, ridicule ! Elle m'en laisse pas le temps, elle m'embrasse pour bien me prouver que c'est moi qu'elle aime. Ça se déroule très vite tout ça. Bertrand, tout gêné, s'est levé, il bredouille je ne sais quoi. Lui, alors ce soir, il m'a gonflé les baloches ! J'ai envie aussi de le démolir. Tout à coup ça me prend... je vais lui montrer qui pisse contre le mur ici... qui c'est qu'est le seul vrai Jules de la comédie. Brusque, je retourne Odette, je la plaque contre la porte et je lui retrousse la jupe... une paluche sans discussion... Plaf ! Au cul, au slip direct... salope ! Elle pousse un petit cri-cri de bête apeurée. De la main gauche, je lui attrape un sein à travers son joli corsage brodé. Marre, moi, de l'entendre pérorer avec le Cureton ! Au lit, mademoiselle ! Elle se débat juste pour la forme, montrer qu'elle n'est pas celle qu'on pourrait croire. Je lui laisse pas le temps de réagir... Je l'argougne sec... je la pousse vers ma piaule... je la propulse... elle valdingue sur le lit et je referme la lourde d'un grand coup de latte. C'est toujours une sonate de Beethoven en fond sonore... *Les Adieux* ou l'*Appassionata*... je ne saurais vous dire. Plus question de fignolages, fioritures d'avant la tringlette ! J'y vais style violeur, mercenaire... cosaque de Tolboukhine ! Ses jolies frusques volent, elle ne se défend plus, elle est haletante, gémissante ou suppliante pour la forme. Je lui arrache son slip... et je la pénètre d'un grand coup comme une brute... je vais lui en filer, moi, des émotions artistiques !

Le réveil aux aurores, alors inédit dans les annales des histoires d'amour, les romances à la gondole... fumetti... Vous pouvez chercher, je vous défie de trouver pareille aubade ! Il faisait tiède et j'avais laissé la fenêtre entrouverte. On s'était calmé les ardeurs sexuelles que vers trois quatre heures du matin. La fiesta dans le plumard... les régates du trou du cul... un feu, passez-moi ce vilain jeu de mots, d'artifesses. J'avais la rage... une soif de me venger de tout ce qu'elle m'avait fait lanterner... le temps perdu, moi, je le recherchais en lui taraudant le minou ! Je la voulais rendue, recrue, anéantie.

Donc, sur le matin, tout de même je me suis fatigué, qu'elle crie grâce je n'en ai cure, mais je finis par m'effondrer. J'ai voulu lui prouver que je suis un champion de quéquette toutes catégories... ça participe d'une vanité assez puérile, n'importe... Mon lit est minuscule, on est serré, imbriqué cuisses et bras, dans nos émanations corporelles, nos lubrifiants.

Ce qui me réveille... est-ce par le nez ou par les oreilles que ça me parvient ? Simultanément sans doute... une espèce de bruit de machine à vapeur, de pistons... des glouglous et en même temps une odeur épouvantable qui nous assaille, nous enveloppe de toutes parts. Odette, elle aussi, se redresse... à poil... elle s'écarquille... ce qui se passe ? Elle cherche à comprendre... Comme si des chiottes se déversaient carrément dans notre chambrette d'amour ! Je me lève... ça vient de l'extérieur, bien sûr... de la rue... ce bruit insolite. En ouvrant un peu plus la fenêtre, alors je défaille ! Ça m'agresse au plein des naseaux, l'abominable odeur ! Mais enfin ça y est... je sais de quoi il retourne... la clef du mystère. Devant l'immeuble, toute une machinerie en action... une sorte de locomotive avec des cylindres, des manivelles, des gros tuyaux... des poulies, chaînes, courroies, robinets, roues dentées... une énorme citerne... sorte de réservoir, je ne sais... je ne détaille pas davantage. Bel et bien la pompe à merde en pleine action, là, sous notre gendarmerie ! Je m'étais pas gouré du coup... je me rappelais plus, ici, bien sûr on n'a pas le tout-à-l'égout... nous sommes restés Louis XV sur toute la ligne. Je referme vite la fenêtre... seulement bernique ! la fiente en ébullition envahit tout... les vapeurs de caca, ça passe par les fentes, les moindres interstices. Ça nous prend au nez, à la gorge ! Ça fouette pas possible ! On a l'impression tout à coup d'être au fond d'une fosse d'aisances. La pauvre Odette ne sait plus où se mettre, elle a peur comme si la bombe d'Hiroshima était tombée dans les environs... elle se réfugie sous les draps, les couvrantes... Elle qui voulait idéaliser le plus possible nos rapports sexuels... les transcender, transfigurer romantiques... Certes, une ambiance... la musique, les parfums, les mots poétiques, ça vous améliore l'instinct. Avec mes brutalités, mes façons de tringleur forcené, je l'avais choquée au plus profond, mais elle s'y était pliée tout de même... ulcérée mais jouisseuse. Seulement, là... cette phénoménale boule puante dans notre nid d'amour !

« Qu'est-ce qui se passe ? Qu'est-ce qu'il y a ? Qu'est-ce que ça veut dire ? »

Que répondre ?... « Chérie, ne t'en fais pas, c'est la pompe à merde ! » Rien à craindre sans doute, elle ne va pas nous aspirer, mais ça donne cette désagréable impression... On entend des bruits d'énormes ventouses... des gloup ! des smack ! Ça nous met pas dans l'euphorie. L'évidence, c'est qu'on ne peut pas rester ici dans ces effluves de fiente géante. On ne peut plus s'imaginer aujourd'hui que tout marche au tout-à-l'égout dans nos grandes villes modernes. Les petits rigolos écolos qui veulent faire machine arrière à tout prix ne se rendent pas compte, les naïfs... si leurs rêves se réalisent, qu'ils vont se fader la pompe à merde sous leurs fenêtres... quels étrons ils vont se respirer. A travers la vitre, je gaffe... les travailleurs de la vidange en bottes, gapette, des grands cirés... ça n'a pas l'air, eux, de les émouvoir, de les incommoder la pestilence. Ils semblent même plutôt guillerets, joyeux lurons. Ils se philosophent peut-être que leur boulot en plein air, c'est tout de même mieux que le fond d'une mine. Avec les excréments, ils risquent pas la silicose... peut-être l'alcoolisme cependant. Je les aperçois qui se passent un kilbus de rouge... avec le boucan de leur infernale machine, je ne les entends pas, mais je devine qu'ils se marrent ! C'est pas leur genre, comme Bertrand, de se mettre la rate au court-bouillon métaphysique !

Une longue tradition nous rattache à la pompe à merdre... le Père Ubu... les histoires drôles scatologiques... les chansons de corps de garde... « *Pompons la merde ! Pompons-la gaiement !* » Ça me semblait jusqu'alors d'aimables farces. Comme toujours une fois sur le vif, le nez dans le réel, on trouve ça moins rigolo.

« Nous ne pouvons pas rester ici... Ce n'est pas possible ! »

Elle veut se trisser, ma belle chrétienne aux jolis seins qui palpitent dans la pénombre. Je voulais encore la lutiner, la dévorer, la reravager de la bouche et du zob... terminer notre nuit d'amour en apothéose ! Je me sentais encore des réserves de luxure pour l'entraîner définitif aux enfers, et puis voilà, ces cons dehors avec leur machine à chiasse... Cette odeur atroce, pénétrante, tenace... qu'ici, dans toute notre gendarmerie, ça va nous l'imprégner des jours et des nuits. Les bombes déodorantes vaporisatrices de lilas, muguet, pomme de pin, ne sont pas encore inventées... admirables gadgets, je vous affirme ! « *Fraîcheur de printemps garantie !* » Nous en sommes encore loin en 1946... obligés de fuir sans rémission. Elle ne prend même pas le temps, la douce chérie, de se ravaler un peu la tronche, la coiffure... elle fera sa toilette chez elle. Mais j'y pense, il n'est pas encore cinq heures, le premier métro n'est pas en service.

« Tu ne peux pas partir tout de suite. »

Oh ! si... elle s'excuse... elle a envie de vomir, elle ne peut plus tenir. Elle va marcher, aller n'importe où... respirer... fuir à tout prix. Bien obligé de lui filer le train, je n'ai pas non plus tellement le désir de rester là dans mon gourbi puant. J'enfile mon futal en vitesse... un chandail... mon blouson. Dans le corps de garde, notre salon, Bertrand est là, lui aussi debout, un peu hagard, ébouriffé, en pyjama.

« C'est dégoûtant ! Une épouvante ! »

Ça, mon cher, Dieu nous envoie cette pompe à merde sans doute pour nous punir de nos péchés !

« On s'en va... Odette peut plus tenir. »

Il ne sait que dire, le Cureton !... quelle contenance prendre. Ça se bouscule pour lui, il est pas habitué à des choses pareilles ! La manière dont je me suis comporté hier soir, de trousser comme ça une jeune fille en pleine sonate *Pathétique*, on ne peut pas dire qu'il soit si content ! Il me trouve, je le sais, butor, obsédé sexuel... que c'est un signe, il me l'a déjà dit, de primitivisme. C'est expliqué en long et large dans un de ses ouvrages de psychologie... L'instinct de copulation développé à outrance, ça veut dire que l'animal chez moi domine l'ange. Ce qu'il pense, mais alors... je m'en fais des papillotes ! Il est navré pour Odette... ce presque viol devant presque lui et maintenant cette activité de vidangeurs dans la rue ! Il n'y est pour rien... Oh ! là ! là !... lui aussi, il est abominablement incommodé par ces émanations forcenées de water-closet.

Bref, nous voici dans l'escalier, on ouvre le portail... en plein dans la nappe merdique... un mouchoir sur le nez, on passe en courant devant la pompe, ses glouglouteries dégueulasses... Les vidangeurs se fendent la terrine de nous voir évacuer nos pénates ! Ça les revanche de leur foutu métier... qu'ils retrouvent leurs bobonnes hargneuses de toujours se respirer, tous les soirs, des maris puants, crottés, des vrais vomitifs... faudrait réellement des perverses d'un genre spécial pour se régaler l'olfactif avec des bovidés parfumés de la sorte !

On s'est tiré encore presque dans la nuit vers la Seine, les quais, le pont de Neuilly... on n'arrivait plus à se débarrasser de cette infection.

« C'est vraiment pas de chance. »

Je me trouve idiot maintenant, plus faraud tringleur de choc ! C'est le dénouement inattendu et pas dans le suave, je dois reconnaître. Odette, elle va à son boulot, son bureau parmi les prothèses à huit heures et demie tapant, c'est une employée exacte. Elle voudrait avoir le temps de passer chez elle bien se nettoyer... se faire une grande toilette, changer de frusques. Elle s'angoisse aussi pour maman... Ce qu'elle va penser, elle n'a pas dû dormir, la pauvre femme. En plus, elle va la renifler sévère à son arrivée... la question terrible... si sa chère enfant ne s'est pas fait caramboler dans une fosse d'aisances ? Ça m'a fait marrer d'imaginer le retour d'Odette et sa mère qui vacille, défaille en la respirant. Le cocasse de la situation... je me bidonne de plus en plus... tout à coup, là, sur le pont de Neuilly... le petit jour blême... la brume sur le fleuve. Tout est désert, pas un chat, un chien en vadrouille... que nous, amoureux seuls au monde. J'arrêtais plus de me fendre la pipe, une de ces crises de rire qui vous prennent et qu'on ne peut plus retenir. Odette, elle participait pas, bien sûr, elle comprenait pas mon sens particulier, scatologique de la rigolade.

« Et tu trouves ça drôle ! »

Le vin, je l'ai vite abandonné, je n'avais pas atteint le quota nécessaire pour être rentable à la Socovar... les derniers jours, justement après cette nuit câline terminée, on peut le dire, à la mouscaille, je ne m'étais même plus déhotté avec mes échantillons. Je me sentais trop la gueule de bois, les matins, après mes tournées dans les rades. Je serais devenu à coup sûr alcoolique si j'avais réussi dans la profession... Aujourd'hui, avec mes diverses affections pulmonaires, intestinales, rénales, si j'avais dû en plus m'offrir une belle petite cirrhose du foie, je ne serais plus là, mes chères petites, mes écolières mutines, pour vous instruire, vous charmer de ma plume caressante.

Abandonnant ma carrière de démarcheur en vinasse, je me suis mis sérieux à gamberger du côté de chez les petits malfrats... Tonio le Ténor et Riton les Pognes. Ça me donnait de belles espérances de les voir vivre sans en retourner une... tout aux tavernes et aux filles, selon le précepte de notre poète François Villon. Vous me direz que c'est le piètre idéal... je vous l'accorde. J'en suis presque revenu, j'ai même attrapé ce virus d'écrire, mais à l'époque qu'on se mette un peu à ma misérable place... je ne me voyais que l'usine comme avenir ou une de ces places de représentants crève-la-dalle. Je manquais certainement de persévérance pour entreprendre un métier sérieux, j'allais toujours au plus pressé, au plus rapide... ce qui signifie mathématiquement le fossé au bout et la culbute ! Il fallait sans doute que j'y passe... que tout s'accomplisse comme dans les livres religieux de Bertrand... Tout de même, j'ai eu le sursis... quelques présages, des avertissements du ciel, le temps encore de me récupérer du bon côté de la barricade. Au fond, je plaide coupable absolu... j'avais tout de même des occasions que je laissais passer... ne serait-ce qu'Odette qui ne demandait pas mieux que de me driver sur le droit chemin. Là encore, je me suis plutôt mal conduit... mon incapacité de me fixer où que ce soit... le désir de m'arracher de partout, de larguer les amarres tout bout de champ sans autre raison que mon bon plaisir... une tocade quelconque, souvent imbécile. L'idée qu'Odette essayait de me passer une jolie chaîne d'amour autour du cou, me retenir avec la laisse conjugale, m'a poussé à la rupture sans doute. Mais dans tout ça le moindre hasard, le moindre aléa tient une grande place... Au fond, notre première nuit se serait terminée autrement qu'au milieu des glouglous de la pompe à merde, tout se serait peut-être passé autrement. Ça lui avait laissé un souvenir curieux, ce réveil en mouscaille... elle qui aimait les jolis paysages, la cime des montagnes, la grande musique... l'odeur des fleurs ! Je pouvais tout de même pas prévoir que les vidangeurs viendraient nous jouer une aubade à leur façon. C'était, bien sûr, une fausse note dans la barcarolle... un couac dégueulasse, mais je suppose qu'après la séance dans le living de Bertrand, elle était prête à tout subir, tous mes outrages, mes pires manières. Savoir pourquoi je me suis décidé à rompre ? C'était comme une force qui me poussait... et ça me prenait brutal, je sentais que ce n'était plus possible de continuer... qu'il fallait que je m'arrache vite, que je n'insiste pas dans les revenez-y, les repentirs...

« T'es trop bien pour moi, Odette... nous ne sommes pas faits l'un pour l'autre. »

Façon trop classique d'annoncer les belles ruptures... lâche, bien entendu, mais comment faire autrement ? J'étais venu l'attendre à la porte de ses orthopédies... sagement, j'étais resté dehors, dans la rue à guetter qu'elle sorte. En marchant comme la première fois vers les boulevards, côte à côte, j'ai commencé à lui assener ma décision. Je me dédoublais presque en lui parlant. J'avais conscience de mon comportement absurde. Elle était belle, cette gonzesse, merde ! une fois débarrassée de je ne sais quoi de provincial dans sa tenue, ses attitudes, je pouvais l'exhiber n'importe où sans honte, loin de là. Elle aimait faire l'amour, se plier à mes désirs, à ma force... l'essentiel dans ce domaine. Et partout, toujours d'une patience, une gentillesse à toute épreuve... elle m'avait fait moult petits cadeaux charmants, des foulards, des cravates, un portefeuille... Au fond, je tenais tout de même à elle et je la larguais sans raison bien évidente. Duraille de se comprendre parfois... de s'introspecter... Retranscrire tout notre dialogue mot à mot... ça me revient plus à la mémoire avec assez d'exactitude. Elle a dû m'argumenter que je me faisais de mauvaises idées, que j'étais devenu complètement fou. Je ne savais que lui répondre... Peut-être lui ai-je dit que je ne voulais pas faire son malheur, que j'étais destiné sans doute à autre chose que la vie qu'elle m'offrait auprès de sa maman avec en arrière-plan le bon Dieu et sa panoplie de prothèses... que j'avais envie de courir un peu l'aventure ! Tout à coup, elle s'est arrêtée et elle s'est mise à pleurer d'abord doucement, deux grosses larmes le long de ses joues, et puis elle s'est précipitée contre moi, comme ça dans la rue, sans aucune retenue. Elle voulait que je l'embrasse, que je la serre dans mes bras.

« Ne me laisse pas... Ne me laisse pas comme ça ! Je t'en supplie ! »

Curieux, ses larmes, son chagrin, son abandon,

l'effet premier que ça m'a fait, avant les remords ou la pitié... une bandaison qui m'a pris... une trique irrépressible, féroce, insolente. Elle se pressait davantage... elle devait peut-être espérer qu'elle avait gagné la partie. L'erreur. J'ai trouvé la force de lui dire tout bas sans élever le ton...

« Fous le camp, Odette ! Fous le camp ! »

Elle me regardait, les yeux bleus noyés, sans comprendre.

« Barre, je te dis... barre ! »

Voilà... et je la repousse avec violence. Je suis affreux, sadique... j'ai envie de lui faire mal, très mal et en même temps je voudrais que ça se passe autrement. Mais si je ne me conduis pas de la sorte, je suis foutu... c'est le seul moyen de m'en dépêtrer, il faut que je sois dur, méchant, qu'elle souffre un bon coup et qu'elle n'ait plus envie de me revoir... plus envie du tout. Je deviens de plus en plus odieux ! J'élève le ton.

« Je ne t'aime pas ! T'es une conne ! Une bonne sœur !... une chieuse !... Allez, tire-toi ! Qu'est-ce que t'attends ? »

Elle s'est plantée, elle me regarde, on nous regarde autour... les passants... Elle cherche à comprendre... elle se recule tout doucement pour s'appuyer contre la vitrine d'un marchand de chaussures. Je n'arrive pas non plus à m'arracher de là aussi vite que je le voudrais, à tourner les talons et à me débiner. Je veux peut-être dans ma tête bien m'imprimer son image, son fin visage... sa silhouette. Elle me paraît bien plus jolie, bien mieux roulée que le premier soir... bien plus désirable et voilà, je la rejette, je la déchire... je me fais mal à moi aussi. Je m'en vais... je marche très vite dans la foule... je veux surtout pas me retourner. C'est fini, Odette... fini. Elle va m'écrire très longuement, dès le lendemain, une lettre tendre et déchirante pour remuer le fer dans la plaie. Elle va gentiment me mettre en garde... intuitivement, elle pressent que je vais me fourvoyer dans une galère infernale. Elle s'offre pour m'aider encore... Je lui ai pas répondu et la lettre suivante je l'ai déchirée sans la lire.

Qu'est-elle devenue ? Je n'ai jamais eu la curiosité de chercher à le savoir... Sa maison d'instruments orthopédiques n'existe plus... les Etablissements Delasalle et Ramon, rue Notre-Dame-des-Victoires. A la place, c'est une agence immobilière depuis déjà assez longtemps. Elle est peut-être retournée, Odette, dans sa province, sa Normandie... mariée à un quelconque fonctionnaire. Ce qui me fige de terreur en pensant à elle... son âge !... que c'est à présent une vieille dame... dans les soixante-cinq, soixante-six... si mes calculs sont exacts. Elle n'a pas dû m'oublier, oublier nos deux séances amoureuses... nos extases parmi les appareils prothésiques... ni la fin de notre nuit dans les effluves de la pompe à merde. Drôle d'histoire d'amour tout de même ! J'attire, il faut croire, les situations scabreuses, baroques... les anomalies... Je les recherche peut-être inconsciemment !
J'allais donc me retrouver fleur, sans nana et sans boulot... j'en avais ma claque aussi de Bertrand, de ses discours, dissertations, boniments moralisateurs. On ne parlait pas le même langage. Tout ce qu'il essayait pour, comme il disait, m'initier à la culture, m'élever un peu au-dessus des plus basses contingences matérielles, il mettait inévitable à côté de la plaque ! En définitive, mon coup de foudre avec les belles-lettres, les écrivains, me viendra avec les auteurs sans foi ni loi, les sceptiques, les ironistes... un peu plus tard en cul-de-basse-fosse. Finalement, c'est très délicat à manier ces affaires de culture. On n'assène pas n'importe quoi sur n'importe qui n'importe où. Il faut qu'il y ait un lien qui vous oblige à vous intéresser à certaines valeurs... comme une

parenté. Ou alors il faut un besoin... créer ce besoin... Je ne pouvais pas être aidé non plus par les manifestations artistiques qui se rattachent à un parti ou une religion. J'étais déjà bien vacciné contre les convictions politiques. Tout ce que je pouvais avoir en moi d'élan idéaliste, je l'avais employé dans mes petites activités de la Résistance, ensuite à la guerre chez Fabien et aux commandos. Tout ça était bien râpé... l'espace d'une ou deux saisons. Je devais être né inapte à croire. Ce qui me surprenait le plus chez Bertrand, ce besoin d'avoir la foi... Il avait largué Dieu et la sainte mère l'Eglise, mais il tournait autour des mêmes choses en se rapprochant des communistes. A travers lui, c'était toute l'évolution des catholiques d'aujourd'hui que je pouvais voir à son point de départ. Leur édifice est vieillot, vermoulu... on s'est ingénié à le rendre odieux, grotesque... forcé que les ouailles s'en détournent, mais comme elles sont conditionnées pour l'idéalisme communautaire, elles se font piéger ailleurs. Elles retrouvent tout ce qu'elles attendent, tout ce qui les soutient, leur permet de supporter les médiocrités de l'existence, dans le socialisme et ses dérivés.

Ça fait partie de la toile de fond de chacune de nos petites vies, la politique, le marxisme, depuis la fin de la guerre. Beau s'en écarter le plus possible, ça vous coince un jour ou l'autre, on s'heurte à tout un tas de jobards, de loufs... Avec Bertrand et Odette, c'était en somme de la mousseline leurs convictions. J'allais rencontrer un peu plus tard le véritable fanatisme sous des traits séduisants... encore une ruse du Malin... je me fais attraper par la queue, pour ainsi dire. Mais il est peut-être encore trop tôt, question chronologie, pour vous raconter Jacqueline la trotskiste, je m'emmêle la plume... je viens juste de vous finir Odette, sur un trottoir de la rue Montmartre... près d'un cinoche où l'on passe maintenant des films d'une haute qualité morale et artistique...

Laisse tomber ta culotte... Petites Salopes à enfiler et autres *Ça glisse au pays des merveilles...* Je revois bien l'endroit, j'ai le temps lorsque je me fais coincer dans les encombrements au volant de ma bagnole.

Je vous reprends donc... mes talons tournés... direction le nord de Paris... En deux coups de savate, je me suis rabattu au Bar-Nabab... chez Tonio... son univers de malfrats et de putes. Ça ne pouvait pas s'ajuster tout ça avec Odette et sa vieille mère. Peut-être la vérité était-elle par là... que je voulais mon indépendance totale pour mieux nager dans les eaux troubles. J'avais l'intention de forcer un peu les choses entre Riton et Tonio, servir de trait d'union... de leur mijoter un programme commun de truandage. C'était jeu d'enfant de reprendre nos titines et nos flingues pour se défaucher. Y avait pas de raison pour que je marche toujours à côté de mes pompes après avoir libéré la France. Ainsi raisonnais-je, un peu légèrement j'en conviens.

Première déconvenue au Nabab, pas de Tonio à sa place habituelle. La barmaid, la petite Janine, elle me reçoit un peu drôlette... la tronche en berne.

« Il est pas là, Tonio ? »

Je demande... m'inquiète s'il est pas malade ! Traditionnellement c'est plutôt ses heures, il s'écluse quelques mominettes jusqu'à ce qu'il aille se rebecter dans un petit restaurant landais qui vous sert des spécialités régionales au marché noir. J'insiste s'il va pas arriver bientôt.

« Bientôt... ça, je pense pas ! »

Mais encore ?... Elle reste évasive, elle a pour consigne de ne jamais rien dire. Après tout, elle ne sait pas qui je suis... un copain de guerre... ça peut être le roi des caves, un copain de guerre... une truffe parfaite... un vrai fromage... un indicateur en puissance ! Je commence à respirer la vape... qu'il a dû se faire envelopper le Ténor... une opération poulaga. Je lui pose carrément la question... tout de même elle peut m'affranchir sans qu'elle faillisse aux sacrées saintes lois du silence, merde !

« Ça se pourrait... c'est le bruit qui court, moi, je sais rien de plus. »

Elle n'a même pas envie de me sourire un peu, les mots lui écorchent sa jolie bouche peinturlurée. La seule qui peut m'éclairer, c'est Jenny... certain qu'elle sera plus bavarde que la barmaid. Le peu que j'ai eu à lui causer, ça m'a paru une môme plutôt expansive, une discoureuse, discutailleuse. Tonio la reprenait tout le temps pour qu'elle se taise : « Ecrase un peu, Jenny... Ferme ton claque-merde ! » Elle lui rétorquait tout de même, malgré le respect dû à l'homme, elle se permettait, elle osait... que la politesse, ça n'a jamais fait de mal, même aux poissons... des vannes de ce genre pour amuser la galerie.

Son morceau de ruban à elle c'était rue Germain-Pilon... une place de choix au cœur de Pigalle où le micheton afflue... rallège de partout... de province, de l'étranger. Elle stationnait presque au coin du boulevard de Clichy. On l'apercevait d'assez loin sur ses talons aiguilles... son sac qu'elle balance à la pogne... sa chevelure oxygénée, sa jupe fendue... son maquillage enluminure. Impossible de renier sa profession... c'était la pute quintessenciée, comme d'autres sont la mère de famille catholique ou l'intellectuelle de gauche.

Limpide, la raison de l'absence de Tonio à son poste de travail... il était tombé comme julot tout bonnement... que j'aille pas m'imaginer autre chose ! Elle s'est pas fait prier pour me mettre au parfum. Elle a fait une pause tout exprès... dans le petit rade du coin.

« Tonio, il a été balancé, ça s'explique pas autrement. »

Je partageais son opinion, mais n'empêche qu'on

ne pouvait pas dire qu'il était si discret, le Ténor. Dans tout le secteur, il pavoisait hareng d'élite. Les poulets de la mondaine n'attendaient qu'une occase propice pour passer leur épuisette sous ses nageoires.

« Faudra encore le prouver qu'il fait le mac... il y est pas encore en correctionnelle. »

Elle garde l'espoir qu'il va s'arracher, son grand chéri, avec un non-lieu, elle a prévenu le grand spécialiste de la défense des proxénètes innocents et orphelins, maître Abécassis. C'est la première fois qu'on l'emballe... lui, un ancien F.F.I., croix de guerre avec deux citations ! Je suis témoin, j'étais avec cézig dans les fournaises guerrières. Ça lui donne l'idée, à la môme, que je pourrais lui être utile... venir à la barre pour raconter comment il s'est conduit sous le feu des mitrailleuses allemandes.

« On peut pas condamner comme ça un héros !... »

L'exercice du métier de souteneur, c'est parfois ardu à déterminer, préciser exactement pour les chats fourrés de tout poil. Dans le cas de Tonio, l'évidence c'est qu'il n'avait aucune ressource avouable. Il se prétendait un peu barman au Nabab et qu'il recevait du pognon de sa famille dans le Midi. Rien de très solide pour sa défense. Les flics avaient contre lui un faisceau de petits renseignements... Comme presque toujours ils savaient tout depuis lurette, ils devaient juste apporter des preuves au juge d'instruction... le maximum. En général, ils sautaient pas les harengs sans quelques bons rapports circonstanciés. Jenny, bien sûr, elle risquait pas de s'allonger, c'était une gonzesse qui avait fait ses classes. Avant Tonio, elle était maquée par un homme de poids que des vilains avaient abattu, des résistants soi-disant qui lui reprochaient à tort d'en avoir croqué avec la Carlingue... la fameuse Gestapo française de la rue Lauriston. Bref, une de ces sombres histoires d'une triste époque. Je ne connaissais ces faits divers sordides que très vaguement, des ouï-dire, des articles de presse par-ci par-là. Plus tard, dans mes pérégrinations pénitentiaires, je me rendrai mieux compte de l'iceberg... sa surface cachée. A bien étudier cette période, soigneusement, sans idées préconçues, on en ressort vraiment ébranlé dans le peu de convictions qui vous restent. Dans les coulisses de l'Histoire, il s'en passe de sévères... de sang, de corruption. A plus s'y retrouver du blanc, du noir... du vrai du faux ! Une seule évidence, que rien n'est simple... Ainsi pour Tonio, ce mélange de combattant courageux et de barbillon sans envergure. Sur le moment je ne m'en rendais pas bien compte, je confondais tout... incapable de jauger la faune de ce qu'il faut bien appeler le milieu, par commodité, à son juste poids de turpitude.

La môme Jenny, j'ai remarqué... elle se consolait à la gobette. Là, dans ce bar, elle se tapait fine à l'eau sur fine à l'eau... trois ou quatre le temps qu'elle me fasse ses confidences. En conclusion je pouvais rien faire, moi, pour son homme. Peut-être avertir l'association Rhin-et-Danube qui regroupait les anciens de l'armée de Lattre... leur dire qu'une injustice se commettait contre un de ses membres. Je voyais pas bien comment ils allaient prendre la chose, c'était plutôt des sortes de cheftaines, des dames d'œuvres qui s'occupaient de l'association. Je pouvais pas m'empêcher non plus de la guigner un peu, la Jenny... une mauvaise pensée me traversait que je pouvais faire un remplacement pendant que Tonio était au trou... la consoler, cette jolie pute, lui prodiguer mes caresses... je me sentais toujours d'attaque.

« Celui qui l'a donné, moi, je le retrouverai et ça sera sa fête, je te le dis ! »

Ses châsses, en proférant cela, jettent le feu de la haine ! Ça devait pas être une vraie blonde avec des yeux si noirs... J'avais même pas la ressource d'aller le constater de visu, elle m'aurait même pas accepté en client. Malgré son métier, rien n'est plus fidèle qu'une pute à son jules... Des fois, ils sont si minables, si méprisables, que c'est à n'y rien comprendre non plus.

Riton, ça l'a pas étonné qu'il soye à la ratière le Tonio... Ça fait partie du métier les stages au placard. Pas de quoi s'en faire un roman-feuilleton. Lui, c'est une lueur d'ironie qu'il avait dans les yeux... presque constamment. Il appartenait à une race aujourd'hui en voie de disparition... le Parisien, le vrai de vrai qui se définissait surtout par une attitude générale devant l'existence... un air de se foutre vraiment de tout, les autorités, les croyances, les coups du sort ou de la justice... Rien n'est très sérieux, ni très urgent. Ça traîne un peu la savate comme sa façon de jaspiner. Il est le roi de son royaume et ça ne va jamais plus loin que le bout de sa rue. Tout vient de la rue et tout y meurt. Plus de rues... des tours infernales, des espaces verts, des cités prétendues radieuses... le Parisien disparaît. Les derniers survivent vieillis, aigris, hargneux, en exil sur leur propre bitume.

« Ça vaut mieux, crois-moi, qu'on se soit pas branché avec cézig sur une affaire. »

Il y revenait à son dada, son obsession... que les macs, fallait surtout pas s'enquiller avec eux sur le sentier de la guerre. Maintenant, à moi, il me proposait rien non plus. Il avait pourtant pu constater sur le terrain mon esprit de décision à Donaueschingen pendant notre cavale de la 9e D.I.C. Il attendait peut-être que ce soit moi qui lui amène un turbin tout prêt, tout conçu rôti. Il se contentait de ses petits trafics pour vivre au jour le jour, si je comprenais bien.

« Trouve-moi de la camelote... n'importe quoi, je suis toujours preneur... »

Il fourguait des pipes américaines, de la viande, du sucre, du chocolat, des fringues... jusqu'à des armes. Ça me filait quelques regrets d'avoir aussi borduré la grosse Lulu... j'aurais eu des sifflards et de l'andouillette à lui proposer... autrement je voyais pas bien comment dégauchir des marchandises à un prix suffisamment bas pour que je puisse me faire un bénéfice.

J'ai longtemps marché à pince ce soir-là... gambergeaillé dans le colletar. Je me voyais pas sorti de l'auberge de la table qui recule. Ma carrière dans la malfaisance tournait court, mes tentatives de travail honnête aussi. Je venais de rompre d'une façon absurde avec une môme à laquelle je tenais finalement. Je flottais... incapable de rien.. même pas de profiter de la beauté de la ville qui m'entourait. Paris qui respirait encore au rythme de la marche à pied... Dans quelques années, tout allait se dégrader avec l'automobile, devenir intenable. Sur le moment, on ne se rend jamais compte de son relatif bonheur. La pluie s'est mise à tomber. Une averse de printemps qui m'a obligé à m'abriter sous un porche où le vent m'a tout de même rejoint. Je me suis pris à rêver d'une inondation, d'un déluge qui emporterait tout.

> « Toute critique de la ligne du parti,
> même si elle se prétend une critique de
> gauche, est objectivement une critique
> de droite. »
>
> KAMENEV

JE dois tout de même vous resserrer un peu les événements... certains ne valent pas d'être rapportés... des traînasseries sans pittoresque, coïteries sans prestige, sans érotisme sublimé, des combines minables... voilà tout. Pendant quelque temps, je me suis encore essayé dans le porte-à-porte, cette fois avec des margotins. On ne connaît plus ça de nos jours... ces petits ligots de bouts de bois garnis de résine qui servaient à l'allumage des feux domestiques. Là, j'ai prospecté uniquement les bougnats... une espèce elle aussi en voie d'extinction. On en avait encore de beaux spécimens moustachus, noirauds des pieds à la tête... de ces fouchtras descendus direct de leur Cantal. Pour leur fourguer quoi que ce soit, à ceux-là, c'était avant les aurores qu'il fallait se déhotter du page. Ils allaient faire leurs livraisons avec la charrette à bras... des rudes lascars qui vous grimpaient cinq six étages avec les sacs de cinquante kilos de charbon. Si l'occase s'en présentait, on prétend qu'ils n'hésitaient pas à se farcir en plus la cliente esseulée. Il se colportait, du temps où l'on savait rire sans demander la permission à personne, de bien bonnes histoires de dames avec des marques de paluches noires sur le blanc des fesses !

En tout cas, avec mes margotins j'ai encore eu moins de succès qu'avec mes enseignes lumineuses ou mon vin du Var. Les bougnats se les faisaient eux-mêmes leurs margotins à des prix si bas qu'on se berlurait de leur faire la moindre concurrence. Le promoteur, si l'on peut dire, de cette idée était un de ces rêveurs comme il en existe beaucoup, on se figure mal, dans le commerce, l'industrie. A croire que les poètes ne s'expriment pas que sur la page blanche. Celui-là malheureusement je ne l'ai qu'entr'aperçu... un borgne, je me souviens, avec un bandeau de corsaire. Il avait hérité d'une forêt dans les Landes, d'où cette idée de récupérer toutes les brindilles, les chutes des conifères pour en tirer un bénéfice... toute sa camelote, des monceaux de bouts de bois étaient entreposés dans un hangar près de la Bastille. En prospectant les bougnes, je risquais même pas l'occasion d'une embellie amoureuse... nulle Lulu en perspective... les marchandes de charbon, ça vous incitait pas à la bagatelle dans leurs galetas, leurs boutiques sombres... le comptoir en zinc où je devais tout de même me glisser un petit coup de rouge aigrelet derrière la cravate pour amorcer mon boniment. Je me traînais mes échantillons dans un grand sac en papier renforcé... Un jour, comme ça, je l'ai laissé en pleine rue ce sac, comme une femme. Ça devenait chez moi une manie de tout plaquer subitement. Le souvenir exact... rue du Pot-de-Fer... à la Mouffe... et c'est justement une gisquette qui est intervenue... une certaine Jacqueline.

« Vous oubliez quelque chose... »

Elle me hèle, pourtant elle a bien vu, la vache, que j'ai largué mon sac volontairement. Elle se marre... une môme pas si bien attifée mais d'un tout autre genre qu'Odette. Pas provinciale du tout celle-là... simplement un peu je-m'en-foutiste question fringues ! Aujourd'hui, on dirait cool, elle serait d'ailleurs bien dans le mouvement, le style d'après Mai 68. Elle était dans un sens un précurseur, en avance d'un quart de siècle sur bien des sujets.

« Vous n'avez pas besoin de bois ?... des margotins pour allumer votre feu ? »

Ma façon de lui rétorquer. Elle me dit qu'il n'y a pas de feu chez elle... elle rit toujours en m'observant, je dois avoir l'air particulièrement embarrassé avec mon histoire de margotins. C'est une fille maigre, au visage pointu, acide... une grande mèche lui bouffe la moitié du front, presque un œil. Elle est ni blonde ni brune... châtain, c'est ça, châtain clair, les yeux tellement insolents tout d'abord qu'on ne s'aperçoit pas qu'ils sont quelque chose comme noisette. A la dérobade, je frime ses guibolles, c'est important les guibolles, ça monte vers le reste... le septième ciel... c'est l'amorce des divins plaisirs de la chair.

Ça l'intrigue tout de même ce paquet de margotins que j'abandonne en pleine rue. On est dans une fin de matinée de printemps. Elle est en jupe plissée large... elle a quelque chose de bandant tout de même cette môme... sa façon nette de m'accrocher, de m'adresser la parole sans détour.

« J'abandonne mon métier... et sans chagrin. »

... je lui explique... que j'en ai plein les cannes de déambuler pour que fifre... les margotins... les bougnats... je n'ai presque rien vendu depuis trois semaines ! Ça lui botte ma détermination... ma façon de casser net les choses. On parle, on va se retrouver dans un rade devant une bibine quelconque. Je la détaille mieux, la jauge, soupèse... si c'est du mouron pour mon petit zoiseau qui va sortir et devenir plus gros et plus dur à son habitude. Ça paraît en tout cas qu'elle ne me fera pas lanterner comme la catholique à la porte de son cul. Le genre qu'elle a...

je ne la vois pas avec Dieu le Père et une vieille maman tricoteuse qui l'attend chaque soir sous la lampe.

A peine une demi-plombe et je sais ses nom, âge, profession. Ça me simplifie le travail pour vous l'amener sur mon tapis moelleux de pages blanches. Jacqueline, donc... ses parents sont morts en déportation... une maman juive, un père belge et résistant. Elle a vingt-deux piges et elle fait des études de droit, elle voudrait être avocate. Elle a je ne sais quelle bourse, mais elle se tape aussi des boulots de secrétariat intérimaire pour ne pas crever tout à fait la dalle. Je l'intéresse avec mes histoires de boulots minables, mes échecs successifs et quasi volontaires... elle trouve ça plutôt sympa, me dit-elle. Puisque j'ai rien de mieux à faire, elle va m'emmener becter avec elle dans un foyer d'étudiants, une cantine près du Panthéon... elle insiste, elle a des tickets pour des repas à prix réduit.

Me voilà réembarqué, sinon pour Cythère, du moins pour quelques petites tasses de café du pauvre, je me figure. On causera sentiment plus tard. Elle est bavarde, Jacqueline, elle jacte, elle jacte... de temps en temps elle rejette sa mèche de cheveux qui finirait par lui envahir toute la frime à la longue.

« Tu t'intéresses à quoi dans l'existence ? »

Elle m'interroge dans son resto... Ça fait pas une heure qu'on s'est rencontré, voyez si elle est moderne, elle me tutoie déjà, elle me regarde droit dans les yeux sans aucun complexe. Ça pourrait faire pute, en un sens, ça ne le fait pas avec Jacqueline. Elle a un style bien à elle. Fort heureux pour la dédommager de son ticket de repas, j'ai un paquet de gauloises à lui offrir... je trafique tout de même un peu au noir... je vais de temps en temps jusqu'à Belleville acheter un peu de camelote à Riton les Pognes que je refourgue presque à la sauvette. Si elle bombarde, Jacqueline, comme un vrai griveton !... et là encore elle est en avance. Dans les rues de 1946, ça faisait mauvais genre pour une femme de fumer. On la désignait du doigt, on ricanait sur son passage. Elle n'en a cure... de rien d'ailleurs, elle n'a cure. Elle n'y prête même pas attention.

« Politiquement, tu te situes où ? »

La question embarrassante qu'elle me pose brûle-pourpoint dans sa cantine. On a chacun un plateau et on bouffe à des petites tables déjà en formica, quelque chose de ce genre. J'en sais rien où je me situe... je répondrais bien « Toujours ailleurs »... une blague quelconque. Je reste évasif... je n'y connais rien. J'ai juste fait la guerre comme ça, je ne dis pas, je n'ose pas lui dire, je pressens qu'elle n'apprécierait pas... pour me distraire... jouer à quelque chose... prolonger mon enfance peut-être... des sortes de vacances de la vie, comme dit Malraux dans *L'Espoir*.

« Y avait les Chleus, je voulais qu'ils se barrent.

— Ils seraient tout de même partis sans toi... C'est pas une réponse. »

Elle me coince. Ça va être plus coton de discuter avec elle qu'avec la tendre Odette. Je lui parais, à cette Jacqueline, tout de même singulièrement ignare. Elle s'attendait pas, elle m'avoue... en me voyant, elle me trouvait l'air comme ça plutôt artiste, elle croyait que j'avais un certain bagage culturel. Je la sens frémissante engagée... elle me rappelle, par le ton de sa voix... l'excitation autour de sa bouche lorsqu'elle attaque les sujets de la politique, Laurence, la môme camarade du réseau « Honneur et Vengeance ». Ce qui l'intéresse surtout dans mon odyssée guerrière... ma période chez le colonel Fabien au groupe « Tactique Lorraine »... elle m'interroge sur ce qui s'est passé avec les hommes du Parti. Je me la donne un peu... pourquoi veut-elle comme ça me tirer les vers du nez ? Elle devient plus nette.

« Qu'est-ce qui s'est passé exactement avec les trotskistes chez Fabien ? »

Je ne suis pas bien en mesure de lui répondre avec précision. A Montmédy, où nous étions encasernés en novembre 44, le bruit a couru qu'on avait liquidé des traîtres hitléro-trotskistes introduits dans nos rangs qui tentaient de distribuer des tracts dans les lignes ennemies pour inciter les soldats chleus à jeter bas leurs armes. *Camarades allemands, vous êtes des prolétaires comme nous. Cette guerre n'est pas la vôtre.* Un texte de ce genre... Je n'en sais pas davantage, moi, je me suis fait la malle avec Pedro l'anarchiste espagnol à ce moment-là dans un corbillard à gazogène. J'ai raconté cette aventure en menus détails ailleurs. Je lui résume un peu.

« Et qu'est-ce que tu en penses, toi, de tout ça ? »

... qu'il faut se tirer le plus loin possible dès qu'il y a des fanatiques qui sévissent quelque part. Je n'ose pas trop lui exprimer ça très clairement... je me demande déjà si elle n'en fait pas partie, elle, des fanatiques intoxiqués de mots. Je n'en suis pas si loin. Elle milite au P.C.I., la IVe Internationale... c'est-à-dire, je m'en gourais un peu, les trotskistes. Ils sont peu nombreux, me dit-elle... Pas de mal à la croire, jusqu'ici à part ces hitléro-trotskistes fantômes de Montmédy, je n'en ai plus jamais entendu parler. Elle est la première que je rencontre chair et os et assez plaisante, je dois convenir. Elle enfourche son dada, elle est barrée, elle s'arrête plus ! Moi, c'est elle que j'enfourcherais bien. J'acquiesce à tout ce qu'elle me dit, sans bien l'entendre... je farfouille imaginatif sous ses jupes... je mets le doigt où il faut !... je la pelote du regard. Elle ne s'en aperçoit pas tant elle est dans son sujet... la trahison de la cause du prolétariat par le génial Petit Père des peuples, le maréchalissime Staline.

« Tu as entendu parler de la théorie de la révolution permanente ? »

Hélas, non ! Toutes ces histoires de lutte des classes... prolétaires, unissez-vous... ça m'arrive qu'en écho... des bribes... des journaux que je regarde distraitement. Je suis enfermé dans mes petits problèmes de trouver le minimum de fric pour me sustenter et aussi, vous êtes au courant, de quoi me réjouir le plus souvent mon braquemart coquin. Je ne peux tout de même pas le lui assener aussi sec, un idéal aussi terre à terre, aussi peu soucieux de la condition de mes frères humains. Dans ces cas-là, ces discussions glandilleuses... je biaise toujours pour essayer de baiser en fin du fin ! Forcé d'entrer dans son jeu... La révolution permanente, oui... oui... je n'ai que de vagues, très vagues notions ! Je ne demande, belle Jacqueline, qu'à m'instruire en votre délicieuse compagnie... que vous me convainquiez, m'initiez... je suis tout ouïe... déjà rendu à vos arguments péremptoires ! Ce que je me dis... qu'en lui laissant le soin de me driver sur le chemin de la cause du peuple, je trouverai bien un sentier de traverse pour l'entraîner un peu sous les ombrages voir la feuille du noisetier à l'envers.

« Si t'es libre ce soir, je vais t'emmener à une réunion d'information. »

Qu'auriez-vous fait à ma place, lecteurs, à moins que vous ne fussiez homosexuels ? J'avais vraiment rien de mieux à faire que de la suivre pour m'informer, m'instruire... m'imaginer, incorrigible, déjà dans son lit marxiste.

Ça me fait un chapitre nouveau, une expérience imprévisible, mon intrusion parmi ces trotskistes... le Parti communiste internationaliste. Sans bien vouloir, par les gonzesses, je vais me taper tous les parcours... toutes les causes... l'échantillonnage complet petit à petit. Avec Odette, certes, je n'avais pas été jusqu'à l'accompagner à la grand-messe de onze heures, mais je l'avais tout de même suivie à la salle Pleyel écouter Beethoven, Chopin... Schubert... Elle m'avait mis de force dans les pognes des romans de François Mauriac... Mazo de La Roche, Somerset Maugham, André Maurois ! Jacqueline, dès ce premier jour, elle y va direct... elle m'explique tout... elle n'imagine pas un seul instant qu'une fois bien éclairé par les soins de sa dialectique, je puisse rester à la traîne, sans conscience politique aucune.

Ça manquait tout de même de militants sa réunion de la cellule Denfert dans le fond d'une vieille cour pavée, rue Daguerre. Un local poussiéreux auquel on accédait par un escalier en bois plutôt bancal. Elle m'a présenté à ses camarades comme un jeune travailleur en rupture d'usine, une sorte de chomedu volontaire... je me souviens plus très bien des termes. J'avais un besoin urgent, moi, d'être informé. Politiquement de me réveiller un peu... On était combien à cette réunion ? Une quinzaine, tout au plus, je crois... Un ou deux barbiflards qui sortaient de leur XIXe siècle, des contemporains de Jaurès, Jules Guesde... le reste, des jeunots... quatre ou cinq filles peut-être, des mômes qui ne m'ont pas beaucoup accroché le regard. Ça faisait un peu réunion de clandestins... la salle éclairée chichement... des brochures, des journaux, des tracts entassés sur des tables faites avec une planche et deux tréteaux. Des affiches aux murs, des proclamations avec la faucille et le marteau surchargés du chiffre 4... la proclamation du P.O.U.M. en Espagne *No pasarán !*... les portraits des idoles du clan... Karl Marx, Engels et bien sûr papa Trotski, le fier Léon avec sa barbiche. Ce qui frappait... l'air grave des protagonistes... on était, visible, pas là pour se raconter des calembredaines, des calembours, se pincer les noix, rire en cascade. Les jeunes, c'était mélangé étudiants et petits prolos... la plupart, j'ai appris très vite, des transfuges du Parti communiste français, des déçus par Maurice Thorez et Jacques Duclos. Le grand ennemi, en dehors du capitalisme, c'était le maréchal Staline... le traître à la classe ouvrière, l'assassin de tous les meilleurs révolutionnaires... toute la vieille garde de Lénine... Zinoviev, Kamenev, Boukharine !

L'objet exact de cette réunion ? Ça se confond avec bien d'autres... il s'agissait toujours à peu près des mêmes choses... et on s'aperçoit que ça n'a pas tellement changé... des discussions sur le salaire minimum vital à sept mille quatre cents francs... la défense de l'école laïque... la lutte pour la paix... les nationalisations des grandes entreprises. Mais surtout là, chez les trotskistes, la propagande à faire auprès des camarades ouvriers... leur ouvrir les yeux sur la trahison des chefs staliniens qui avaient accepté le compromis historique avec la bourgeoisie au sein du tripartisme. Nous étions à la veille d'élections générales. Mes petits trotskistes, ils voulaient profiter de l'occase pour se faire connaître... opérer une percée dans la classe ouvrière. Seulement, le hic, les lascars du P.C. orthodoxes... les moscoutaires, depuis la Libération, ils étaient à l'apogée de leur puissance... près de trente pour cent des électeurs avaient voté pour eux... ils avaient des ministres bien installés dans leur ministère... la C.G.T. pratiquement seul syndicat... des organes de presse considérables. Et surtout ils faisaient peur... les autres partis s'alignaient plus ou moins sur leurs positions. Pour les contrer, les démocrates-chrétiens, comme foudres de guerre, ça ne faisait que des étincelles médiocres, des petits pets de curetons au cul coincé.

A vrai dire, si papa Staline avait donné l'ordre à ses troupes de prendre le pouvoir en France, c'était l'affaire de quarante-huit heures et d'un peu de dialectique appropriée... nous serions réduits aujourd'hui à peu près comme les Polonais ou les Tchèques. Les choses ne se sont pas produites de la sorte grâce aux accords de Yalta... nous étions dans la bonne zone, celle des affreux impérialistes américains, les satellites du plan Marshall... ceux qui allaient sombrer dans les horreurs de la société de consommation... jouir d'un sursis pendant lequel les trotskistes pourraient palabrer... jusqu'à quand ? Le bon vouloir, sans doute, du Politburo.

Les petits camarades de Jacqueline, eux alors, ils étaient, je me suis très vite aperçu malgré mon peu de culture politique, tout à fait à côté de la plaque. Des joyeux doctrinaires à la petite semaine, en retard de vingt ou trente piges... encore à l'heure d'Octobre rouge et de la révolution permanente. Complètement dépassés, écrabouillés, anéantis dès qu'ils se pointaient quelque part. Ils semblaient ne rien comprendre à la dynamique de la victoire. Les armées du Petit Père des peuples avaient vaincu le grand Reich nazi. C'était du positif... Stalingrad, Leningrad, Berlin... une épopée fabuleuse ! Ça rejaillissait sur tous les partis communistes occidentaux, parés en outre des lauriers de la Résistance. Un torrent. Chaque meeting du P.C.F. bourrait le Vél d'Hiv'... le défilé du 1er mai 1946... peut-être un million de sympathisants dans la rue... de la Bastille à la Nation. Alors, les pauvres petits trotskistes... les quelques douzaines d'acharnés convaincus, c'était vraiment que fifre... gouttelettes dans l'océan rouge. Ils ont bien sûr le sentiment d'être des purs à l'égard de la doctrine de Karl Marx sans se gourer le moins du monde que ce sont toujours les impurs qui triomphent et qui gouvernent d'autant plus durement qu'ils sont impurs.

Tout de suite, j'ai respiré la vape, le côté sans espoir d'aboutir à quoi que ce soit de palpable, rien qu'à cette petite réunion. Le flot de jactance... les palabres n'en plus s'arrêter... la révolution permanente... revenir aux sources, à l'union internationale de tous les travailleurs alors que les chefs du Parti communiste français s'étaient ralliés, les salauds, à *La Marseillaise*, au nationalisme le plus réactionnaire... qu'ils prônaient le travail à outrance dans les usines, dans les mines, sur les chantiers, sans que les ouvriers aient aucun contrôle sur la production. Ça ne collait plus, bien sûr, avec la doctrine révolutionnaire, le manifeste du Parti communiste. Fallait le rappeler, le clamer sans cesse auprès des masses laborieuses. Comment ? Le hic ! Avec des petits tracts, des brochures... *La Vérité*, leur journal hebdomadaire à vendre à la sortie de chez Renault, Panhard, Citroën. D'après ce qu'ils se disaient entre eux, les camarades de la IVe Internationale, ça se terminait par de sacrées bastonnades, les opérations de propagande sur le tas ! Les gros bras de la C.G.T. qui les borduraient sans dialogue, sans ménagements... à coups de matraque ! De quoi se retrouver à l'hosto, la tête au carré... et c'était pas la presse réactionnaire, *Le Figaro* ou *Parole française*, qui se morfondrait dans ses colonnes à leur sujet. Vraiment la cause sans lendemain qui chante perdue garantie.

Jacqueline, ça la décourage pas un seul instant. Bien au contraire, elle prétend que tout a toujours commencé de la sorte... Jésus avec douze apôtres, Lénine qui traînait ses lattes à la Coupole à Montparnasse avant la guerre 14... Elle se sentait, elle, une âme de véritable révolutionnaire. Les staliniens avaient détourné le socialisme à leur profit, certes, ou tout au moins au profit de l'impérialisme soviétique, mais le message était là... la vérité intraitable. Fatal que le mouvement renaisse, reprenne son essor. C'était en quelque sorte écrit dans le grand livre du sens de l'Histoire. Question de temps, de lutte, de sang versé mais le triomphe était au bout... la société collectiviste sans classes, le paradis en ce bas monde.

A la fin de leur réunion, après avoir débattu d'une affaire de tract à rédiger à propos de la D.G.E.R., instrument policier à la solde du général de Gaulle, apprenti dictateur, ils ont entonné *L'Inter...* tous debout le poing levé. Le souffle de la révolte qui passe. J'avais assisté à leurs discussions, bien sûr sans l'ouvrir, sans oser ramener ma fraise sur des problèmes dont j'ignorais tout. Obligé de suivre le mouvement, décoller mon cul de la chaise pour faire comme les autres et surtout pour montrer ma bonne volonté à Jacqueline. A la dérobade, elle me guignait... voir un peu si j'avais l'air de mordre à l'hameçon. Fallait encore que je joue serré, j'avais pas tellement l'intention de prendre ma carte chez les trotskistes uniquement pour avoir le droit de sabrer cette frangine ! En palabrant, argumentant avec sympathie, ça pouvait peut-être suffire pour me retrouver dans son plumard. C'était même, je pensais, préférable comme tactique. Je me serais précipité adhérent tout de suite, éperdu d'amour pour la barbichette de feu Léon Trotski, c'eût été sans doute une grossière erreur ! Elle était mordue, certes acharnée militante, mais fine mouche, je me rendais compte... ses idées ne lui obscurcissaient pas l'esprit au point d'être nature au premier marlou venu.

J'ai donc joué plutôt dans la dentelle. Contesté ses théories, sa dialectique, le bien-fondé de son action. Mes petits faits d'armes contre les nazis, ça me restait l'élément positif pour discuter les problèmes, et puis aussi mes origines plus qu'incertaines, mes années de boulot à l'imprimerie des Myosotis.

« Je n'ai rien, Jacqueline... je ne suis même pas un prolétaire. »

Justement ce qui la chiffonnait, elle me respirait déjà parmi une espèce bien difficile à engager dans la lutte... marginal, on dirait aujourd'hui... lumpenprolétariat... anarcho je ne sais quoi... pragmatiste sans foi ni loi. Des gens précisément que le charmant Léon Trotski avait liquidés en Russie pendant la grande révolution d'Octobre. Par la suite, j'apprendrai toutes ces mignardises durant mes longues soirées de lecture aux sanas et aux cabanes. L'essentiel pour moi à ce moment-là, c'était le cul de Jacqueline, ses belles petites fesses dans mes mains palpeuses. C'était ça mon avenir aux couleurs de l'espérance ! Ça vous prend de drôles de détours les chemins de la séduction. Rarement je me suis trouvé devant le schéma classique des chansonnettes, de la guitare au clair de lune. A croire que ça n'existe que dans les mauvais films, les romans à deux sous. Bien ma veine encore de tomber sur cette militante d'un parti sur la touche ! Ça me semblait tout à fait exclu que je puisse me la fabriquer sans me farcir quelques cours du soir de dialectique marxiste. Ça me paraissait et ça me paraît encore parmi les choses les moins aphrodisiaques qui soient, la dialectique marxiste. Ça doit être une des principales raisons pour lesquelles je ne me suis jamais fourvoyé dans la révolution. Ni dans le reste d'ailleurs, dans tous les ismes, les partisaneries... le monde toujours à refaire ou à défaire. Il va toujours contre les ismes, le monde, il fait le contraire de ce qu'on veut lui imposer. Le monde, c'est le ciel et les hommes. Les hommes se mentent les uns les autres et ils se mentent à eux-mêmes dès qu'ils se lancent dans les théories. On en fabrique de plus en plus et ça permet, en définitive, de se battre de plus en plus entre races, classes, sexes, religions, partis, nations, générations... je ne sais quoi encore. Faisons, mes bien chers frères, confiance à l'imagination fertile des bipèdes humains dès qu'il s'agit de se trouver des textes et prétextes pour s'entre-tuer. Ça va se battre, les prochaines fois, de frontière à frontière, de rue à rue, village à village... de la cave au grenier, en famille et en couronne comme on s'encule dans la bonne vieille chanson à boire. Si les bombes atomiques n'ont pas raison définitivement de la vie sur la terre... on ne s'arrêtera jamais. On ne voit pas pourquoi d'ailleurs ça s'arrêterait, sûrement pas grâce aux bonnes paroles des meilleurs apôtres de la plus belle des causes qui de toute façon ne sert qu'à masquer le goût du meurtre. On s'aperçoit, pour peu qu'on survole l'Histoire, que la révolution n'a jamais fait le bonheur de tous ni de qui que ce soit. Une occasion pour les passions de s'assouvir, s'exprimer en toute bonne conscience. Lorsque les ambitieux ne trouvent plus la possibilité de prendre les places qu'ils estiment mériter, ils font – ou ils essaient de faire – la révolution pour prendre enfin le pouvoir. Le bonheur du peuple n'est qu'un moyen... le levier pour arriver à leurs fins.

Je ne pensais pas encore tout ça à vingt-deux ans, c'est plutôt d'une philosophie de vieux crabe... mais je commençais sérieux à me méfier de tout ce qui ne s'exprimait pas très clairement. J'y voyais des entourloupes. Discuter avec Jacqueline, ça n'avait qu'un avantage, me délier un peu l'esprit. Dans le feu de la débagoule, elle me plaisait de plus en plus. J'ai pas pu m'empêcher de le lui dire, et justement dès ce premier soir, après la réunion. Une surprise-partie, ça vous prépare aux délices de la fesse, à la rage du fion, des embarquements pour pas s'y taire dans l'étreinte, mais les réunions trotskistes dans ces locaux poussiéreux à la lueur d'ampoules de vingt-cinq watts pleines de chiures de mouches, on peut pas dire que ça vous amorce les meilleures parties de jambes en l'air.

Ça l'a fait se marrer ma déclaration abrupte. Je pensais que c'était le mieux de l'attaquer net, puisqu'elle se voulait hors des préjugés petits-bourgeois. Je me mettais encore la bite dans l'œil à ce sujet. Il faudra toujours ramer, mes bien chers camarades bandeurs, et c'est sans doute beaucoup mieux ainsi. Les nanas de toute façon, elles peuvent déclarer ceci cela, si vous leur portez des roses ou ne serait-ce que des primevères, elles fondent, elles se remettent à minauder comme leurs grand-mères... leurs arrière-aïeules de la Belle Epoque, elles en oublient leurs déclarations féministes les plus farouches.

« On verra plus tard... rien ne presse... on n'est pas des bêtes. »

Envie de lui rétorquer que oui précisément... qu'en période de rut, les bovidés, les quadrumanes, les fauves et même les cloportes, je suppose, rien ne les retient. On était arrivé à pied chez elle, un petit hôtel derrière la mosquée à Jussieu. Si elle ne m'offrait pas l'accueil de son page, certain je loupais encore une fois le dur, le dernier métro, je me morfalais pédibus le trajet jusqu'au pont de Neuilly... Ça faisait tout de même un paquet de bornes, minimum deux heures de route. J'ai pas pris le risque d'insister, de jouer au petit malin qui veut juste monter boire un verre afin de poursuivre une discussion tout à fait essentielle. Je l'ai quittée sans même l'esquisse d'un patin, je pense que ça valait mieux. On allait se revoir, c'était sûr, elle tenait à ce que je revienne à ses réunions, à ce que je l'accompagne...

« Ça serait bien que tu expliques ta position devant les camarades, que tu leur racontes ton expérience avec le colonel Fabien ? Tu n'as pas dû assez approfondir le problème. »

Les poches pleines de brochures et de tracts, le dernier métro je l'ai accroché à Jussieu mais pas à la correspondance au Palais-Royal. Ce que j'ai pu en bouffer, à cette époque, des kilomètres dans la nuit. Ça forme la jeunesse les trajets à pince dans Paris. Du Palais-Royal, je remontais la rue de Rivoli sous les arcades... après la place de la Concorde, toute la perspective devant mes yeux des Champs-Elysées... l'Arc tout en haut. Vers le théâtre des Ambassadeurs, dès la nuit tombée, ça grouillait les pédoques en chasse... une variété extraordinaire, des bibards, des jeunes, des affreux, bancalos, semi-clochards... des Adonis aussi bien sûr... toutes les classes sociales, jusqu'à des curés en soutane. Un secteur où valait mieux pas musarder si on ne voulait pas se faire attaquer à la braguette.

Instructif, question mœurs, les randonnées du noctambule dans la capitale... le véritable pandémonium... tous les péchés les plus capitaux, les plus capiteux qui sortent de l'ombre. Toutes les putes les plus extravagantes... les folles, les pauvresses en guenilles qui font les poubelles et qui turlutent le client pour une piécette... les pervers les plus déments, amateurs sexuels les plus dépravés. Ça se glisse, ça rampe, ça disparaît aussi vite que venu. Les rôdeurs aussi, bien sûr, les tire-laine à l'affût du cave titubant, de la dame attardée. Tous les nuiteux, les éternels de l'asphalte parisien. Ça, ça n'a pas changé beaucoup en trente-cinq ans !... C'est peut-être un peu plus éclairé dans les rues, sur les boulevards, un peu plus licite... je ne sais...

Je traînassais un peu partout... je respirais l'air de Paris, l'air de tous les vices, tous les coups fourrés. En définitive, ce qui m'avait fait fuir Odette, c'était sans doute ce qu'il y avait en elle de trop sain, trop net, trop honnête. Et voici que je m'amourachais de la trotskiste... sans doute une toquade, le désir de la vaincre, la culbuter dans ses retranchements idéologiques.

Bertrand, maintenant, il désespérait de me driver dans le bon chemin. Le bon chemin pour tout un chacun, c'est presque toujours celui qu'on s'est choisi. De ce côté-là, j'étais un peu original, je n'avais pas de chemin du tout. Aucune direction à prendre et, de ce fait, aucun motif de faire du prosélytisme. Ça m'est resté ça... je n'ai toujours aucune envie de convaincre quiconque de quoi que ce soit. Mes convictions dans l'ensemble sont fluctuantes... du matin au soir je chanstique... je passe du blanc au rouge, je me réveille anar, déjeune radical, prends le thé accompagné par la musique de *L'Internationale*, m'endors dans les plis du drapeau à fleurs de lys. Ne me suivez pas surtout... foutez le camp, lecteurs ou lectrices, je n'ai rien à vous dire, à vous transmettre aucun message. Je vous amuse... voilà... si je peux, si je grimace bien de la phrase, si mes historiettes sont cocasses, juteuses, bandantes, pour vous faire venir l'eau à la bouche, le sperme à la queue... Pour le reste, consultez votre journal habituel, il sait répondre à toutes vos questions brûlantes, penser pour vous et c'est tant mieux.

Bien sûr, la vibrante Jacqueline, je l'ai revue très vite. Pas possible autrement. Elle me bourrait le mou de ses marxisteries... tous les germes de la pensée totalitaire, la terminologie adéquate... toute sa dialectique imparable. Nous arrivions à la fin du printemps... c'était des élections sans arrêt... des référendums, des législatives... projets de Constitution rejetés, ce qui entraînait de nouvelles consultations du peuple souverain. De Gaulle, parti depuis le mois de janvier, faisait sa rentrée pour condamner les partis. Bernique ! c'était trop tard, les Français, ça les amusait trop les partis... ils en avaient été privés pendant cinq ans, ils se rattrapaient ! Ils adorent s'agiter, palabrer, s'exciter en pure perte. La môme Jacqueline, à la faveur de n'importe quoi... si elle était sur la brèche ! Pour avoir quelques chances de lui égrillarder la chagatte, fallait que je suive le mouvement, que je l'accompagne dans ses réunions, ses meetings. Très vite, elle avait fait de moi presque un militant... en tout cas un porte-tracts, un garde du corps. Je me suis coltiné des rigolades peu dans mes goûts, mes aspirations profondes. Tout ça, voyez mes tendres lectrices, pour les beaux yeux noisette d'une personne du sexe, tout le mal que je me suis donné !

La section française de la IV⁰ Internationale, ses positions pendant ces batailles électorales, c'était tout simple, elles étaient toujours contre tout... la droite démocrate-chrétienne et la gauche socialiste S.F.I.O... contre la politique du tripartisme... contre l'armée, l'Eglise, la famille, les trusts bien sûr, le marché noir et l'école libre. Table rase... ça, ça ne me déplaisait pas tant ! En revanche, ce qui me paraissait curieux, délirant même... qu'au bout du compte, les trotskistes finissaient par se rallier, au nom de la solidarité prolétarienne, à leurs pires ennemis. Au deuxième tour de scrutin, nos élus se désistaient toujours de leurs maigres effectifs pour Duclos, Cachin, Marty... ce dernier qui les avait si bien ratatinés en Espagne à Albacete. On en revenait toujours à ce principe du soutien indéfectible à la politique de l'U.R.S.S. Ça devenait de l'absurdité pure. Nous étions pourtant sûrs, certains que s'ils parvenaient au pouvoir sans partage, les staliniens s'empresseraient d'enchrister, de torturer, flinguer sans faire le détail les trotskistes en priorité. Une évidence qui sautait aux yeux du premier imbécile venu. Le miracle de la dialectique, c'est que les plus grosses évidences se dissolvent dans les parlotes. Jacqueline, elle trouvait toujours à me répondre, elle me reprochait mes raisonnements à l'emporte-pièce dus à mon manque de maturité politique ! J'ai remarqué ça, dès que vous argumentez avec votre simple bon sens, que vous n'avez pas envie de vous faire écorcher pour rien, on vous accuse d'être primaire, d'aller chercher vos déductions dans les bistrots.

N'empêche, on pouvait constater déjà la façon dont ils nous traitaient dans *L'Huma, Action,* toute leur presse... les calomnies les plus extravagantes, les injures, les promesses de nous passer à la casserole dès que l'occase s'en présenterait.

La plus belle trouvaille du petit bataillon de la rue

Daguerre... aller carrément porter la contradiction au candidat P.C.F. du secteur... je crois, à moins qu'il ne soit venu que pour soutenir un sous-fifre... Léon Mauvais, un camarade du Bureau politique. Un dur de dur... vrai de vrai bolchevique, ancien de toutes les luttes depuis les débuts du Parti... emprisonné pendant la guerre, évadé du camp de Châteaubriant... bref, le héros type... Autant que je me souvienne, un homme de la quarantaine... le physique adéquat prolo... genre contremaître... une mâchoire carrée... la pogne chaleureuse !

Aller s'en prendre à cézig en pleine réunion, en pleine euphorie stalinienne, ça relevait du cabanon ! La seule chose qui m'amusait un peu... que ça allait se finir en castagne. C'était pas tant pour me déplaire après mon entraînement commando, encore fallait-il que ça ne tourne pas au lynchage pur et simple.

Ça se passait dans les préaux, les salles de gymnastique des écoles communales, ces réunions de propagande électorale, avant que la télévision nous ait bouffé tous les plaisirs du contact direct. Bien sûr, le parti communiste faisait toujours partout salle comble, aussi bien au Vél d'Hiv' que dans les plus petits cinémas de banlieue. Tous les militants les plus purs, les plus acier trempé étaient là... les banderoles, les drapeaux rouges mêlés aux trois couleurs de la France retrouvée, selon le poète Aragon... à son parti !

On s'est glissé dans le fond d'une salle de classe rue d'Alésia avec Jacqueline et une douzaine de courageux de la IVe Internationale... dans le lot tout de même... deux trois ballèses, des ouvriers du bâtiment... des réfugiés espagnols, je crois me souvenir. Un des nôtres, un petit barbu à lunettes, un théoricien, un phraseur aiguisé, devait porter la contradiction à la fin de la séance. C'était prévu démocratique, les gens d'opinion différente avaient le droit de s'exprimer librement.

Après l'échec d'un premier référendum concernant la Constitution, on élisait des députés... le motif de cette réunion, de ces tracts, de ces slogans. Il s'agissait, pour les communistes, d'avoir le plus grand nombre de représentants du Parti à la Chambre. Déjà en octobre 45, il avait obtenu plus de cent soixante sièges à l'Assemblée constituante... vingt-cinq pour cent des suffrages. Ce n'était pas, certes, la majorité absolue, mais les événements pouvaient tourner en sa faveur, qu'il prenne carrément le pouvoir... c'était en tout cas à sa portée. Le peuple souverain s'en rendait bien compte, il filait le train comme d'habitude, volait au secours de la victoire. Le Parti se réclamait de soixante-quinze mille fusillés pendant l'Occupation... cinq millions de voix... huit cent mille adhérents ! Les thèmes de l'époque à la réunion de la rue d'Alésia... le châtiment des traîtres, des collabos qui se prélassaient dans les prisons... L'école laïque... sa défense inconditionnelle... La lutte contre les trusts à la solde de l'étranger !

Chaque orateur développe sa spécialité. De toute façon, il est applaudi à tout rompre, il peut bafouiller, marmonner n'importe quoi, ça ne change rien. Certains, c'est carrément le ronron, ils débitent leur propagande sans se casser les cordes vocales. On n'entend que dalle, mais n'importe... à la messe c'est déjà comme ça. Enfin voici la vedette de la soirée, le camarade Léon Mauvais du Comité central... S'il est acclamé... les poings se lèvent dans l'assemblée... la grande ferveur des militants de base ! Comme orateur il ne m'a pas laissé un souvenir impérissable, ce Léon Mauvais, mais il était porté par son auditoire... le moindre de ses slogans soutenu par la claque... Bien sûr, il a fait ovationner le secrétaire général : « Maurice Thorez, le fils du peuple... disciple de Marx, Lénine, Staline... le combattant inflexible contre le nazisme ! » En entendant ça, Jacqueline, elle groumait sec dans son coin, elle avait du mal à retenir son indignation, à ne pas se précipiter sur l'estrade pour lui casser le morceau à ce menteur ! Je la trouvais belle en diable dans la hargne... je m'occupais plus de Léon Mauvais... je n'entendais son discours que par bribes... « Produire, c'est aujourd'hui la forme la plus élevée du devoir des travailleurs français ! »... ça me suffisait... comment s'intéresser à un tel blabla ? Même le courroux de Jacqueline me surprenait. On était dans une sorte de cérémonie rituelle... tous les gens qui vont à ces réunions sont tous convaincus, prêts à battre des mains sous n'importe quel prétexte. Je voyais pas bien l'utilité d'aller se pointer à la tribune pour contredire les salades recuites de Léon Mauvais. Les socialistes et les M.R.P. n'en éprouvaient pas, eux, le besoin. Ils étaient tout à fait prudents. On ne les voyait pas du tout dans les meetings du P.C., ils se contentaient de bavacher dans leurs propres réunions.

Voilà, le camarade Mauvais a terminé sa péroraison. On lui amène une petite fille à embrasser... l'enfant d'un militant mort en déportation. C'est la mère elle-même qui conduit la gamine vers la tribune. L'instant de grande émotion. Ils en profitent ensuite pour faire une petite déclaration... n'est-ce pas... un des hommes de l'estrade vient lire un billet qu'on vient de lui glisser.

« Un hitléro-trotskiste demande la parole, camarades... c'est à vous de décider... Voulez-vous l'entendre ?... entendre, après l'hommage à nos martyrs de la Résistance, la voix de la trahison ?... »

L'enfoiré, s'il nous baise à sec ! Jacqueline a raison de dire qu'il faut s'attendre à tout avec les staliniens, qu'ils sont capables de tous les coups fourrés possibles ! Dans leur presse, ils nous accusent d'être des agents de la Gestapo payés par les Américains. Des hurlements accueillent cette proposition si alléchante... des vociférations... « A mort ! Au poteau ! » Dans notre coin, ça devient houleux, on est vite repéré... ça se met à crier... les insultes fusent de part et d'autre ! La meilleure, on se fait traiter de collabos, de fachistes ! Jacqueline, elle bondit en tigresse sur une insulteuse, une mémère abominable tout en saindoux. C'est la corrida... le crêpage... les glapissements ! Obligé de foncer, moi aussi dans le tas, pour ma camarade préférée, celle pour qui mon cœur bat et ma queue bande. Ça devient difficile à décrire, transposer méticuleux... on subit la loi des plus nombreux, des plus forts... on se fait virer à coups de pompes, de poings. On riposte comme on peut... coups de boule catapulte !... de la savate, de la paluche ! On n'arrive pas à se maintenir longtemps dans la place. Nos adversaires principaux, c'est les jeunes, ceux du F.U.J.P.[1]... qui nous chargent en masse. Les types de leur service d'ordre ont eu du mal à les calmer... les rameuter une fois que nous fûmes sur le trottoir de la rue d'Alésia, tous plus ou moins mal en point.

Sans avoir eu le temps de m'amuser à cette castagne, j'en avais pris plein la gueule. Trois ou quatre enfants de Staline à me satonner dans un coin de préau. On esquive un coup avant qu'il ne parvienne à destination, on s'en fait servir plusieurs. Le souffle coupé par un uppercut au foie... on n'arrive plus à riposter. C'est dans les films d'aventures que le héros se relève et finit par triompher de cinq six assaillants ! Comme un nave, je m'étais cru malin de me porter le plus en avant. Le close-combat ça vous prévoit des tas de situations, des possibilités infinies pour porter des coups à l'adversaire et pour esquiver les siens... seulement dans une foule, bernique !... le

---

1. Front uni des jeunesses patriotiques : mouvement de jeunesse communiste fondé après la Libération.

quasi-lynchage... esquisser le moindre geste, c'est l'ouverture pour se faire dérouiller un peu plus !

Grâce ou à cause, je ne sais dire, de cette dérouillée stalinienne, je me suis retrouvé enfin dans le lit, les beaux draps de Jacqueline... Pas en état le soir même de lui faire apprécier mes petits talents luxurieux... tout à fait anéanti, la tronche au carré, les oreilles bourdonnantes, un énorme coquard à un œil... les côtelettes douloureuses... le moindre mouvement qui vous arrache mille grimaces. Elle, elle avait réussi à s'en tirer à peu près à bon compte... juste quelques égratignures, son corsage déchiré... ses tatanes semelles compensées en liège tordues... des broutilles... elle pouvait me servir d'infirmière... me teintudioder, me masser, me panser, me réconforter ! Elle ne prenait pas l'incident au tragique, ça faisait partie des risques de l'engagement politique.

« Ça peut aller jusqu'au poteau d'exécution. »

Pour me consoler, ce qu'elle m'annonçait... et c'était pas des déclarations à lurelure, des bravades verbales. Certain que c'était une gonzesse à se faire flinguer pour ses idées et, bien sûr, le corollaire... flinguer les autres... les ennemis de classe ou les traîtres !

Peu à peu, je réalisais la situasse... je découvrais les lieux et les choses autour de moi... la chambre de l'hôtel où elle perchait. Tout à fait minable... la dernière catégorie... un petit lit métallique... la table en bois blanc recouverte d'un tapis rapiécé... l'armoire à glace et, derrière un paravent décoré à la chinoise, le minuscule lavabo et le bidet vaguement prometteur. Elle visait pas le luxe, le confort dans l'existence, Jacqueline... le feu intérieur qui la brûlait lui suffisait. Peut-être plus tard, l'âge venant, se laisserait-elle tenter par quelques douceurs de la vie bourgeoise ? J'ai remarqué, les plus inflexibles communistes finissent toujours par justifier d'une façon l'autre leurs revenus élevés, leur carrosse, leur Rolls, leur piscine, leur castel... puisqu'ils vivent en régime capitaliste, ils ne voient pas pourquoi ils se priveraient de tout en attendant le régime de leur cœur, la société idéale sans classes où tout le monde se partagera le cake et le caviar. A l'usage, toutes les plus belles religions, les causes les plus nobles, forcé que leurs meilleurs serviteurs s'émoussent.

Jacqueline n'en était pas là... elle subsistait uniquement d'amour de la dialectique marxiste et de tickets de restaurants universitaires. Sa chambre remplie de livres... partout... par terre... sur l'armoire... la table... des piles ! Toute la littérature marxiste... Lénine, Zinoviev, Dimitrov... Victor Serge... Souvarine et bien sûr le maître incontesté, ce vieux Léon... *Le Matérialisme dialectique historique... Le Communisme en France et L'Internationale...* toutes les œuvres de Trotski ! Je vous cite approximatif, de mémoire... et aussi des bouquins de droit... des cours... On pouvait dire qu'elle vivait surtout par l'esprit, Jacqueline, le temps lui manquait pour la coquetterie, le maquillage et les frusques frous-frous... Elle avait pour elle sa jeunesse... une grande fraîcheur, un joli rire, une voix un peu cassée, chargée d'une sorte d'érotisme dont elle ne devait pas bien avoir conscience.

Aujourd'hui, je pense parfois à elle à propos des petites mômes embrigadées dans le terrorisme. C'était bien le style de Jacqueline. Elle serait née une génération plus tard, elle était bonne pour je ne sais quelle bande à Baader. Ça vous pose de sacrées questions sur les êtres... qu'on peut les côtoyer, les aimer, les apprécier et puis que dire, comment réagir lorsqu'on découvre que par idéologie ils tuent n'importe qui n'importe comment... qu'ils se métamorphosent pires justiciers que ceux qu'ils combattent... procureurs, flics, tortionnaires ? On ne peut que s'écarter... s'isoler de plus en plus... se méfier des meilleures intentions des uns et des autres.

Pour me laisser le pageot, Jacqueline avait dormi par terre, sur le plancher dans un sac de couchage. Le matin, avant que j'aie pu me récupérer un peu, redresser ma carcasse douloureuse, elle était déjà partie pour un cours à sa faculté. Juste, elle m'avait laissé un livre sur la table de nuit pour me distraire : *La Maladie infantile du communisme*, par Vladimir Ilitch Oulianov, autrement dit le grand Lénine, une de ses idoles... un personnage de sa sainte Trinité avec Karl Marx et Trotski. Elle se faisait un peu de cinoche, Jacqueline... s'imaginer que je puisse m'engouffrer dans cette terrible lecture avec tous les coups que je m'étais pris sur la tronche et dans les reins ! Je me suis déhotté du pieu pour faire tout de même un brin de toilette, me récurer un peu le zigoulou... voyez, malgré mes bottes et mes plaies, je me préparais à toute éventualité. Maintenant que j'étais escagassé, meurtri, sanglant pour la barbiche de Trotski, elle pouvait bien me récompenser... ainsi spéculais-je... ça me paraissait dans la bonne logique des choses. Fort heureux, les camarades des F.U.J.P. ne m'avaient pas écrasé le service trois pièces... l'essentiel... je bandais encore. Quand Jacqueline est revenue de son cours, j'ai commencé par jouer un peu le martyr étendu sur son lit de douleur. J'avais calculé mon coup... mon attaque... pendant qu'elle se pencherait pour me soigner, m'appliquer une petite compresse sur l'œil... lui palper d'abord la poitrine à la surprenante. Elle a pris les choses avec le sourire... est entrée dans mon jeu gentiment... une petite réserve cependant...

« Tu ne crois pas que tu ferais mieux d'attendre... dans l'état où tu es ! »

Justement, dans l'état où je suis, elle va voir... constater. J'ai déjà ma main sous sa jupe... Oh ! elle n'a pas les dessous voluptueux d'Odette, ce qui tendrait peut-être à prouver que les petites catholiques à tout prendre sont plus vicelardes que les jeunes marxistes en fleur. La notion de péché, en outre, ajoute du piment à l'acte... la faute, ça les fait reluire de plus belle ! L'idéal pour leur faire atteindre les sommets du septième ciel à celles-ci, serait de se saper en archevêque, en cardinal avec la pourpre ! Mais je m'égare – dans mon texte et aussi sous les jupes de Jacqueline. Elle ne fait pas de chichis... elle accepte mon exploration digitale !... ça devait arriver, elle en a pris son parti, mais sans plus, je me rends compte. Brusquement, elle se redresse.

« Deux secondes ! Ne sois pas si impatient ! »

Elle se déloque posément... sa jupe, son chandail, son soutien-gorge... elle a des seins minuscules, mais guillerets, gentils tout plein. Voilà, elle baisse son slip d'un geste gracieux et elle se glisse dans le lit près de moi. C'est sans façon, aimable, à la bonne franquette... Je ne peux pas en exiger davantage. Seulement, ne serait-ce que pour lui rouler un patin, j'ai la mâchoire endolorie. Je me retourne... aïe, mes côtes ! Je suis plein de bleus garantis distribués par les rouges orthodoxes ! Je vais faire l'amour avec une trotskiste, perclus de douleurs staliniennes. Elle est toute simple, Jacqueline... trop... elle se laisse caresser, elle s'écarte en s'amusant. On dirait que ça ne lui fait pas grand-chose ma pénétration. Merde ! je me sens lésé... elle est frigide, pas possible ! Malgré mes hématomes, mes ecchymoses, toutes mes plaies et bosses, je m'escrime... je lime, je godille... je déploie tous mes dons. Jusqu'ici, vanité masculine mise à part, j'ai toujours assez bien réussi mes cartons ! Beau tenir à la limite du possible, elle ne vient pas... je finis par la faire reluire en jouant avec mon index un petit air de mandoline. Et ça'sera toujours du même... elle ne va au fade que comme ça ou à la languetouse savante... le cunnilinctus, comme disent nos bons sexologues ! Je suis tout de même déçu...

un peu humilié dans mon orgueil viril. En plus, à la fin de cette première étreinte, si je suis recru, la tête lourde !... Les coups de tatanes staliniennes qui m'élancent de partout, je m'effondre sur le dos presque en gémissant de douleur !

Jacqueline, ça ne la tracasse pas, elle ne voit pas l'intérêt de se morfondre parce qu'elle ne jouit pas vaginal. Elle trouve les choses très bien ainsi. Peut-être au fond était-elle plus goudoue qu'autre chose sans le savoir. En tout cas, elle n'expliquait rien à ce sujet... elle avait perdu son berlingue pendant la guerre en 42. Une affaire à la va-vite avec un petit juif de dix-sept ans en cavale. Ils s'étaient dépucelés ensemble...

« Après, il a été pris... les Allemands l'ont fusillé. Au moins, il aura fait une fois l'amour avant de mourir. »

Un temps. Elle devient un peu plus grave et elle ajoute...

« J'aurais bien voulu être enceinte de lui. »

Ce qu'elle m'a confié au bout de quelques jours... quelques culbutes sur le matelas. On était devenu tout à fait intime. Avec moi, bien sûr, pas question de faire un lardon... j'allais pas me faire fusiller, mon cas était somme toute banal, on faisait gaffe aux dates... je me retirais... le fameux coïtus interruptus ! Avec les pilules, maintenant, n'importe quel nave tire sa crampe en toute quiétude, inconscient de son réel bonheur. On s'aperçoit à moult détails de la vie et des mœurs que toutes ces inventions, ces gadgets, ces petits trucs de rien, les nouvelles générations s'en servent sans se rendre compte des avantages considérables que ça leur apporte. On a pourtant l'impression que ça ne procure aucun remède à leur mal de vivre. On ne voit pas de visages plus heureux grâce aux contraceptifs ou à l'automobile. Au contraire presque... ça continue à se plaindre de plus belle, à geindre partout. Peut-être n'est-on vraiment satisfait que de ce qu'on gagne par soi-même en y laissant la peau des fesses... en suant sang et eau.

Ça a duré ce que durent les fleurs avec Jacqueline... le temps de quelques meetings... quelques bagarres... ce que duraient chez moi les amours en ce temps-là. On n'a pas poussé la passion jusqu'à se mettre carrément en ménage. Je suis tout de même resté dans ma gendarmerie de la rue Paul-Châterousse et elle dans son hôtel meublé pour chanson d'Edith Piaf. On se gourait bien, chacun de son côté, que ça n'allait pas, notre liaison, faire l'éternité devant Karl Marx. Elle gardait la tête bien froide, Jacqueline... parfois je me prenais à regretter Odette et ses concerts de musique... ses goûts qu'elle n'essayait pas de m'imposer avec autant de véhémence. L'idéologie trotskiste ne mordait pas beaucoup sur ma couenne... ce qui m'attirait, c'était l'action et je me plaisais mieux avec les types de la rue Daguerre qu'avec n'importe quels autres. Ça doit tenir bien souvent à des détails de ce genre les engagements... un climat que l'on préfère, les copains... le reste vient ensuite comme la foi chez Pascal avec la prière. Moi, je n'ai pas eu le temps d'entrer vraiment dans le jeu et puis, au fond, j'avais plutôt la vocation voyoute... Depuis que j'avais largué la représentation, les margotins et les bougnats, je survivais de menus trafics. J'allais tout de même voir les Pognes à Belleville, je voulais pas perdre le contact. Je faisais cohabiter tout ça... Jacqueline et les trotskistes, Riton et son marché noir, Bertrand dans sa gendarmerie...

Je ne suis pas resté assez longtemps dans le sérail des trotskistes pour que ça me marque d'une façon indélébile comme Bertrand son séminaire, mais ça m'a tout de même ouvert quelques horizons nouveaux finalement indispensables pour mieux comprendre notre époque. Bien sûr, je ne suis pas devenu militant, Jacqueline n'a pas été jusqu'à me proposer de prendre ma carte, elle se méfiait trop de ce qu'elle appelait mon dilettantisme, mes façons de penser anarcho-individualistes... seulement le Parti était si maigre en effectifs qu'il était bien obligé d'admettre quelques lascars dans mon genre, des sortes de novices, de postulants qui leur servaient surtout de force d'appoint dans les affrontements avec les disciples du Petit Père des peuples.

Ce qui soulève les foules... le lyrisme... le romantisme ! Toute une mythologie entretenue par de grandes mises en scène, des rites, des cérémonies... l'envoûtement. Toujours on a procédé de même. Hitler, toute la raison de son succès vient de là. Il a su créer une liturgie... une sorte de messe païenne et le tour était joué ! Si vous n'avez pas une espèce de poésie, de chanson de geste à proposer au peuple, à la jeunesse, inutile d'insister, vous ne gagnerez jamais les cœurs.

Avec Jacqueline, tous les membres de la cellule Denfert, tous les rayons, les autres sections de la IVe Internationale derrière nos leaders... Demazières, Beaufrère, Pierre Franck, je crois... on a essayé de suivre, de s'emboîter dans le grand défilé des travailleurs... la procession annuelle... la montée au mur des Fédérés pour commémorer les morts de la Commune de Paris. On pouvait dire que le P.C.F. avait mis le paquet... le ban, l'arrière-ban de ses fidèles ! Toutes les artères conduisant au Père-Lachaise noires de monde... une véritable marée humaine. Ça arrivait de partout, toutes les banlieues... les ateliers, les usines, les chantiers... toutes les cellules, les sections... les mouvements de jeunes... *Allons au-devant de la vie !*... des grivetons en uniforme, les déportés en tenue rayée... les cheminots, les mineurs venus du

Nord avec leur casque... Partout des drapeaux rouges ou tricolores, d'immenses portraits de Staline, Thorez... Gabriel Péri... des banderoles revendicatives ou vengeresses... *Halte aux trafiquants du marché noir!... A bas les trusts sans patrie!... Pétain-Bazaine au poteau!...* Les slogans braillés... les chants... *L'Internationale sera le genre humain!... La jeune garde qui descend sur le pavé!... Notre superbe drapeau rouge... rouge du sang de l'ouvrier!*

C'est tout de même impressionnant comme tout ce qui représente la force... un mouvement qui paraît irrésistible... une puissance qui va tout renverser sur son passage. En même temps c'est bon enfant et vengeur... redoutable et doux comme un fauve. Le Parti, invisible et omniprésent à la fois, tient son troupeau de main de maître. Seuls les camarades du service d'ordre de la C.G.T. munis d'un brassard rouge jouent un peu le rôle de chiens de garde autour du cortège.

Boulevard de Charonne, on avait décidé de se glisser dans le cortège, profiter de la délégation S.F.I.O. pour participer, nous aussi, à ce défilé. En y allant mollo, sur la pointe des pieds, on aurait pu passer presque inaperçus, se faire supporter sinon accepter... seulement c'était pas possible, la IVe Internationale avait ses chevaux de bataille, ses propres revendications, ses slogans à proclamer... *L'échelle mobile des salaires!... L'unité d'action de tous les travailleurs!... La rupture de toute relation avec Franco!... Le contrôle ouvrier sur les entreprises...* Je ne sais quoi encore, mais surtout nos mots d'ordre anticolonialistes à proclamer, scander, défendre contre les ambiguïtés des ministres communistes. Le 8 mai 1945, le jour de la victoire sur l'Allemagne nazie, à Constantine, l'armée française avait réprimé dans le sang une révolte des Algériens, sans que Maurice Thorez, secrétaire d'Etat du général de Gaulle, s'en émeuve le moins du monde! En Indochine, Leclerc avait débarqué au Tonkin avec un corps expéditionnaire depuis près d'un an... On parlementait avec Hô Chi Minh, mais il était évident qu'on allait très vite en découdre et que commencerait, ce que les trotskistes les premiers appelaient, *la sale guerre*. J'avais bien failli en être, moi, de ce corps expéditionnaire, ça me gênait aux entournures lorsque Jacqueline se lançait sur ce chapitre... J'avais des bons potes, et en particulier Musique, mon vieil ami d'enfance, parmi les soldats colonialistes. Je ne les imaginais pas en tortionnaires.

Les costauds à brassard de la C.G.T. ne nous ont pas permis d'entrer sur le boulevard de Ménilmontant. « On ne passe pas »... Le stop impératif ! La bousculade qui s'ensuit. Les gueulantes. On allait, officiel, encore se faire aplatir. Cette fois, je me préparais à détaler sans gloire comme un pleutre, à me planquer dans le porche d'un immeuble d'une rue avoisinante. La seule retenue... que je pouvais pas laisser Jacqueline se faire avoiner sans lui venir en aide. Et elle était hargneuse, la conne, elle provoquait, glapissait, braillait devant les ballèses, les gros biscottos du service d'ordre ! Ils devaient avoir des consignes de nous repousser... comme ça, en bulldozer... force tranquille... sans avoir besoin de cogner... tout à fait en douceur, sans aucun éclat. Sans doute le Parti voulait-il une manifestation dans le plus grand calme pour rassurer les petits-bourgeois de la démocratie chrétienne M.R.P.

Je vous oubliais, dans tout ça, les flics... Ils suivent, ils entourent toujours plus ou moins ces grandes processions populaires. Ils étaient discrets jusqu'alors... par petites patrouilles dans les rues adjacentes.

Dès qu'ils remarquent notre affrontement, ils s'approchent... interviennent et, ça semble très net, qu'ils prennent le parti du Parti pour ainsi dire, du seul, du vrai, le légal, celui qui a son secrétaire général au gouvernement. On est, en somme, les marginaux du communisme, les indésirables, les trublions. A coups de pèlerines, on se fait repousser, éjecter sans ménagements. Nos frères ennemis, ils scandent : « Fas-cistes ! assa-ssins ! » ...des choses aussi agréables ! Ils nous conspuent... même les socialistes, les S.F.I.O., les dégueulasses, leur emboîtent le slogan ! Et Jacqueline, toujours aussi vaillante... intrépide... délirante, elle fonce au milieu des mannequins. Elle leur vocifère des insultes. Je suis encore, moi, pris dans les remous, entre deux chaises, deux feux, deux flics... et à coups de grolles, de poings, de pèlerines, argougné, embarqué joyeux dans un car qui stationne rue de la Roquette.

La foule autour gronde... on se fait traiter de collabos, de fachistes, nazis pourquoi pas. La confusion la plus totale... ça les arrange, les staliniens... ils lancent les insultes les plus grossières !... tout fait florès pour le populo. Je me demande tout à coup où est passée Jacqueline ? Elle n'est pas dans mon car... j'essaie de regarder un peu... ça se bagarre, ça braille de plus belle tout autour. On est une vingtaine entassés... le car démarre, se fraie un passage difficilement dans la houle... la foule. Un gros bovidé à képi me bourre de coups de poing dans les côtes sans autre raison apparente que de se défouler, de profiter qu'il est le plus fort, ce qui est bien naturel après tout.

Par la suite, je ferai connaissance avec pas mal de commissariats, divers postes de police dans Paris. Je pourrais vous faire une petite étude là-dessus... le Michelin de quart en quart... leurs spécialités... descriptions minutieuses des culs-de-basse-fosse... l'accueil du personnel... rapport qualité-prix... mettre les étoiles... etc. Je débute honorable, à vrai dire... motifs politiques, c'est tout de même mieux que les truanderies qui vont suivre. Charonne, d'ailleurs, ça sonne tout de suite héroïque aux oreilles attentives et averties des choses de la révolution.

Rue des Orteaux, le commissariat... lieu historique... en 1902, les apaches de la rue des Orteaux s'entre-tuaient pour Casque d'Or. On nous a poussés, entassés dans la cage de garde à vue. Les deux trois cellules de force étant réservées aux cas plus graves, aux satyres, aux voleurs, aux assassins. Là, sitôt bouclés, mes compagnons entonnent immédiatement *L'Internationale* ! On se sent vraiment victimes de la répression policière... presque martyrs d'une juste cause. Les lardus autour, ils y entravent que dalle, ils nous écoutent les yeux ronds, la trogne mauvaise. Ils sont intervenus, leur paraissait-il, contre des hitlériens, des collabos ! De ça, ils ont pris la pogne depuis août 44... c'est du tout-venant, de la routine sans risque, mais des traîtres qui chantent *L'Internationale*, ils ne savent plus ce qu'il faut en penser... ils se demandent s'ils ont pas des fois eu tort de nous satonner dans le car. Eux, on peut dire, ils sont toujours le cul entre deux extrêmes... après avoir enchristé les juifs et les réfractaires du S.T.O., ils se sont reconvertis deux coups les gros, l'espace de quarante-huit heures, en chasseurs de Vichyssois, de miliciens. Ils en sont encore là, quoique le gibier se fasse plus rare. Les collaborateurs maintenant ils sont tous à Fresnes, dans les prisons centrales aux six coins de l'hexagone. Ceux qui ont encore leur photographie sur les avis de recherches, ils ont en général pris des drôles de distances outre-Pyrénées... outre-Atlantique... dans les pampas argentines. Les plus beaux fleurons de la Gestape avec le magot de la rue Lauriston, de sérieux dossiers pleins de petits secrets qui les protègent de toutes les demandes d'extradition.

« Y vont nous relâcher ce soir », nous dit un vieux de la vieille, un certain Camille... un contremaître du bâtiment, transfuge depuis longtemps déjà du Parti communiste français... un authentique écœuré des méthodes staliniennes au moment des purges de 36... ancien d'Espagne dans les rangs du P.O.U.M. Il connaît aussi les us et coutumes des poulets... qu'on va nous relever notre identité, vérifier si nous n'avons pas au cul un mandat d'arrêt quelconque... « et puis on nous relarguera. Juste à prendre notre mal en patience... » il a l'habitude Camille, il nous raconte qu'il a failli être flingué par les franquistes en Catalogne et puis pour faire le compte encabané ensuite à Albacete par les soins d'André Marty. D'un rien encore il y passait. Plus ils dérouillent, certains, moins ça leur donne envie de lâcher la cause. Il se marre de notre petite aventure.

« Y a pas autre chose à attendre des crapules staliniennes. »

Il emploie cette formule qu'on réentendra en Mai 68. Tout ça se reproduit, rabâche, se caricature... Là je me trouvais, un hasard, avec les combattants de presque la première génération... leur style, eux, ils ne l'avaient pas copié dans les films.

Il s'était pas gouré, le camarade Camille, on nous a relargués vers huit heures du soir sous une pluie battante. Simplement, je devais avoir une première petite fiche à la P.J. comme je ne sais quel agitateur. Cette fois, quand même, je pouvais me compter les os sans trop souffrir. Juste j'avais pris quelques coups de latte dans le train... des coups de pèlerine, de poing dans les côtes sans conséquences. Je m'extirpais de la corrida sans trop de bobo, mais aux yeux de Jacqueline je prenais du galon. Si je n'étais pas encore un vrai convaincu des lendemains qui chantent selon saint Léon Trotski, je me révélais sur le terrain un combattant de première ligne. Elle avait réussi, elle, à se tirer je ne sais comment... à se glisser d'entre les grosses pattes des flicards... planquée dans un couloir, elle avait attendu que ça se tasse. La pluie par là-dessus avait éparpillé les manifestants. Il paraît que ça joue un grand rôle les jours d'émeute, de révolution... les intempéries, ce qui vous tombe du ciel. Les hallebardes, ça n'incite pas à prendre les Bastilles, tout le monde rentre chez soi pour la soupe. Un simple rayon de soleil, les barricades se dressent et l'insurrection triomphe.

Ça m'a profité une nuit tout entière l'épisode au quart de la rue des Orteaux. Jacqueline, après ça, ne pouvait être que d'une infinie tendresse au creux du lit pour un si vaillant défenseur de la cause. On en est tout de même arrivé à se dire des jolis mots d'amour tout en se cajolant l'épiderme. On s'est offert le café du pauvre dans la richesse des expressions sentimentales. J'ai le souvenir de la petite lampe au plafond de la chambre avec son abat-jour de porcelaine blanche. Ça nous éclairait lugubre, mais on se voyait autrement avec le cœur, les convictions... l'impression tout à coup de vivre des heures inoubliables. De la rue nous parvenait la musique d'un accordéoniste qui jouait, je ne sais pourquoi, dans un bistrot en face où quelques couples dansaient encore la java, la valse à l'envers... des nostalgiques puisqu'on était déjà dans l'ère du swing... bientôt du be-bop, du boogie-woogie. Le temps se marque avec les danses, les chansons du doux caboulot caché sous les branches. C'est plus gai au fond de se souvenir avec Fréhel, Piaf ou Charles Trenet qu'avec Hitler ou le maréchal Staline.

L'éternité en amour ça ne dure que deux trois mois. Cette nuit d'après la bataille au mur des Fédérés, ça a dû être une des dernières avec Jacqueline, si je me souviens bien... Tout a tourné vinaigre à cause de Narcisse, encore un copain de guerre, un joyeux luron de mon groupe. Il devait avoir du sang noir dans les veines, ça se constatait à sa crinière, ses yeux ronds, ses lèvres épaisses et surtout sa façon de se fendre la terrine pour un rien. Il avait maquillé sa brème d'identité pour pouvoir s'engager, fuir sa famille et une école d'apprentissage... transformé le 8 de 1928, son année de naissance, en 6 afin d'avoir les dix-huit ans nécessaires pour devenir un vrai soldat de la République. C'était donc le plus jeune du commando et pour rattraper ce handicap, il se conduisait en vrai dingue, c'est-à-dire en pur héros. Il faisait un peu n'importe quoi, Narcisse Lebrun... Au début, il était la risée de la section. Tout y passait, son blase ridicule, le même que Rellys dans un film comique troupier... ses façons de se comporter, de parler tout haut dans les rangs pendant les prises d'armes, d'engueuler les officiers... de les interpeller sans se gêner le moins du monde. Devenu très vite la bête noire de tous les fayots, les adjudants de carrière... tout de suite repéré, ne serait-ce que par sa taille, sa dégaine... toujours fringué saucissonné, la chemise qui lui sortait du false... ses tifs ébouriffés sous son béret. Un demi-tour droite ordonné par un lieutenant... Narcisse tourne carrément à gauche. Hurlements de l'officier... « Vous êtes tombé sur la tête ou quoi ? » Tranquille, Narcisse sort des rangs, retire son béret, s'avance : « Oui, mon lieutenant... j'ai eu un accident quand j'étais petit... je suis tombé de mon berceau... » Etc. Chaque jour, il amusait la galerie sans y mettre d'ailleurs la moindre volonté de comique. Il ne forçait pas le naturel, il ne se souciait de rien, ni des ordres, ni des sarcasmes, du qu'en-dira-t-on. Il se comportait comme il en avait envie, voilà tout. Une sorte de je-m'en-foutiste total mais qui savait très bien au fond ce qu'il voulait. Pas une bavure une seule fois dès qu'on a été engagé au feu... toujours à sa place avec ses petits trucs farfelingues, son air de tomber des étoiles... ses réflexions impossibles. A plusieurs reprises, il avait même fait des prouesses... des gestes insensés qui nous ont sauvés de situations glandilleuses. Je vous résume, ça serait une trop longue parenthèse les exploits de Narcisse dans ce récit.

Tel est l'homme... le très jeune homme qui s'est retrouvé avec une Médaille militaire sur la poitrine à la fin de la guerre. Je signale aux non-initiés que ce n'était pas très courant la Médaille militaire glanée sur le champ de bataille pour un simple soldat. Ça n'a absolument rien à voir avec celle des gendarmes gagnée à l'ancienneté.

Ma veine, c'est sur cézig que je tombe... le plus sympathique de toute cette armée ! Il est là, sa tête dépasse toutes celles de nos ennemis au fond de la salle d'école où nous officions. C'est une réunion d'information de la IVe Internationale contre l'expédition coloniale en Indochine... on a réussi à remplir presque toute une salle de classe à la communale de la rue Saint-Benoît dans le VIe arrondissement. Un orateur nous débite un discours pénible, un camarade pas du tout doué pour la jactance qui se perd dans ses notes. Fort heureux, on en a deux ou trois plus performants, Demazière, Beaufrère, Bleibtren capables de s'aligner avec les champions du P.C.F. Tout baignerait dans l'huile d'olive, mais Jacqueline me pousse du coude pour m'avertir d'un danger... une rumeur dans le fond de la salle... des drôles de lascars qui s'engouffrent... des costauds à chevelure rase. On renifle d'autor les fachistes, ils ont pas le même profil que les staliniens. Dans nos rangs, si ça frétille ! Ça fait longtemps qu'on les attend, ceux-là, nos véritables adversaires... ça nous fait jamais vraiment plaisir de nous bastonner avec d'autres marxistes... des frères ouvriers ! C'est le malentendu, des gars qui sont abusés par de mauvais chefs, mais on a le même but... le renversement de l'ordre social établi.

Ceux qui rappliquent... en manches de chemise,

l'air arrogant... il leur manque plus que le brassard, la croix gammée. Enfin ce que nous nous figurons, qu'ils sont des petits frères des S.S... S.A... Chemises noires du Duce... que ce sont ceux-là qu'il faut détruire sans faire le moindre sentiment, comme le savant détruit les microbes, ce que nous a enseigné Vladimir Oulianov.

Facile à dire, mais ils n'arrêtent pas d'entrer dans la salle, il en arrive encore une fournée pour grossir leur effectif. Jacqueline, je la sens plutôt joisse mais, moi, je me vois encore ecchymosé, couturé de partout, j'ai pas assez la foi marxiste pour me souhaiter cet état quasi constant de tuméfaction. Ils nous attaquent d'abord aux vannes, aux lazzis, ils nous provoquent... « Alors, les minables ! Bande de petits cons ! Pédés ! Venez qu'on vous encule à sec ! Allez, baissez vos frocs ! » Des amabilités de ce style. Leur mouvement, ça s'appelle le P.R.L... Parti républicain de la liberté. Depuis l'anéantissement de l'extrême droite en 44, il n'y a plus du tout de ligues fascistes. *La Vérité* a consacré la semaine dernière tout un édito à ce P.R.L. qui réhabilite tous les factieux, des anciens de Vichy... tout un ramassis de gens de droite... réactionnaires de tout poil, anciens du colonel de La Rocque, tous les tenants de l'anticommunisme primaire. Ceux qui se pointent au fond de la salle, c'est plutôt leur fer de lance... les jeunes de leur service d'ordre... cogneurs de tout acabit, gabarits poids lourds... tous ceux qui se rapprochent le plus de l'idée qu'on peut se faire des fachistes.

Notre orateur déjà ne peut plus en placer une, sa faible voix est couverte par les insultes, les cris. Obligatoire, on est acculé à la castagne. On va se regrouper, se préparer à recevoir le choc... avec ce qui nous tombe sous la pogne, les chaises, les bancs. La partie n'est pas perdue d'avance, parmi les nôtres on a des zèbres pas si manchots qui ont fait leurs preuves à la porte des usines contre les cégétistes en essayant de vendre *La Vérité*... en distribuant des tracts.

Je suis debout, prêt à l'affrontement, j'ai déjà saisi le dossier d'une chaise ! Je gaffe bien ces P.R.L. qui s'avancent vers nous... et merde ! C'est là que je redresse Narcisse !... bien lui... aucune gourance. Qu'est-ce qu'il fout là ? Je n'ai pas la présence d'esprit de me dire : « A peu près la même chose que moi... il perd son temps ni plus ni moins ! » Les miens ripostent à leurs insultes par des slogans genre « Le fascisme ne passera pas ! »... Déjà, je ne suis plus de la fête... ça me trouble, moi, d'apercevoir ce con de Narcisse dans le clan d'en face, parmi les ennemis du peuple, de la classe ouvrière ! Jacqueline m'agrafe par le bras, me tire... dans ma distraction, je n'ai pas bien suivi le mouvement de repli stratégique des camarades.

« Viens... mais viens... »

Je suis vulnérable, le dernier face aux factieux. Et, fatal, Narcisse me reconnaît... il bondit, il écarte ses potes... tous les malabars !

« Alphonse ! »

Il m'ouvre les bras, il m'embrasse carrément... il n'hésite pas ! L'amitié, c'est son idéal à lui, il me l'avouera un peu plus tard... il fait passer la fraternité des armes avant son parti, ses opinions politiques.

La stupeur qui saisit les gens des deux camps prêts à en découdre. Du coup, ils s'arrêtent tous de glapir, de s'incendier. Narcisse, il n'en finit plus de me congratuler... il est vraiment heureux de me revoir ! Ça ne fait pourtant que six ou sept mois qu'on s'est quittés, n'empêche... les copains de guerre pour lui c'est sacré. Il deviendra, Narcisse Lebrun, un ancien combattant quasi professionnel... un porte-drapeau du 11 Novembre... du 8 Mai... de toutes les circonstances où l'on peut sortir ses bananes, retrouver ceux de Colmar, de Rhin et Danube, les derniers survivants au-delà de l'an 2 000... pour s'arsouiller la tronche en commun, rouler sous la table en chantant... *Tiens, voilà mon zob zob zob! La digue du cul! Les Filles de Camaret!*... comme au temps de leurs vingt ans. Finalement l'explication elle est là... on se refile des coups de jeunesse comme on peut. Déjà, il est nostalgique au bout de six mois, Narcisse, il arrivera jamais à s'en remettre de sa Médaille militaire.

« Qu'est-ce qui se passe, camarade ? »

Un de la IVe Internationale qui m'interpelle, qui n'en revient pas de mes embrassades avec un fasciste assassin... qui exige des explications.

« Il se passe qu'on s'en va... »

Ce que lui réplique Narcisse du tac au tac et en même temps il me tire par le bras. J'hésite encore, la situation devient cornélienne... je rencontre le regard de Jacqueline... foudroyant!... elle me fusille des yeux pour abandon de poste devant l'ennemi... me traite déjà de salaud, de félon...

« Alors, tu viens ?... »

Narcisse, il se mouille aussi vis-à-vis de ses potes... il se fait déjà incendier... « Ça m'étonne pas de ce dingue! »... « Oh! les gars! vous allez chez Tonton! »... Il n'en a cure, Narcisse, des sarcasmes de ses compagnons... il les écarte en se marrant... il tente même de leur expliquer... « C'est un copain des commandos! »... Là, c'est moi qui presse le mouvement... je veux bien déserter mais tout de même pas passer directos à l'ennemi. On se fait huer épouvantable avant d'atteindre la sortie et j'ai l'impression que les voix de l'extrême droite et de l'extrême gauche se retrouvent pour une fois... une unanimité extraordinaire pour nous couvrir d'opprobre.

Je sens bien, une fois dehors, que ma carrière à la IVe Internationale est bien finie... que j'aurai jamais ma carte de militant. Ça me chagrine, dans le fond, à cause de Jacqueline. Elle prenait difficilement son panard, certes, mais elle me plaisait bien. J'avais une sorte d'amour pour elle... un début. L'autre, il me laisse pas le loisir de gamberger, il me tape dans le dos... il se bidonne... il trouve l'anecdote tout à fait cocasse !

« Quelle bande de cons ! »

Il se tape sur les cuisses... Oh ! la vache ! il n'en peut plus... il trouve même étrange que je me poêle pas autant que lui. Il veut maintenant qu'on arrose ça... qu'on entre au Bonaparte, au coin de la place, s'en jeter un.

« Deux cognacs... »

Il commande... des doubles ! Merde !... il veut toute la boutanche. Il est sapé en sorte de para... battle-dress usagé, délavé... des fringues des stocks américains.

« Qu'est-ce que tu foutais avec ces communards ? »

C'est trop compliqué de lui expliquer les choses comme ça, brûle-pourpoint... et puis j'en ai autant à son service... je peux lui renvoyer la balle... ce qu'il branle, lui, avec ces espèces de fachistes ? Il a prévu ma repartie. Il se lance tout de suite dans une tirade... que c'est logique pour lui d'être avec le service d'ordre du P.R.L.... que parmi eux y a des gaullistes purs et durs... des anciens de chez Leclerc et de chez de Lattre.

« Et en Indochine, y a nos copains... tu y as pas pensé ? »

Si, bien sûr... c'est même la seule chose qui me filait mauvaise conscience. Les trotskistes, mes petits potes du corps expéditionnaire ils les voudraient tous à la mer... dévorés par les requins. Ils sont, sans réserve, de plein cœur avec les Asiates, les Arabes, les Noirs... tous les révoltés des colonies françaises. C'est le motif des gros bras du P.R.L.... le pourquoi ils ont fait une descente sur notre réunion. Quand ils ont lu les affiches... *Pour la libération des peuples coloniaux. Halte à l'expédition française en Indochine ! Travailleur, vas-tu plus longtemps, par ton inaction, te faire le complice de cette criminelle entreprise ?...* ça les a portés à l'incandescence. En plus de ça, les trotskistes c'était moins dangereux que les staliniens, ce que je ne peux pas m'empêcher de penser. Merde !... j'essaie d'argumenter... de lui faire un peu comprendre à Narcisse qu'on peut très bien être contre la guerre coloniale tout en ayant des potes fourvoyés dans cette entreprise... qu'ils se font buter, les pauvres mecs, pour les bénéfs de la Banque d'Indochine... pour Michelin et ses plantations de caoutchouc... pour les actionnaires des mines du Tonkin, etc. Je lui répète la leçon que m'a apprise Jacqueline. Je mélange tout... je lui parle aussi de Musique qui est là-bas... mon compère de tous mes quatre cinq cents coups d'enfance... de jeunesse... de notre maquis... je déplore qu'il soit dans cette galère. Il s'apitoie... il ne comprend pas. On s'est installé à une table dans le fond de la salle... on a déjà bu nos doubles fines... Je remets ça... ma tournée.

« Trotski, c'était tout de même un communiste ! »

Il me répète, il en démord pas. Ça lui paraît suffisant pour casser la gueule à tous ceux qui se réclament de lui. Question culture politique, alors il est encore plus nul que moi. C'est simple, lui il est patriote, il veut pas qu'on touche à la France... à Jeanne d'Arc... Napoléon... de Gaulle ! Il s'est mis à collectionner les médailles et les armes... il s'ennuie dans la vie civile. Il a envie précisément de s'engager chez les parachutistes pour partir combattre au Tonkin, mais il m'explique... en ce moment, c'est plutôt la trêve... Hô Chi Minh palabre avec je ne sais qui... Bidault, je crois, notre ministre des Affaires étrangères.

« J'attends que ça reprenne. Je veux pas me déplacer pour monter la garde, tu comprends ? »

Si Jacqueline entendait ça ! Elle le becterait tout

cru. C'est vraiment, Narcisse, de la graine de mercenaire. On ne dirait pas pourtant, avec son allure dégingandée, ses bons yeux de chien, ses grands rires d'enfant. Il a pas l'air le moins du monde teigneux... tout d'un enfant de chœur poussé trop vite. En définitive... surtout ce qui le motive... suivre les copains... vivre comme ça à la galtouse, en astiquant les flingues... en chantant des obscénités, en s'arsouillant dans les bordels... en se marrant d'un rien... du moindre pet à l'improviste ! Il aime aussi le cérémonial, tout ce qui entoure l'armée, la guerre... le salut aux couleurs le matin quand il fait beau... les prises d'armes, même s'il lui arrivait de les troubler un peu par ses facéties. Il m'avoue tout ça... les larmes déjà dans la gorge lorsqu'il évoque la sonnerie aux morts.

« T'y penses encore, Alphonse, à nos morts... nos pauvres copains tombés à l'ennemi ? »

J'avoue que je les oublie un peu... je suis navré, mais la vie est là qui nous emporte, nous transporte vers d'autres lagunes.

« Tu me fais de la peine, Alphonse... Que tu sois trotskiste, passe encore, mais que t'oublies nos copains qui sont là-bas à Durennentzen, à Massevaux... dans nos cimetières militaires, je trouve ça pas bien ! »

Il a les larmes aux yeux, Narcisse... je me demande s'il avait pas déjà tututé avant de venir à notre réunion... s'il se donnait pas avec ses potes du cœur au bide avant d'aller manger du trotskiste à la broche. Je me rends pas bien compte mais je me laisse aller aussi... depuis que j'ai quitté la Socovar, j'ai perdu l'habitude de boire, je suis plutôt au régime sec... avec Jacqueline, on ne vit que de marxisme et d'eau fraîche.

« On va aller ailleurs... ici, c'est tous des connards de petits-bourgeois de merde ! »

Je n'avais pas tant fait gaffe à la clientèle du bistrot... de paisibles buveurs... des types qui tapent le carton. Narcisse se lève d'un seul coup, il jette un biffeton sur la table. Il connaît, lui, tous les rades du secteur... depuis sa démobilisation, il habite rue de Seine dans une mansarde. Il a fait un peu le barman aux Champs-Elysées, il n'a pas pu tenir bien longtemps. Il était en butte aux pédés qui le gringuaient à mort avec sa belle frime, sa silhouette juvénile. L'un d'eux lui a mis la main au cul un soir... il lui a fait une tête. Bien sûr, le client a toujours raison dans le commerce, le patron l'a viré aussi sec. Ça s'est arrêté de la sorte sa carrière dans la limonade. Depuis il s'essaie comme photographe... il veut être indépendant. Il fait les mariages à la sortie des églises... les baptêmes...

« Ça commence à marcher un peu... »

Le temps qu'il me raconte tout ça, et puis ensuite ses amours tumultueuses avec une Martiniquaise, une doudou jalmince pas possible... on a déjà fait cinq six troquets. Ça va être l'heure des fermetures. Saint-Germain-des-Prés, à cette époque, c'est encore un quartier tout ce qu'il y a de plus calme, provincial... balzacien dans les cours de ses immeubles XVIIIe. On aurait du mal à prédire le développement que ça va prendre d'ici peu... le monde entier qui va rappliquer pour voir Sartre prendre son café crème. Narcisse, il connaît l'endroit d'où tout ça va partir. On nous a virés d'un bistrot rue Saint-André-des-Arts. Le gros taulier, l'Auverpin nous a poussés gentil mais ferme vers le trottoir, il a retiré son bec de cane. Chaque jour suffit sa ration de viande soûle !

« On va aller à la cave puisque c'est comme ça... »

Je crois qu'il déconne, mon frère d'armes et néanmoins ennemi politique... à la cave ?... Il veut, je suppose, dans son délire de poivrot aller téter directement au tonneau, à même la cannelle ! Il en a un sérieux coup derrière la crête... il marche plus très droit. Il m'étonne tout de même... sa cave, elle existe bel et juste... rue Dauphine, dans un petit troquet ouvert la nuit pour que puissent se désaltérer les ouvriers des messageries Hachette de la rue voisine... du Pont-de-Lodi ! Narcisse connaît tout le monde ici... le patron, les soiffards. Il me présente à une gisquette en pantalon qui garde la porte de la cave. C'est par là que ça se passe et Narcisse a ses entrées. On entend de la trompette bouchée, du jazz... l'escalier donne dans la salle du bistrot sur la gauche. On manque de se rompre les os en descendant surtout qu'on est déjà chargé ! On se retient aux murs un peu dégueulasses, couverts de salpêtre. C'est sombre, enfumé... on débouche dans le saint des saints. Je suis tout à coup dans un lieu qui va devenir historique, sans le savoir... Le Tabou. Incapable de vous préciser si ça s'appelait déjà comme ça. L'orchestre est au fond de la cave voûtée sur une petite estrade... il joue quoi... du swing... du be-bop ? Je ne sais... en tout cas, ça danse frénétique sur la piste minuscule... je distingue peu à peu... quelques masques nègres sur les murs... des sortes de totems... des nanas en pantalon, cheveux queue de cheval... des types en froc de velours avec la chemise à carreaux style cowboy. Les danseurs projettent les mômes en l'air... au rythme... ça y va ! La sueur, le tabac, l'alcool ! Avec Narcisse, on réussit à fendre la foule, on glisse, on dérape, on se rattrape aux danseurs... on finit par s'affaler sur des tabourets devant un tonneau qui fait office de table. Je comprends pas tellement où je suis, ce que je fais là... tout m'échappe et me surprend à la fois. J'ai pas tellement l'habitude, moi... le jazz, le swing, déjà sous les années d'Occupe, c'était la mode, ça faisait fureur chez les étudiants, les zazous. Je suis en retard d'une guerre... passé à côté de tout ça dans mon foutu XIIIe encore à l'ère des bals musette. Je débarque de mon bled. Peu à peu, on s'habitue à la pénombre, la lumière tamisée... la musique assourdissante. Narcisse, il connaît des filles, il a plein de copains dans la boîte, il en invite à boire quelques-uns qui ne se font pas prier !

Il sort de son battle-dress... ses poches à soufflet des biffetons, il régale ! Fine à l'eau... gin-fizz... moi, ça commence à tourner sérieux dans ma tronche. On est dans une brume en plus... la fumée... j'ai réussi à m'appuyer contre le mur, tout tangue autour de moi. J'entends Narcisse qui me présente à ses amis, qui gueule pour se faire entendre.

« Il a pris une mitrailleuse lourde aux Allemands... à Colmar ! »

Quelle mitrailleuse lourde ? Il affabule, exactement comme ce voyou de Tonio... il tartarine ! Merde ! J'essaie de me lever... j'ai jamais pris de mitrailleuse lourde. Je me redresse pour protester, rétablir la vérité. On me retient, une nana... elle me force à me rasseoir !

« On s'en fout, Narcisse, de ta mitrailleuse lourde ! »

Les héros ici n'ont plus cours... c'est class nos salades, nos mausers, nos grenades offensives, nos joyeux mortiers !... Narcisse, à travers les vapeurs de l'alcool, je pige plus ou moins qu'il est devenu pour cette engeance un rigolo... un aimable biturin qui raconte des histoires, qui déconne à lurelure ! Ses idées, on les prend pas très au sérieux. Il pleurniche, il liquide son verre d'un trait... il voudrait danser un boogie... il tire une petite presque une gamine. Ils disparaissent dans le tourbillon... la transe... les frénétiques qui s'agitent ! Si ça transpire... les limaces à tordre après un tel exercice ! Les hommes, au petit jour, ils doivent être ratatinés, sur les rotules. En attendant sans trop se remuer, sans trop picoler, on doit pouvoir se cueillir sur le tard un petit lot facile, se la mettre en condition au slow... à la dernière danse... l'ultime quand les musiciens aussi sont vannés... que le saxo sanglote... que la clarinette crie grâce. Déjà ce que je me calcule, malgré ma cuite, dans ma petite tête d'érotomane, d'obsédé du tafanard... seulement, là, je suis pas en état... je m'effondre, je glisse de mon tabouret derrière le tonneau. Une môme qui veut m'aider à me redresser me tombe dessus... se couche carrément sur moi. C'est une petite gosse, le cul boudiné dans un froc... elle a dû lichailler pas mal elle aussi.

« Tu veux pas danser ? »

Si je savais swinger, je pourrais déjà plus... ce que je lui explique et que je ne sais danser que la valse, le tango... et la rumba.

« Je suis de la campagne, tu piges ? »

Elle me plaint de tout son cœur. « Mon pauv' petit plouc ! » Mais elle fera avec, je lui déplais pas tant et puisqu'elle arrive pas à me relever, elle me cajole, me caresse, me bise dans le cou... d'hardis coups de languetouse ! Je ne suis plus à même d'apprécier le délicieux de la chose... je la tâte à l'aveuglette... ça me paraît qu'il y a de quoi... qu'elle est rembourrée des hanches... et puis au balcon, des seins énormes ! Oh ! là ! là ! c'est plus possible de rester là-dedans, dans cette fumée compacte, cette chaleur, ce vacarme, merde ! Je ne sais comment j'arrive enfin à me redresser. Simone, elle s'appelle, elle est pleine de sollicitude... elle a des lunettes, j'avais pas remarqué encore... des lunettes à fine monture. Elle me tire, me pousse, me soutient pour que j'arrive à remonter l'escalier... c'est une vraie petite sœur des pauvres poivrades ! Voilà, nous sommes dans la rue. C'est ma première incursion chez les existentialistes... on ne doit pas d'ailleurs les appeler encore de la sorte. Les journalistes s'en mêleront un peu plus tard. Ils ont, eux, toujours de quoi mener les gens sur leurs fonts baptismaux... les étiqueter ensuite pour leurs gros titres à la une.

Je me réveille, je me tâte la mâchoire... non, je me suis pas encore fait rectifier la gueule pour la gloire posthume du camarade Trotski. Je remonte peu à peu... la gueule de bois... j'émerge... je me remémore... oui, Narcisse, le scandale à la réunion du P.C.I. Avec effroi, je pense à Jacqueline... comment elle va me recevoir ! Je prévois le pire... elle va me glavioter comme un crapaud, une vipère lubrique... un traître à la classe ouvrière ! Je suis dans une grande pièce, je constate... sur un matelas par terre avec une nana à mes côtés. Je distingue mal, il fait sombre à cause des volets fermés. Ça me revient... cette boîte... la biture que je me suis prise et cette môme... c'est chez elle que je suis... Simone, oui... oui, elle m'a ramené ici en prétextant que si je restais dans la rue, les flics pouvaient m'emballer. Je me redresse... mon mouvement, ça la réveille, elle me jacte d'une voix pâteuse.

« Ça va mieux ?... Qu'est-ce que tu tenais hier soir ! »

Elle me rattrape... je vais pas me lever déjà, calter d'ici comme un voleur. Elle a du Nescafé à m'offrir et puis autre chose, si je comprends bien. En somme, elle veut que je lui casque mon tribut, mes frais d'hébergement, n'est-ce pas. Elle est d'un naturel tout à fait généreux. Lorsqu'elle m'a ramené, cette nuit, je n'étais pas en état, sûr, de profiter de l'aubaine ! Elle vient se blottir contre moi, elle prend les initiatives... elle farfouille sous le drap. En habituant mes yeux à l'obscurité, j'arrive à la voir un peu plus précis. C'est pas le prix de Diane, je m'en gourais, c'eût été trop beau. Oh !... c'est carrément un prix plutôt à réclamer... un joyeux laideron. Par la suite, je vais savoir par Narcisse que c'est son truc, ça, à cette Simone... elle se récupère les types beurrés... les ourdés à mort. Certains la consomment dans les vapeurs d'alcool, d'autres comme moi attendent le lendemain. C'est difficile pour un homme de se faire la levure en de pareilles circonstances, de crier au viol, on aurait l'air trop lamentable... J'ai pas encore eu bien le temps de mettre les yeux en face des trous qu'elle me turlute déjà... me la glougloute goulu pour qu'elle prenne sa dimension d'attaque, la seule qui l'intéresse vraiment. Rien à dire, c'est une petite experte, elle a dû apprendre avec son papa. Je sais pas pourquoi cette idée affreuse me traverse... ne m'en veuillez pas, divines lectrices, j'ai des pensées qui parfois me font rougir moi-même. Pour une fois je reste tout à fait passif... quand elle me sent en bonne condition de faire mon devoir, elle se plante elle-même sur le morceau ! Splaf ! son gros cul qui fait disparaître les aspérités. J'ai plus qu'à la laisser œuvrer, se trémousser, rebondir. Malgré les volets, je la distingue mieux... elle a retiré ses lunettes, mais tout de même elle est bien vilaine, la malheureuse, la nature ne lui a pas fait tellement de fleurs. La tronche épaisse... le nez épaté... elle louche un peu, il me semble. De corps, elle est toute ronde, pleine de bourrelets. Pourtant, elle est jeunette... vingt ou vingt-deux ans au plus... dans mes âges... Comment a-t-elle fait pour être déjà envahie par la graisse ? A cette époque de guerre, de famine, les gravosses, en dehors des dames B.O.F. du marché noir, ça ne court pas les venelles. Je tâte là-dedans sans vergogne... Je lui attrape à pleines paluches ses doudounes de matrone... je triture, je pince, merde ! je me venge un peu ! Rien à dire, bêcher, faire en esprit le petit délicat angoissé mondain esthète... je bande bel et fort, je vais l'arroser de mon foutre autant que si elle était belle ! Je me conduis en gentleman de la biroute... en socialiste, si on réfléchit... la justice, l'égalité des chances de reluire, Jacqueline n'en parle jamais des laissées-pour-compte du sexe... les boudinasses, les difformes, rabougrites, défigurées, stropiates... les filles si moches que même les Arabes les dédaignent du zob. Trotski... Karl Marx n'ont rien prévu sur la question. Aujourd'hui, on parle des droits de la femme au clitoris... à la jouissance... de cliniques sexuelles... de consultations pour les mal-baisées dans les hôpitaux, remboursées bien sûr par la sainte Sécurité sociale, notre nouvelle maman du ciel. Beau faire... des lois, des textes... des centres, des statistiques... les godes remboursés par la cotisation patronale, les mesures spectaculaires de la ministresse spécialisée... les torgadues devant leur glace le matin ne peuvent que souffrir pour peu qu'elles aient un minimum de lucidité. La seule véritable solution, c'est Simone qui se l'est trouvée toute seule comme une grande. La salope, elle a fini par m'exciter, merde, j'en rougis ! La situation... cette piaule, ce matelas par terre... On est dans un appartement vide d'une amie à elle partie je ne sais où, mais qui ne lui a pas laissé grand-chose... juste les murs... quelques chaises, une grande glace au-dessus d'une cheminée ancienne. Le reste... les autres pièces, la cuisine, je n'aurai pas le temps d'aller les voir.

Bref, je vous reprends... plutôt je vous la reprends plantée, empalée sur ma queue. Si elle en profite, la vache ! Elle a pas le même genre de problème que Jacqueline, c'est inutile de la masturber pour qu'elle explose. Elle y va que c'est un vrai plaisir de lui faire plaisir. Je finis même par la retourner, la caramboler à la papa... me prendre au jeu ! De lui remettre ça en levrette... elle aime aussi se faire un peu dérouiller comme la grosse Lulu, je découvre. Je lui claque ses grosses miches ! C'est du bonheur qui ne coûte pas cher, profitez-en mesdames... le temps viendra vite hélas ! où même des coups on n'aura plus tellement envie de vous en distribuer... Pour vous faire jouir en tout cas.

Je vous passe un peu... trop de détails de la sorte, ça devient aussi fastidieux que le reste... les réformes sociales, l'automobile et les chefs-d'œuvre hebdomadaires du septième art. Le final... je me ressape, je suis redevenu pressé... pas même le temps de faire ma toilette! La hâte de me barrer... J'ai comme un regret... je devrais pas, je sais, mais je jette un œil sur Simone étendue à loilpuche sur le matelas, encore offerte pour ainsi dire, étalée, obscène... Je me suis habitué à la pénombre, plus rien ne m'échappe et maintenant, dégueulasse que je suis, j'éprouve comme une espèce de honte de m'être laissé aller à la sabrer.

« Reste encore un peu... »

Je prétexte que je suis en retard... qu'un patron m'attend... n'importe quoi !

« Et Narcisse ? je lui demande, tu sais où il crèche ? »

Je me suis aperçu que je n'ai même pas son adresse à mon hurluberlu de choc. Ça serait un comble que je ne puisse plus le retrouver alors qu'il vient de briser ma carrière politique naissante, peut-être même changer la direction de mon existence, j'en suis certain maintenant que je suis à jeun.

Elle sait qu'il habite rue de Seine... le numéro, elle se rappelle plus, mais de toute façon il est souvent au Tabou et il traîne dans tous les cafés des environs... au Popo-Bar surtout dans la rue Dauphine.

« Il est un peu dingue, Narcisse... faut te méfier de lui, il nous entraîne toujours dans des histoires pas possibles ! »

Ça, je suis un peu au parfum... pas besoin qu'elle développe le thème. Bon... merci, ma jolie... tellement j'ai hâte de me tailler, j'en oublie de lui faire un petit mensonge de politesse... lui demander quand est-ce qu'on se revoit... quelque chose de gentil dans ce goût-là. On se comporte mufle d'autant plus facile avec les tarderies.

« En descendant, si la concierge t'engueule, ne t'en fais pas... ça n'a aucune importance. »

Oh! là! là! comme elle me lance ça!... Elle a des larmes dans la voix. J'étais près de la porte... je tâtonnais pour trouver le bouton de l'électricité dans le vestibule... Je me retourne, tout embarrassé, je la regarde, elle remonte vite le drap sur son corps d'un geste nerveux.

« Va-t'en... Va-t'en, puisque t'es si pressé! »

Elle se cache le visage... elle étouffe un sanglot. Merde! le sale moment!... Je ne sais que faire... Je reste tout con, là, sur le pas de la porte... je voudrais bien lui venir en aide, lui dire quelque chose d'un peu tendre, mais ça ne sort pas. Je me retourne, je vais tout doucement jusqu'à la porte d'entrée. Elle a fini par me filer un sentiment de culpabilité et pourtant j'ai dans cette affaire des circonstances on ne peut plus atténuantes.

A prévoir, c'était class avec la camarade Jacqueline. Elle n'a même pas voulu entendre mes explications. Définitif, j'étais à ses yeux doctrinaires et pourtant assez émouvants dans le plaisir, même pas un traître, un stalinien, un abominable renégat, mais un indécrottable farfelingue sans aucune conscience politique. Elle encore, elle me comprenait dans un sens, elle m'avait observé, étudié sans en avoir l'air, elle me savait dès les débuts capable de choses tout à fait en dehors des normes, du schéma marxiste de la vie... seulement, aux yeux des autres camarades, j'étais devenu quelqu'un de moins que sérieux... un type *pas sûr*... Ce qui pouvait laisser entendre que dans certaines circonstances graves, je pouvais tout aussi bien me mettre à embrasser un flic dans un local de police, comme je l'avais fait devant tout le monde avec un fachiste. Sûr que sur ce plan ils se fourvoyaient, ces naves... j'ai traversé ma vie sans aucune compromission avec les lardus, ni d'ailleurs avec aucune sorte d'autorité constituée. Simplement, pour moi, les amis n'ont rien à voir avec les idées, les clans...

Je pensais que ça allait faire toute une béchamel... des cris... des assiettes qui volent... mon retour dans la chambre de Jacqueline. Elle m'a accueilli très calme, un petit sourire narquois aux lèvres.

« Tu comprendras qu'après ce qui s'est passé hier soir, ça ne puisse plus être entre nous comme avant. »

Je la comprenais, oui... et à la fois je ne la comprenais pas du tout. Ça me faisait de la peine cette rupture... je trouvais ça tellement bête que ces histoires de partis puissent passer avant les sentiments. J'allais me retrouver sans amour encore une fois... sans fesses quotidiennes à me farcir... je me plaignais interne, car je doutais fort que quelqu'un d'autre puisse me prendre en pitié pour si peu.

En tout cas je ne pouvais pas compter sur Bertrand pour ça. Nos relations se distendaient, il m'hébergeait encore mais je sentais bien que ça ne lui déplairait pas à présent de me voir décamper. Je n'étais pas non plus un *type bien* pour cézig... je n'avais pas d'âme ou si peu que ça ne valait pas la peine de me l'éveiller. Un esprit superficiel, voilà ce que j'étais... un volage... un fornicateur... il me l'avait pas envoyé dire certains soirs de nos discussions sans issue. Je n'y pouvais rien, c'était dans mon caractère la légèreté, l'inconstance... le goût de me marrer. Ça me paraît, ces fameux problèmes graves, les inquiétudes métaphysiques aiguës, un peu en rapport avec la façon dont on bande. Je simplifie peut-être mais j'ai remarqué que c'est souvent les gens en manque, ceux qui ne peuvent pas ou pas beaucoup, les torgadus de la bébête qui se torturent la tronche. Et dans le fond, même s'ils ne se l'avouent pas, ils ont la haine de ceux qui fonctionnent normalement, ça les conduit parfois à la littérature, la religion ou la critique. Ça nous donnerait l'explication de bien des conflits de toute sorte ! Courtes réflexions... produit de ce que j'ai pu apercevoir, observer au jour le jour... mais peut-être n'étais-je pas assez attentif...

Ça m'était quasi impossible de larguer la gendarmerie, je n'avais pas de quoi me payer autre chose. Question finance, c'était toujours la crise autant dans mes fouilles que dans les caisses de la République.

« Tu devrais tout de même te trouver un boulot sérieux. T'y mettre vraiment... ça te rééquilibrerait ! Tu trouverais peut-être comme ça la paix intérieure. »

Le conseil de Bertrand... l'ultime... il ne voyait pas autre chose à me dire. Il se gourait pourtant... quelque chose lui échappait malgré son savoir de séminariste, tout son latin et ses livres bibliques. Je me sentais absolument pas déséquilibré depuis que je ne vendais plus rien au porte-à-porte. Toute ma vie je l'aurais bien passée à rien foutre, à glandouiller à la petite semaine. A preuve... les beaux jours venant, j'allais sur les bords de la Seine vers Courbevoie regarder passer les péniches... m'allonger sur l'herbe rare de la berge, retirer mes pompes. N'était ce besoin terrible de nanas, je me serais peut-être doucement laissé devenir cloche... c'était ça à mon avis, trouver la paix intérieure. Je voyais mal où me fatiguer pour que ça en vaille vraiment la peine à la fin de la semaine, au moment de récolter le produit monnayé de ma sueur. Je ne savais en somme que ce que je ne voulais pas faire... c'était déjà pas si mal.

L'oisiveté maman de tous les vices... certes, mais on oublie trop que les vices c'est plutôt plaisant dans la pratique. Ma planche de secours, c'était les Pognes... Riton dans son fief bellevillois. Je le trouvais toujours à peu près aux mêmes heures, à ses mêmes boissons, à son même rade. J'arrivais à lui écouler un peu de camelote, surtout des pipes américaines, mais je faisais du millimètre, de la revente d'une cartouche par-ci par-là. C'est même Narcisse qui me tuyautait pour dégauchir de la clientèle. Je l'avais retrouvé sans aucun mal dans le bar que m'avait indiqué Simone. Lui aussi, il me conseillait de me trouver un job mais sans invoquer ma paix intérieure... uniquement pour que je puisse croûter. Avec ses photos de mariages, il se défendait gentiment. Il occupait deux mansardes dans sa rue de Seine... dans l'une, il ronflait, cuvait, tringlait... l'autre lui servait de chambre noire, de laboratoire pour tirer ses clichés de noces et banquets. Ce petit boulot lui laissait le loisir d'aller se castagner dans les réunions politiques et de mener, en outre, sa joyeuse vie nocturne... de se piquer la meule... rouler sous les tables presque tous les soirs. Simone, bien souvent, en profitait pour se l'offrir. Ça lui plaisait pas excessif, mais bon zig, généreux de ses érections, il se laissait violer. J'étais pas si courageux, ça m'avait suffi une fois. La Simone, elle était par trop tocarde, pas si propre en plus... elle transpirait comme un prolo à l'usine. Beau avoir du gourdin, ça joue un rôle primordial ces questions de sueur, d'odeur, de contact de peau dans la sexualité. Au Tabou, il y avait des petits lots autrement frais qui m'affriolaient... des gisquettes qui me faisaient rêver. Seulement le hic... je ne dansais pas le boogie, le be-bop... même pas le swing... je n'osais pas me lancer sur la piste. Je n'avais pas non plus les hardes, l'uniforme de la confrérie. Je me sentais un peu à côté de la plaque parmi cette faune. La plupart des jeunes qui se traînaient là venaient d'un tout autre milieu social que le mien. C'était plus ou moins des étudiants qui n'étudiaient peut-être plus rien, mais descendaient de leur XVIe, de leur Passy-Auteuil... des petits-bourgeois. Beau se donner des airs d'aucun préjugé, ils en avaient tout de même... ils flairaient le canard d'une autre couvée avec un instinct sans faille. Ça reste, ces choses-là, d'une façon terrible. Je peux dire que je les ressens encore aujourd'hui lorsque je mets les panards dans certains milieux de belles-lettres, de l'intelligentsia. Je reste, pour l'essentiel, enfant de mon quartier miteux, toujours un peu mal à l'aise dans mes pompes, le plus souvent paralysé, incapable d'en casser une. Le seul moyen de rompre la glace, oh, je le connais... il faut y aller franco, défoncer la cabane... forcer la dose, faire le clown. Alors toutes les portes s'ouvrent, les garde-manger, les corsages, les chattes... les lits où se consomment les chattes. Par moments je me force un peu, je parviens tout de suite à des résultats surprenants, mais avec un certain dégoût intérieur. A cette époque, je manquais de ce genre de culot. J'aurais pu sans doute m'initier, singer les autres, donner le change, c'est tellement facile ! Je restais un peu sur la bordure, en observateur, ma position préférée.

> « Je n'aime dans l'Histoire que les anecdotes. »
>
> Prosper Mérimée

Flora, ça ne devait pas être son vrai blase, elle arrivait de sa province, des bords de la Loire... les environs de Tours. Ses parents, en réalité, devaient l'appeler Germaine ou Marguerite comme tout le monde, seulement Flora, pour une actrice, ça faisait mieux. Ma surprise de l'apercevoir qui traverse la rue devant ma voiture... une DS d'occase, la première guimbarde que je me casque avec mes droits d'auteur en 1965... ou plutôt avec mon cacheton de dialoguiste pour un film avec Jean Gabin. Si je lui ai fait faire des éconocroques à Vasinat le producteur, le grand patron de la Caïman Film !... Il a profité, le dégueulasse, que c'était mon premier film pour me casquer au bas de l'échelle, au Smig scénariste. C'est tout de même mieux que les tarifs de la sidérurgie... ça m'a permis de me payer cette bagnole et je me berlure que la prochaine fois je me la troquerais contre une Mercedes toute neuve.

Au feu rouge, en bas du boulevard Saint-Michel, j'ai le temps de bien la reconnaître... pas de gourance possible, c'est Flora, elle a pas grossi d'un kilo... toujours sa silhouette d'Antigone !

Je veux l'interpeller mais ça passe au vert, les délirants de l'automobile derrière moi, ils deviennent furieux dingues, ils vont m'arracher du volant, me becter les couilles, incendier ma charrette de dialoguiste débutant. Je finis par me garer n'importe où... au coin du quai des Grands-Augustins, au risque d'un biscuit... la petite contravention sur le pare-brise. Elle a disparu, Flora, sur le pont... je fonce, je la rattrape... l'argougne par le bras, tout essoufflé. D'abord, avant de me retapisser, elle a un mouvement de rejet : « Mais qu'est-ce qui vous prend ? » Ça fait près de vingt piges notre liaison, de quoi être surprise que je lui tombe comme ça sur la soie. Le cas exact de le dire, elle est en chemisier, c'est déjà l'été sur Paris.

« Toi !... ça alors !... »

Elle avait été au courant de mes premiers accrochages avec la justice. Sans doute me croyait-elle définitif dans le truandage, la vie partagée entre les coups glandilleux et les séjours à l'ombre d'épaisses murailles.

Les retrouvailles de ce genre ne servent à rien, en fait... juste le mince plaisir d'un moment, savoir ce que l'autre est devenu... et le plus souvent, c'est tristounet comme la vie qui va vers la mort dans la grisaille de l'anonymat. « Qu'est-ce que tu deviens ?... t'es devenu ?... que fais-tu ?... t'as pas changé... », etc. On ne pouvait pas se raconter beaucoup de choses sur le pont avec ma chiotte en carafe le long du quai.

« Attends-moi ici... je me gare. »

Je lui désigne le bistrot d'angle boulevard du Palais. Si je connais tous ces endroits autour du siège de la justice et de la police !... toute ma jeunesse j'y fus convié plus souvent que je ne l'aurais voulu, hélas !... mais ceci, vous le savez, est une autre histoire !

Elle avait pris quelques rides autour des yeux, Flora, des petites poches naissantes en dessous. On est toujours plus ou moins feinté par les ans... si vous vous surveillez soigneux la ligne... la brioche traquée implacable... l'attaque arrive avec la peau qui se craquelle, se fripe, les tendons du cou qui apparaissent. Tout de même, elle gardait sa sveltesse, la petite Flora, je vous ai dit... Antigone avec ses cheveux longs, ses yeux noirs qui lui dévoraient la tronche. Elle restait belle, d'une beauté grave qui ne vous attaque pas en pute au coin de la rue. Pour l'apprécier, sa juste valeur, il faut déjà être spécial aux aguets... un amateur éclairé... un fin gourmet de gonzesses, passez-moi, mesdames, cette comparaison quelque peu triviale.

Ce qui ressortait, me frappait tout de suite... indéfinissable... une tristesse dans l'œil... quelque chose de cassé dans sa mécanique... au plus profond d'elle-même.

« Je n'ai pas beaucoup de temps à te consacrer, je vais au Palais pour un procès... »

... Pas ce que je pouvais imaginer, ajouta-t-elle. Une histoire de sous compliquée qui se règle au Civil... de maison, d'héritage... pas le loisir de me donner des détails.

« Je suis mariée... j'ai trois enfants. »

Elle me dit ça avec un mélange de regret et de défi. Certes, Antigone mère de famille, c'est la fin des flagdas... la flétrissure ! Seulement ses yeux me préviennent... que je m'avise pas de ricaner, sinon elle est capable, je le sais, de me lancer son verre de bière à la face ! Je ricane, certes souventes fois... j'ai l'âme un peu sarcastique, mais je n'exerce pas mon ironie sur les blessures profondes des gens. En tout cas, je m'y efforce... je préfère toujours les forts, les suffisants, les Tartuffes et les snobs pour m'aiguiser les canines.

Je la connais un peu dans les coins, la Flora... c'est pas si duraille à comprendre le drame de sa vie... quand je l'ai rencontrée, elle ne vivait que pour les planches, se faire une carrière, non pas de star, elle était très au-dessus des ambitions ridicules de midinettes, mais de comédienne. Elle se voyait, je ne sais pas, une sorte de Maria Casarès, Sylvia Montfort, Suzanne Flon, elle brûlait du feu sacré. Du talent, difficile de dire si elle en avait... je lui en trouvais bien sûr, mais je ne devais pas être à même de juger sérieusement de ces choses-là. En tout cas, ce qu'il y avait de sûr certain, c'est qu'elle n'avait pas réussi... Flora Nanson, ça m'aurait frappé son blase, même sur une affiche de théâtre périphérique. Elle a deviné ma gamberge.

« J'ai dû abandonner il y a déjà longtemps... »

Un rêve de jeunesse... elle allait en quelques mots me raconter toutes ses déceptions... qu'au théâtre, elle n'arrivait pas à sortir des petits rôles, des utilités. Elle voulait être tout ou rien, Flora... grand premier rôle ou spectatrice... et encore. Elle s'était donné je ne sais quelle limite d'âge, je ne sais quel délai, et elle avait respecté sa résolution à la lettre. D'où ce mariage avec un ingénieur... un type très bien, très beau... intelligent... les trois lardons... les vacances au bord de la mer en Vendée où ils avaient une villa.

« Après tout ce n'est pas si mal. »

Je vais pas la contredire avec des paroles fielleuses, de la causticité de mauvais aloi... je la rassure, au contraire... le métier des planches, c'est l'horreur... je suis pas si mal placé pour en causer. Je commence, en 1965, à fréquenter l'engeance d'une façon professionnelle.

On reste un instant sans rien dire, à se regarder en souriant dans cette salle de café aux décors 1930... Art déco. Je lui fais tout à coup la remarque qu'on s'est rencontrés dans le même coin dix-neuf ans plus tôt, un jour un peu comme celui-ci, ensoleillé, chaud puisqu'elle était en robe légère de cotonnade.

« Bleue... précise-t-elle, une robe sans manches... »

Je n'ose pas lui dire que la prochaine fois qu'on se retrouvera, à ce rythme-là, on sera tout à fait bibards, bons pour les voyages organisés du troisième âge... la gaieté folle des autocars avec chacun son petit sandwich jambon beurre et sa banane sous cellophane.

Je l'avais draguée à la sortie du cinéma de la place Saint-Michel, celui où le colonel Cévennes avait son P.C. pendant l'insurrection deux ans plus tôt. Le film, elle s'en souvient aussi bien que moi... *Maria Candelaria*... la sélection mexicaine pour le premier festival de Cannes, on faisait la queue pour le voir. Je lui ai demandé si elle avait aimé... le premier prétexte pour attaquer.

« C'est très beau. »

Et elle m'a dévisagé de ses grands yeux en mal de tragédie en me répondant... Voilà... un film, ça vous aide pour engager la conversation... on évite les banalités, les formules toutes faites qui vous cisaillent immédiatement auprès des nanas d'un certain niveau.

Je ne me souviens plus de ce qui se passait dans *Maria Candelaria.* Je revois un peu l'acteur Pedro Armendariz avec un grand chapeau de paille qui poussait Dolorès del Rio dans une barque parmi les roseaux. Des images tout à fait superbes. On s'extasiait avec Flora... on a fini par s'échanger nos prénoms, et puis elle m'a dit qu'elle voulait devenir actrice, qu'elle suivait des cours et qu'elle subsistait, plutôt mal que bien, de figuration au cinéma et au théâtre.

Avec Odette, j'avais été quelquefois voir des pièces, ça me permettait à présent de ne pas paraître trop ignare, trop béotien devant cette môme, de me donner l'air de m'intéresser aux chefs-d'œuvre de l'art dramatique.

Sur la question, elle, on aurait dit Jacqueline avec le marxisme... la même flamme, la même ardeur. Elle voyait, elle savait tout... les pièces qui se jouaient, se montaient, les films qui se tournaient, se projetaient... les comédiens... leur vie, leur carrière. Elle jugeait, tranchait... s'exaltait, pestait, explosait de colère ou de joie... très vite j'arrivais plus à suivre. Je faisais semblant... ça me paraissait indispensable que je me mette au diapason si je voulais me la trombiner. On se doute que depuis le début, la sortie de ce cinoche, je ne pensais qu'à ça... que je la jaugeais, palpais du regard. Elle était plutôt maigrichonne... l'époque le voulait, on était tous des mal nourris, des enfants du Maréchal et des restrictions... N'empêche, je la trouvais bandante comme ça... je rêvais de la déshabiller le plus vite possible.

« Vous avez vu l'*Antigone* d'Anouilh ? »

Non, hélas... ce n'est que beaucoup plus tard que j'ai découvert et apprécié à sa juste grande valeur Jean Anouilh. Il a fallu que je « plonge »... que je sois au fond d'une cellule humide et froide pour me souvenir de Flora... de son enthousiasme pour *Antigone... La Sauvage... Roméo et Jeannette* ! Dans tous les cours d'art dramatique de l'après-guerre, on ne travaillait que Jean Anouilh, c'était l'auteur de la jeunesse et surtout des filles qui trouvaient là des héroïnes en révolte selon leur cœur.

« En ce moment, vous jouez dans quoi ? »

Je l'interroge et elle se marre. Elle n'ose pas trop me dire qu'elle frime tous les soirs et les dimanches après-midi dans une opérette de Luis Mariano au Châtelet... *Andalousie*, je crois me souvenir. Une sinécure qui lui permet de becter dans un petit resto de temps en temps et de payer ses cours d'art dramatique. Assez onéreux ceux-ci... des locaux dans un immeuble bourgeois avenue Georges-Mandel... fréquentés par des fils et filles dont les papas pouvaient allonger la monnaie. A me souvenir, aucun de ces aspirants et aspirantes vedettes n'a fait carrière. Je m'y suis pointé assez souvent pour voir Flora passer ses scènes... jouer Molière, Musset, Giraudoux, Marivaux... par la suite, lorsque je fus installé chez elle dans sa petite chambre, impasse du Commerce, je la faisais répéter... je lui donnais la réplique... Alceste avec Célimène.

Ah ! traîtresse, mon faible est étrange pour vous !
Vous me trompez sans doute avec des mots si
[doux.

« Ce que tu peux être mauvais ! »
Certes, mon débit ne l'aidait pas à trouver le ton, la chaleur nécessaire à la scène. Je l'énervais... mon air de m'en foutre comme du tiers et du quart. En tout cas, je n'étais pas doué pour jouer Perdican ou Alceste. Je m'en ressentais pas pour m'essayer sur les planches. Il faut pour faire ce métier une sorte d'impudeur féminine qui m'est total étrangère... impossible de mimer au quart de tour le chagrin, la pitié, l'amour, la joie, la haine. Même passant aux télévises pour la promotion de mes livres, je suis capable uniquement d'être ce que je suis le jour même... maussade si j'ai reçu des mots doux du percepteur, guilleret si je viens de m'arsouiller avec quelques potes... endormi si j'ai sommeil.

Maintenant que je me les suis fadés... que je me les fade, les clowns et les clownesses, en tant qu'auteur, je suis plus à même d'en parler en connaissance de vraie cause. Ils sont tous gentils, merveilleux, humbles et patients quand ils sont inconnus... Deux troisièmes couteaux, là, ils sont encore humains. Sitôt que le succès leur arrive, que les projecteurs de la gloire s'allument pour leur frime ou leurs fesses, alors ils se métamorphosent monstres... abominables tyranneaux, pires que les pires dictateurs sud-américains... plus sordides que les bourgeois versaillais de M. Thiers. Le tout avec des déclarations enflammées pour le peuple... le cœur à gauche... se déchirant l'âme pour tous ceux qui souffrent aux quatre coins du monde, toutes les causes les plus perdues ! Seulement voilà, tout ce qui les entoure ne doit vivre que pour eux, par eux, à leur dévotion absolue, se plier à tous leurs caprices les plus délirants. Ils ne supportent les auteurs que dans le rôle de domestiques, de valets de chiottes. Et plus ils sont nuls, obtus, incultes, plus ils se prennent pour des génies.

Si elle avait réussi, la gentille Flora serait-elle devenue comme les autres... infernale... soucieuse de prendre une revanche constante sur tout le monde ? Savoir... J'ose espérer qu'elle aurait fait partie des quelques exceptions qui confirment la règle.

Mais j'ai été un peu trop vite... j'ai dû vous sauter quelques semaines après Jacqueline, les retrouvailles avec Narcisse... le Tabou ! je m'y perds un peu... Des traînasseries sans importance dans les bars, les bistrots... des coucheries sans lendemain... et toujours mes petits trafics... Riton qui me fournissait des pipes, des bas nylon, des bricoles que je refourguais à droite et à gauche. Rien de très reluisant, voyez, très digne de figurer dans la chronique des mauvais garçons du xxe siècle. Je rentrais le moins souvent possible à la gendarmerie. Bertrand avait renoncé à me remettre sur les bons rails. Il ne se donnait plus la peine de me parler de l'existence de Dieu... de ses angoisses, ses états d'âme... nos rapports se refroidissaient.

Tonio restait au placard... un an de cabane, il avait morflé à la 13e chambre... cinq de trique... cette interdiction de séjour, si dure aux macs qui ne peuvent subsister que dans les grandes villes où tapinent leurs dames de cœur.

Et je m'aperçois que j'ai omis de vous raconter ma première nuit avec Flora... la façon exacte dont ça s'est passé... comment je m'y suis pris... le moment où j'ai ouvert ma braguette magique ! Mais ça risque de devenir fastidieux à la longue toutes ces culottes arrachées, ces mains au fion, ces pelotages... turlutes, etc. Je vais vous résumer... les choses n'ont pas été si rapides qu'elles iraient aujourd'hui... j'ai dû me farcir quelques séances, je vous ai dit, d'art dramatique au cours de l'avenue Georges-Mandel et puis des attentes le soir à la fin du spectacle au Châtelet... des raccompagnades, des mains dans la main... des cinoches, des bouffes dans des petits restaurants à des années-lumière des quatre étoiles du Michelin. Ça me déplaisait pas finalement cette sorte de période de fiançailles... La gisquette se faisait désirer, se valorisait un maximum... on en rêvait... on se pognait à mort et, le grand jour de la culbute, on avait des ailes, des élans pour le septième ciel sans toucher la barre.

Sa piaule de l'impasse du Commerce, c'était pas non plus une suite au Claridge. On y accédait par un escalier extérieur en bois... juste une pièce et une minuscule cuisine qui servait de cabinet de toilette. C'était le plus souvent un peu partout comme ça à Paris, on se lavait dans une cuvette sur l'évier. Les douches étaient encore municipales, les chiottes sur le palier ou même dans la cour. Il faudra attendre une bonne dizaine d'années pour que les sanitaires s'améliorent... que le moindre prolo dans son H.L.M. ait une salle de bain.

Pas le gaz non plus, Flora se faisait chauffer des petites gamelles sur un réchaud à alcool... Elle vivait, se nourrissait très mal... sans aucun confort, les détails de la vie quotidienne lui paraissaient sans aucune importance. On a mis un certain temps à faire l'amour et c'est arrivé comme ça naturellement. J'étais déjà monté chez elle souventes fois, mais pas touche... elle me tapait sur les pognes, contrait sévère mes tentatives de main tombée au valseur... elle me remontait les bretelles lorsque je me faisais trop pressant. Elle venait de vivre une liaison orageuse avec un comédien qui devait se prendre la bite au sérieux, je subodorais... un maladroit ! Fallait attendre que la blessure se referme, se cicatrise... que je patiente... elle ne pouvait pas se donner à lurelure. Elle me fascinait tout de même cette môme comme tous les êtres dévorés par une passion. Beau dire, je les enviais un peu, je me débectais parfois d'être comme ça total dépourvu d'idéal et même d'ambition. Le reposant, avec Flora, en comparaison des autres exaltés... elle ne faisait pas de prosélytisme... ça l'amusait même mon côté indifférent... elle me trouvait original par rapport aux gens qu'elle fréquentait... tous les excités esthètes... les laudateurs de Gérard Philipe qu'on venait de découvrir... les exégètes de Claudel, les admirateurs éperdus des *Mouches*... de *Caligula* ! J'en rencontrais de beaux spécimens avec elle à ses cours... ça discutait, se chamaillait pour des riens... des phrases, des morceaux de décors, des articulets dans la presse... des ragoteries de trou du cul ! Je remarquais déjà que Paris est fait de petits cercles, de groupes qui ne s'intéressent qu'à une chose et qui ne connaissent absolument rien d'autre la plupart du temps. Mes trotskistes de la rue Daguerre, tout ce qui ne touchait pas de près ou de loin à la politique, à la dialectique marxiste, n'existait pas pour eux... ils réglaient le problème avec quelques formules bien frappées... quelques sentences définitives. Flora ne savait même pas qu'il y avait des communistes au gouvernement. On vit tous plus ou moins dans des villages, des petits Clochemerle... ça tient chaud, on explique tout à sa façon... midi à sa fenêtre, dit la sagesse populaire.

Comme je n'arrivais jamais à m'intégrer dans aucun groupe, même dans le Milieu, ça me permettait de garder toujours la tête assez froide pour observer les choses et les êtres. Aujourd'hui, c'est sans doute pour ça que j'ai une mémoire particulière de ces événements. Flora avait détecté très vite mon attitude, elle trouvait ça gênant parfois. Au lit, je la révélais doucement. C'était une fille très délicate à manier, fragile... susceptible d'un rien. Au début elle était sur ses gardes, pudique... quelque peu nouée. Son grand amour, le comédien n'avait pas contribué tellement à la rendre équilibrée. D'après ce qu'elle m'en disait, il donnait dans le genre torgadu... un zèbre qui s'efforçait aux complications dostoïevskiennes... qui se prenait un peu pour Raskolnikov ou le prince Muichkine. Ça commençait à faire des ravages, cette maladie... tous ces petits-bourgeois tourangeaux, picards, bourguignons destinés à l'épicerie ou à la basoche et qui se figurent être des personnages de tragédie... des juifs persécutés d'Europe orientale, des traqués de toutes les polices, rescapés de pogrom... des âmes en délire ! Lorsqu'ils deviennent auteurs, artistes, ils continuent à faire Kafka dans leurs culottes... ça produit des œuvres tout à fait bâtardes, du toc, de l'angoisse de café crème. On n'exprime bien que sa fibre, ses origines. Les nôtres, hélas ! sont cul-terreuses quoi qu'on fasse... pour rivaliser avec Kafka, il faut avoir connu, dès son enfance, la hantise de la véritable persécution. Ayant vécu l'Occupation allemande, je me rends assez bien compte du problème, je ne l'ai pas subie comme un juif... je me suis mis *volontairement* dans le cas d'être pourchassé, flingué si j'étais pris. Pour quel motif ? difficile à débattre, gloriole, patriotisme, goût du risque, de l'aventure... un peu tout ça à la fois et beaucoup d'inconscience du réel danger... mais enfin nullement parce qu'on en voulait à mon existence même, à mon essence, mon entité. Par la suite, je me suis encore placé *presque volontairement* en dehors des lois. J'ai donc subi la prison, l'opprobre, dans un tout autre esprit, d'une tout autre façon qu'un homme qu'on prend et qu'on enferme sans autre motif que sa race, la couleur de sa peau ou même celle de ses idées.

Au cours de Flora, l'avantage c'est que je voyais de belles gonzesses. Les petites-bourgeoises qui venaient là dans l'espoir de devenir un jour des Rita Hayworth ou des Jane Russell. C'était tout à fait du linge le plus fin... de la soierie... ça fleurait les meilleurs parfums. Je me cloquais dans un coin de la salle où se déroulaient les séances et je me les régalais visuel. Rien que les guibolles me faisaient rêver. Le texte... *Ondine... Les Femmes savantes... Le Cid...* me faisait un ronron à l'oreille, un vague fond sonore... je borgnotais les miches, les petits seins qui pointaient dans les pulls, les corsages... J'avais pas beau schpile pour embrayer sur des sujets pareils, fallait être du même milieu, fréquenter les mêmes endroits, les mêmes courts de tennis, les allées cavalières du bois de Boulogne... Tout ça, surtout, voulait dire fric. Aujourd'hui, et encore je n'en suis pas si sûr, les clivages sociaux sont moins étanches... un miteux peut s'attaquer à ce genre de pouliches, encore faut-il qu'il leur fourgue un boniment propre à les mettre en émoi... la révolution cubaine... les barricades de Mai 68... ça ne manque pas les trucs à la mode qui ont remplacé le romantisme de nos grand-mères. Moi, j'étais bloqué... rien à offrir, même pas un baratin convenable... les belles théories de Jacqueline sur le prolétariat, la lutte finale pour sa libération, n'avaient pas cours, il s'en fallait d'au moins vingt ans chez les nanas de belle extraction. Tout le problème toujours, en politique comme en amour, la sérénade à jouer... celle qu'il faut au bon moment. J'avais remarqué aussi que, malgré les bises affectueuses... les « ma petite chérie, je te trouve sensasse dans ta scène du III... », les gentilles copines avaient je ne sais quoi de condescendant... quelque chose de très imperceptible, mais bien réel, dans leur comportement vis-à-vis de Flora. Elle n'était pas tout à fait de leur monde... elle n'osait pas dire que son papa et sa maman tenaient une épicerie dans son bled tourangeau, seulement les autres pour détecter le loquedu, elles ont des ondes spéciales dès le berceau. Flora cachait le mieux qu'elle pouvait ses origines, reniait un peu ses dabs, une attitude qui me met toujours mal à l'aise... sans doute parce que, n'ayant pas eu de famille normale, j'envie un peu celle des autres. Même si je ne veux pas me l'avouer, ça doit exister quelque part dans les tréfonds de mon *moi*, comme disait Bertrand.

Sauf avec mes relations voyoutes, toutes les autres me conduisaient, vaille que vaille, à ce qu'il faut bien appeler, faute de mieux, la culture. Si Flora ne mettait pas l'acharnement de Jacqueline à me faire lire ses auteurs de chevet marxistes, elle m'emmenait tout de même au théâtre dès qu'elle le pouvait... qu'elle avait relâche de sa figuration au Châtelet... toutes les occases lui étaient bonnes. Je renâclais, groumais interne, mais suivais tout de même. Jamais vu autant de pièces que pendant mes amours avec Flora!... et je n'arrivais pourtant pas à m'intéresser vraiment à ce qui se passait sur une scène. Plus tard, j'aimerai autant lire du théâtre que des romans... mais encore aujourd'hui je traîne les panards pour me rendre dans une salle... quelque chose me rebute dans la façon de jouer des acteurs, de grossir les effets, de crier, de pousser les sentiments au paroxysme. Surtout avec les mises en scène des dernières vagues où rien d'autre ne compte que faire original, étrange à tout prix. Tout me paraît faux, même si je fais la part des nécessités de la transposition artistique... de la stylisation obligatoire.

Flora, elle, elle était à la messe, aux vêpres... au salut du saint sacrement! Pour une réplique, l'apparition d'un acteur, elle tombait en extase, en pâmoison, elle me serrait le bras, restait la bouche ouverte en écoutant les tirades que j'entendais à peine tant mon esprit était ailleurs. Pour tout arranger, elle ne choisissait pas des spectacles tellement à la gaudriole. Je ne me marre pas excessif non plus aux vaudevilles, aux pièces de boulevard, mais je supporte mieux dans les calembredaines, les pitreries, l'espèce de pensum que représentent le plus souvent pour moi les deux heures où je suis bouclé dans une salle de théâtre. J'ai fait, je fais encore de gros efforts pour vaincre cette espèce d'allergie... j'y arrive mal, j'avoue... avec en plus une sorte de phobie de me retrouver aux entractes dans la galerie des m'as-tu-vu. Puisque j'hasardais plus haut une comparaison avec la messe, il me semble que c'est ça qui me rebute... le théâtre est l'héritier des cérémonies religieuses... tout a commencé, je crois, avec les Mystères sur le parvis des cathédrales. J'essaie de me comprendre... oui, c'est sans doute cela, mon peu de goût pour tout ce qui de près ou de loin ressemble à la religion. Je suis mécréant irréductible en sachant fort bien que tout est rite, cérémonie... tabernacle... communion... d'une façon l'autre avec des officiants à tiare ou à casquette étoilée ! L'homme est un animal religieux, plutôt à classer, hélas ! parmi les espèces féroces.

Bref, je suis au théâtre avec ma belle du moment aux yeux d'Antigone dévorés de fièvre artistique... On s'en farcit des sévères dans le genre gamberge furieuse à message... *Les Incendiaires* de Maurice Clavel, *Maria* d'André Obey... les seules dont je me souvienne encore... typiques... avec des héros crispés, éructants... dans une ambiance de cabanon... la Mort... la Fatalité... rien que des grands mots... du sublime ! Le problème du mal ! Le drame de l'échec ! Flora m'a même obligé à revoir ce *Caligula* avec l'archange Gérard Philipe que je m'étais déjà farci avec Odette, sans être séduit davantage... C'était aussi la mode philosophico-patriotique dans des sujets sur l'Occupation, le maquis, le communisme... *Nuits noires*, le titre d'une de ces bluettes me revient... mais j'ai oublié le nom de l'auteur... je vous fais *la la la* comme Charles Trenet. Bien sûr, j'ai dû voir aussi quelques belles choses qui m'ont ennuyé tout en comprenant obscurément que je passais à côté de la plaque. N'importe ! Tout serait à refaire... tout le temps... à gommer... à revoir ! Je n'ai plus le temps pour regretter.

Flora trouvait toujours sa vie là-dedans d'une façon d'une autre... elle voyait des choses toujours cachées derrière les choses. Ce que je ne comprenais pas, m'expliquait-elle, il fallait que je le sente... le tour était joué ! En somme, j'étais trop cartésien... et puis surtout je n'avais pas tellement envie de faire les mêmes grimaces que les autres, ceux qu'elle côtoyait au cours et aussi certains petits potes qui gravitaient autour de Narcisse. Pour la plupart, c'est suffisant une petite moue désabusée, des yeux au ciel... un geste de la main... ça sert de passeport culturel... quelques phrases pour les conversations de bistrots dans le vent. *Ce qu'il faut avoir vu*, titrent certaines chroniques dans les journaux féminins. Pour pouvoir ensuite en causer à lurelure, répéter ce qu'on écrit quelques critiques ensnobés jusqu'au troufignard.

Le cinoche, ça me convenait mieux, je comprenais à peu près tout ce qui se passait sur la toile, sauf au ciné-club. Flora avait toutes les ruses pour trouver des spectacles qu'elle estimait stimulants pour l'intellect... elle allait les dégauchir dans les coins les plus reculés... des salles de banlieue minables où quelques pionniers cinéphiles commençaient leur militantisme pour la bonne cause du septième art. L'espèce aujourd'hui est répandue partout, dans toutes les maisons de la culture... Là, c'était tout à fait nouveau, Flora m'avait prévenu la première fois... j'allais voir des films difficiles, de réflexion... pas des pantalonnades militaires avec Fernandel dont je connaissais, moi, toute la filmographie sans l'avoir apprise dans les livres... toutes les chansons... *Bar-*

nabé... Ignace... On m'appelle Simplet... par cœur.

Ma grande terreur, les films dramatiques muets de trois quatre plombes... *Gribiche* de Feyder, *Le Cuirassé Potemkine... La Mort du soleil* de Germaine Dulac... les chefs-d'œuvre de Cavalcanti... l'avant-garde qui ne change jamais depuis près d'un siècle, aussi bien au cinéma qu'au théâtre ou qu'en littérature... toujours les mêmes provocations bébêtes, les ânonnements, les obscurités, l'anarchisme de salon, les masturbations de lycéens en haine de leur famille bourgeoise. L'extraordinaire, que ça prenne encore !... toujours une nouvelle couche de jeunots, tous les ans comme les conscrits... une promotion de naves pour avaler ça comme la manne du Seigneur ! s'en pourlécher les badigoinces... s'en papilloter les poils du cul !

A la fin des films, ça débat toujours dans les ciné-clubs... un grand prêtre vient sur l'avant-scène... et il explique, décortique l'œuvre... tous les états de l'âme tourmentée du metteur en scène... ses intentions politiques, poétiques, esthétiques... son message sous-jacent pour transformer le monde de fond en comble ! sa volonté de rompre avec l'ordre établi... son humanisme dérangeant, etc. De quoi se mettre la rate au court-bouillon. En général, j'entraînais à ce moment-là Flora vers la sortie... si elle insistait pour m'infliger ce surcroît de fatigue, je me vengeais en intervenant à faux, avec des arguments imbéciles... des questions les plus saugrenues qui foutaient un peu la panique dans le cénacle. Je lui faisais honte.

« Tu me désespères, je me demande ce que je fais avec toi ! »

Texto ou presque ce que me susurre ma belle, mon Antigone pour moi tout seul. Elle me trouve iconoclaste, profanateur de chefs-d'œuvre... primaire... que je manque d'ouverture d'esprit ! Un temps, je me suis demandé sincèrement si elle n'avait pas raison et puis, au bout du compte, il me semble que j'avais comme un instinct qui me protégeait de toutes ces scories. Il est possible que le snobisme, lorsqu'il était l'apanage des salons, ait joué en art un rôle plutôt positif il y a quelques décennies, mais aujourd'hui il s'est répandu comme une vérole, il est devenu dictatorial avec l'aide des médias. Quelques petits cloportes bien placés dans la presse, les radios, les télévises peuvent faire la loi, exercer une véritable tyrannie, un terrorisme intellectuel... influencer le plus grand nombre, le troupeau qui devient encore panurgien une fois ensnobé et qui court vers n'importe quel gouffre avec cette ineffable satisfaction de se croire supérieur. Peut-être que je respirais la vape... subodorais la poloche dès 1946. En tout cas, je me demandais parfois ce que je faisais dans certaines salles... j'aurais été mieux dans la rue, le premier bistrot venu. Pour moi, le vrai spectacle est là... nul besoin de me le styliser... de me tirer le rideau... m'en faire la savante exégèse par le truchement des professeurs.

Nous étions maintenant au plein de l'été... je n'ai pas le souvenir d'une saison torride. Il me semble même qu'il pleuvait, le plus souvent, qu'il ventait, ça nous donnait moins de regrets de ne pas partir nous rôtir la couenne sur des plages qui, d'ailleurs, étaient farcies de mines... les derniers souvenirs explosifs de la joyeuse Wehrmacht.

J'avais encore mon pied-à-terre chez Bertrand, rue Paul-Châterousse, mais le plus souvent je pieutais, je vivais chez Flora... je m'occupais de ses zones érogènes pour me faire pardonner mon inculture. Elle embrayait pas quart de tour... il lui fallait toute une préparation de caresses psychologiques... surtout pas engager une discussion sur le théâtre auparavant. Là, elle était toute hérissée de hargne, certains de mes propos lui coupaient l'envie de s'envoyer en l'air et j'en rajoutais pour rire un peu. Curieuse môme... c'est pas facile de se taper le café du pauvre avec Antigone ! Les choses étaient moins durailles avec la presque vierge chrétienne Odette. Une certaine barrière franchie du côté de son slip, tout allait pour le mieux dans le meilleur des mondes du péché possible. Flora, il était pas question de batifoler, lui glisser la pogne sous la jupe lorsque j'étais de jugulaire pour lui faire apprendre ses rôles. Inlassablement, elle répétait le grand dialogue d'Antigone et Créon de Jean Anouilh. Fallait que je fasse bien gaffe en lui balançant la réplique de ne pas me gourer, lire de traviole... et il y avait de sacrés tunnels. Ça lui était ardu de trouver le ton convenable avec un partenaire sans foi, dans un décor plutôt de chanson réaliste que de tragédie antique.

« *Je ne veux pas comprendre. C'est bon pour vous. Moi, je suis là pour autre chose que pour comprendre. Je suis là pour dire non et pour mourir.* »

Elle me ressort ça tout à trac sur la banquette du café... doucement, d'une voix intérieure, elle a retrouvé un instant le ton du rôle... elle m'oblige encore une fois à la réplique... « *C'est facile de dire non.* »

« Eh bien, il se trompe Créon... ce n'est pas facile du tout... mais enfin... »

Notre rencontre de café crème a remué en elle un tas de souvenirs qu'elle voudrait sûrement oublier. J'aurais peut-être mieux fait de ne pas m'arrêter, de la laisser poursuivre son chemin. Ça ne me sert qu'à moi cette incursion dans le passé... pour satisfaire cette manie contre nature d'écrire un jour toutes ces histoires.

« Tu avais beaucoup de talent, tu sais. »

Au moment où je lui dis ça, je le crois très sincèrement. Au fond, il suffit parfois de bien peu de chose pour réussir... certes, il faut beaucoup de travail et de l'endurance même si on est doué, mais aussi un minimum de chance. Sans doute Flora en avait-elle manqué.

Pour changer de conversation, elle croit bon de me demander ce que je fais à présent, si je me suis décidé enfin à me ranger dans la cohorte des honnêtes gens. Curieux, mais j'éprouve plus de mal à lui avouer ce que je fais... mes livres et mes films, que si j'avais dû hausser les épaules, prendre un air entendu pour lui répondre : « Je me défends », ce qui laisse bien sûr supposer n'importe quoi.

« Je ne regarde pas souvent la télévision. »

Elle n'avait pas vu je ne sais quelle émission littéraire où j'étais passé la semaine précédente. A mon étonnement, elle ne trouve pas incroyable que je me réalise de cette façon. Elle me fait l'aveu qu'elle m'avait toujours cru capable de tout... le meilleur et le pire.

« Tu éprouvais un malin plaisir à passer pour un plouc... Ce que tu pouvais être agaçant par moments ! »

Elle rit, elle se dégèle un peu mais il est déjà trop tard... elle consulte sa montre... un juge l'attend, un avocat... que sais-je ? C'est inutile de s'échanger nos adresses, ça ne servirait vraiment à rien. Elle m'embrasse vite comme une petite sœur sur les deux joues. Elle a déjà plein de cheveux blancs, je m'aperçois dans la lumière.

« Faut que je me dépêche ! Je suis contente de t'avoir revu... J'achèterai ton dernier livre... non, non, pas la peine de me l'envoyer. »

Hop ! elle a disparu, cette fois définitif de mon existence. C'était juste une vision furtive du passé... un fantôme léger... émouvant... pas plus triste qu'il ne faut.

Sur la fin, ça tournait à l'aigre nos fiançailles en

dehors de nos étreintes, nos fornications. Je vivais de plus en plus d'expédients et, ça, ça ne lui plaisait pas du tout. Elle s'est mêlée de me faire des reproches... de m'avertir que j'allais finir sur la paille humide des geôles de la République et, ça, comme toute prédiction de mauvais augure qu'on vous assène dans la gueule, on supporte mal. Il est vrai que j'avais eu le tort de l'emmener avec moi à Belleville voir les Pognes dans son bistrot rue des Couronnes et il ne l'avait pas séduite, cézig, avec sa frime de malfrat, son œil aux aguets, sa façon de traiter les gonzesses comme si elles n'existaient pas. On s'était levé, laissant Flora sur la banquette, pour aller se jacter « entre hommes » près du bar. Ça l'avait vexée à mort ce comportement qu'on dirait aujourd'hui machiste ou je ne sais quoi... phallocratique... elle s'était sentie moins que rien... du coup, elle avait pris rageuse la lourde. J'avais esquissé un geste pour la rattraper, les Pognes, d'une pression de la main sur mon avant-bras, m'en avait dissuadé.

« Tu la retrouveras, mec... et si tu la retrouves pas, t'en trouveras une autre. »

Sa philosophie... et je l'ai écouté, je trouvais ça plus sublime que les tirades de théâtre classique. N'empêche, ça a jeté un froid dans nos relations. Antigone, elle voulait bien dialoguer avec Créon mais pas avec Dudule ou Bébert de Ménilmuche. Mes petits potes, elle m'envoie pas dire qu'ils sont carrément de la racaille, de la graine d'échafaud, etc. Je vous résume, resserre l'altercation qui s'ensuit dans sa chambrette à mon retour. Des mots déplaisants, des reproches, ça s'est envenimé au point que j'ai fini par lui retourner une va-te-laver.

« Même mon père n'a jamais osé ! »

Ça prouvait peut-être qu'il était faible son papa épicemard tourangeau. Moi, j'avais surtout envie de m'affirmer de la sorte... à la manière de Tonio... rouler un peu les mécaniques à bon compte. Gifler

Antigone, ça ne se fait pas, elle accepte moins bien l'affront que Nini Peau de Chien ou la grande Léone, nées dirait-on pour les torgnoles du dab prises en relais par les tourlousines du julot. C'est une question d'éducation, de mœurs. Flora se régalait au cinéma de *Pépé le Moko*, de tous les voyous interprétés par Gabin ou Humphrey Bogart, dans la vie elle les appréciait moins, un peu comme ces grandes dames de gauche qui préfèrent tout de même la révolution ailleurs que chez elles... à l'office !

N'empêche, grâce à mes expédients, mes trafics, j'avais pu régler ses ardoises à Flora chez les commerçants du voisinage. Elle en avait un peu partout... ça l'obligeait à faire des détours pour rentrer chez elle. J'ai eu l'inélégance de le lui rappeler... qu'elle en croquait de mes petites arnaques, mes trafics de cigarettes, qu'elle était en quelque sorte un peu complice, un peu fourgue. Après la gifle, on s'est tout de même réconciliés dans les toiles... la grande roue de secours lorsqu'on est jeune, on peut se déchirer, se dépiauter, se casser les os, on finit par raccommoder la porcelaine dans les étreintes amoureuses. Néanmoins, ça filochait plus dans les sérénades sous le balcon entre nous... ça devenait curieusement un vrai ménage, je n'osais plus trop lui parler de mes incursions à Montmartre et rue des Couronnes... je cloisonnais, ce qui n'est jamais bon, je trouvais des faux-fuyants pour échapper à ses places exonérées de théâtre fournies par les petits copains qui jouaient les utilités dans les pièces et d'autant plus généreux que le spectacle était un bide... qu'on se retrouvait à deux douzaines dans la salle pour se fader le chef-d'œuvre... essayer de comprendre encore les intentions cachées de l'auteur.

Je n'arrive plus très bien à ordonner, maîtriser les choses, les événements... j'ai des souvenirs indistincts qui s'enchevêtrent comme toujours. Je m'escrime pour vous remettre les anecdotes, les incidents, les rencontres, la chronologie... que vous vous y retrouviez, mes chattes lectrices, matous lecteurs... Dans un sens je me fais du tort, je resterais dans le désordre, le flou, on me trouverait sans doute plus ésotérique. Ça me ferait des atouts auprès des critiques. Je laisserais des blancs, ça me ferait, à moi aussi, des non-dits... On y verrait l'aliénation de l'homme... la volonté de rompre avec le pouvoir... que sais-je ? La durée enfin abolie ! La fameuse incommunicabilité ! Un érotisme sous-jacent ! Le souci en tout cas de déranger le lecteur, le forcer à se presser le citron, le salopard ! Le sodomiser, il le mérite, le fustiger entre les lignes. Si vous dites aujourd'hui les choses clair et net en rabotant les bavures, ça vous est pris en mauvaise part comme de faire rire qui reste le crime des crimes. Les tartuffes et les cuistres sont partout aux aguets... ils règnent, gare à celui qui les moque ou les provoque, il est rejeté dans les ténèbres extérieures.

Encore Flora qui m'a fait faire mes débuts dans l'industrie cinématographique... elle avait une cheville pour entrer dans un circuit d'acteurs de complément, c'est-à-dire la figuration. On a fait ensemble quelques cachetons sur le *Quai des Orfèvres* de Clouzot... la foule dans une rue... le public au cirque d'Hiver et dans un music-hall. Toute une journée à attendre pour faire un plan parmi les loquedus délirants, les professionnels de la frime qui nourrissent toujours l'espoir de finir en haut de l'affiche. « *Je me voyais déjà* »... A les entendre, s'ils n'y sont pas déjà depuis longtemps, c'est qu'on leur en veut... une vedette à qui ils feraient ombrage, un réalisateur pédéraste auquel ils ont refusé leur cul (pour les dames, même scénario, même si elles sont pas possibles à regarder de face et de profil), un producteur immonde qui voulait leur faire déguster ses excréments à la petite cuillère, etc., ils ou elles ne mangent pas, j'allais dire de ce pain-là, veuillez m'excuser. En une journée, on en entend pour toute une vie... des racontars qui défient les plus extravagantes fictions surréalistes. L'observation de cette engeance, tout ce qu'elle représente de tristesse, de naufrages, de minuscules compromissions, de mesquineries... ça m'aide à comprendre aujourd'hui la détermination de Flora d'abandonner la partie lorsqu'elle a vu que c'était plus ou moins râpé, qu'elle ne ferait pas la carrière dont elle rêvait, qu'elle n'atteindrait jamais le but qu'elle s'était fixé. Le risque d'aboutir là, vieillissante, au milieu de toutes ces épaves, ça pouvait lui donner un frisson légitime! Ça vaut tout de même mieux de finir dans la peau d'une brave mère de famille provinciale. Ce monde du septième art, qui fait tellement se pogner les pauvres, est d'une dureté impitoyable. Tout y est mirage... météorite... insensé... la gloire éphémère... la richesse qui fout le camp chez le percepteur. Vous êtes quelqu'un un jour... moins que rien le lendemain. J'en rencontre parfois de ces célébrités de naguère, de ces stars du temps des années 40-50... On ne se rappelle déjà même plus leur nom... elles se sont effacées des mémoires... englouties dans l'océan du temps...

Je regardais au loin M. Clouzot qui s'agitait près de la caméra, qui donnait des ordres en tirant sur sa pipe... un peu nerveux, inquiet, il me semblait. Loin de m'imaginer alors que je travaillerais un jour avec lui... mille tortures, à la cogitation d'un scénario qui ne s'est hélas jamais tourné. D'autant que ce monde, je vous ai dit, ne me fascinait pas tellement... je me le jugeais tout à fait inaccessible. Pour ne pas perdre ses illusions, le mieux c'est d'en avoir le moins possible. Flora, c'était pas du même, elle s'approchait le plus possible de ses héros comédiens... elle s'en mettait plein les châsses, les oreilles... elle observait leurs attitudes, leur façon de jouer... la chère Suzy Delair avec son tralala.

On s'est quitté avec Flora sans doute parce qu'on s'est aperçu mutuel qu'on n'avait plus grand-chose à faire ensemble en dehors de nos parties de reversi... une lassitude réciproque ! Elle me plaisait bien d'une certaine façon, mon Antigone, mais elle me fatiguait un peu avec ses airs de vouloir mourir à tout bout de champ. Elle n'aimait pas assez les mignoteries du pageot pour m'accrocher à sa barcarolle. J'avais envie aussi d'aller planter un peu mon zob ailleurs... Ce goût de changer, de conquérir qui vous taraude. Voilà, au bout de trois quatre mois, le parcours était terminé, je sentais venir le besoin de rompre. Il ne me manquait plus que l'occase.

Claudel qui me l'a fournie, au théâtre de l'Athénée, il me semble... *L'Annonce faite à Marie*... un véritable chef-d'œuvre aux yeux brûlants de Flora qui connaissait presque en entier le rôle de Mara... L'affaire telle que me la rapporte ma mémoire... que je me suis laissé embarquer... pourtant Claudel, un auteur de chevet de Bertrand, j'aurais dû me méfier, mesurer les risques de la soirée. Probable que j'avais traîné la nuit précédente je ne sais où... dans quelques troquets ou au Tabou avec Narcisse... toujours est-il que j'étais à plat, que j'avais pas dormi... et pendant le déroulement... *L'Annonce*... le drame... je me mets à cligner des yeux... ma tête s'affaisse, tombe sur mon épaule... je ne peux pas retenir mon sommeil... voilà, le dodo juste avant l'entracte. L'affront, alors, pour Flora ! Les places, elle avait eu du mal à les avoir... à l'orchestre... ça la foutait presque aussi mal que la Globule avec sa pomme pendant les sonates de Beethoven à Ravensburg ! Elle ne s'en était pas aperçue tout de suite tant elle était attentive, hypnotisée par ce qui se passait sur la scène... Elle préférait encore les baffes... que je la dérouille comme une putain plutôt que de ronfler sous son nez pendant *L'Annonce faite à Marie*! Là, j'étais définitif le malotru, croquant, sans foi ni respect pour les beautés de la culture! La bourrade sévère qu'elle m'a filée dans les côtes pour m'apprendre à me réveiller. Déjà, ça ne m'a pas beaucoup plu cette façon de me traiter en mégère inapprivoisée!

A l'entracte... la corrida! l'engueulade... elle a encore voulu me tancer à sa façon... que je pouvais tout de même me tenir!... que j'avais aucune éducation! Elle avait remarqué aussi qu'en lousdoc j'avais retiré mes pompes qui me faisaient mal, qui me chauffaient les paturons. Tout pour plaire! Je me croyais peut-être à Belleville au théâtre Melingue! Aux Gobelins, avec mes voyous de la porte d'Italie! C'est dans le fumoir qu'on s'affronte verbal. Le ton grimpe vite... ça s'échauffe. Maintenant je suis tout à fait réveillé. J'en ai marre de son Claudel! De l'art dramatique! Elles me font toutes caguer la bite... déféquer en cataracte... toutes ces gonzesses avec leurs emmerderies culturelles! Dieu et Marx et puis maintenant encore Claudel, son *Soulier de satin*... ses grandes odes! Moi, j'ai pas envie qu'on m'encultive! Je suis le rustre, le trivial, le bovidé... l'ignare! Fier de l'être! Voilà... Claudel, je lui pisse dans le bénitier!

Elle s'attendait pas à une telle riposte... ma véhémence! C'est tout simple, ça ne peut plus durer! Le deuxième acte, elle va se le gargariser toute seule! J'ai été assez patient... J'ai supporté *Le Cid*! *La Reine morte*! Je lui ai interprété pour elle tout spécial Perdican! Britannicus! Alceste! Ruy Blas! Répéter, rabâcher, ma petite chérie, des après-midi entiers! Merde!... ça lui suffit pas... elle est insatiable! Il a raison, Créon, de l'envoyer se faire occire l'Antigone, elle était vraiment trop casse-couilles!

Mes souvenirs deviennent imprécis, je lui ai pas laissé le temps de répliquer. Plaquée net... la page tournée dans un entracte. J'arrive plus bien à savoir si j'ai été impasse du Commerce tout de suite ou le lendemain chercher mes affaires... ma brosse à dents, mon rasoir, mes deux calcifs... mes chaussettes sales ?... Si on s'est revu un peu plus calme pour conclure... se quitter sans hargne ? Ça n'a pas tellement d'importance et sur le plan de la construction, l'architecture de cet ouvrage, n'est-ce pas, ce finale au beau milieu de *L'Annonce faite à Marie*, je trouve ça plus efficace dramatiquement.

Drôle qu'on n'ait pas évoqué ça le jour de nos retrouvailles impromptues en 1965 dans le café du Palais. On avait sans doute l'un et l'autre plutôt envie de gommer les aigreurs, le médiocre... de s'évoquer uniquement les jolis souvenirs... une petite chanson des rues de Paris... la romance d'une Antigone qui rencontre un petit malfrat incapable de lui interpréter ni Hémon ni Créon.

Toutes ces ruptures, ces échappatoires... cette façon de me tirer brusquement sans raison bien sérieuse... je me demande si ce n'était pas une manière comme une autre de fuir le plus longtemps possible l'inéluctable... les lois de l'espèce qui veulent qu'on finisse par se mettre en nichée pour se reproduire. Tout le reste... blabla... balivernes... on retarde, on tourne autour du vase... on y arrive tôt ou tard, sinon on sert à quoi ? Je vous le demande un peu.

> « Te désole pas, mec ! T'as que vingt-
> trois piges ! T'as encore le temps de t'af-
> franchir !... Mézigue, tel que tu me vois,
> j'ai dû attendre mes trente carats pour
> devenir invulnérable... Et encore, j'étais
> précoce !... Jusqu'à un certain point de
> la vie, bonhomme, on risque toujours
> d'être le cave de quelqu'un !... »
>
> Albert SIMONIN, *Le Hotu s'affranchit*

... CE qui commençait à s'insinuer dans ma petite tronche, cette notion... appellation contrôlée de cave ! A partir de là que ça se gâte, qu'on file le mauvais coton avec lequel on tisse les meilleures chemises de l'administration pénitentiaire. Le langage encore... Tout est là, ça vous explique mon argomuche... Etre ou ne pas être cave ? Si on se pose déjà la question, on met l'auriculaire dans l'engrenage... bientôt la pogne... le bras... pour les plus malchanceux, ça allait même jusqu'au gadin dans les aurores derrière les murs de la Santé au temps où la guillotine fonctionnait encore.

Vous avez vu si je me gausse de tous les idéalistes, ceux qui se laissent prendre au piège des mots... la pauvre Flora et son théâtre... Bertrand et son âme toujours à la recherche de la Vérité ! Je me crois marle de les traiter à la rigolade... la gouaille... et je vais tomber, moi, dans une mythologie de quatre sous, une morale à l'envers redoutable... bien pire que l'autre... tout un fatras d'idées tordues... d'histoires de brigands qui vous conduisent finalement dans la pire des déchéances... Mais j'ai dû expliquer tout ça dans *La Cerise*... je rabâche à longueur de livre.

On ne fait que ça... les vieux radotent et les jeunes déconnent.

Enfin, plus personne à ce moment ne peut me raisonner... Bertrand ne sait pas me parler... à vrai dire, il n'a jamais eu le langage qui me convient... La culture ne m'est d'aucun secours... je la rejette, vous avez lu avec vos beaux yeux, chères lectrices...

Inéluctable... je vais voir Jenny à qui je fourgue des pipes, des bas nylon... je ne sais plus très bien... des marchandises qui manquent à tout un chacun sur le marché normal, qui ne sont vendues qu'avec des bons, des tickets... Je faisais le va-et-vient entre la rue des Couronnes et Pigalle, ça me laissait un petit velours... ma marge bénéficiaire. Pas de quoi rouler en Buick, pavoiser simili-barbeau avec des pompes en lézard des Amériques. A vrai dire, juste de quoi me sustenter, subsister, n'est-ce pas, jusqu'à la saison nouvelle, celle des coups les plus mirifiques. Elle était nature fidèle, Jenny... à son travail, ponctuellement aux heures ouvrables de ses cuisses... fidèle au parloir de la Santuche où son pauvre chanteur de charme se faisait tartir avec la perspective d'un hiver sans chauffage.

« Il a demandé à être classé à la comptabilité. Intelligent comme il est, instruit et qui présente si bien, ça m'étonnerait qu'ils le prennent pas. »

Classé en langage d'outre-taule, ça veut dire être affecté à un petit boulot quelconque au service de la prison. Pour Tonio, c'était primordial d'être classé, ça lui évitait de partir achever sa peine en centrale où le régime était bien plus dur qu'en maison d'arrêt. Elle se faisait des cheveux, Jenny, à l'idée que son homme chéri aille se laver les pinceaux à Poissy ou Clairvaux. Sous ces dehors de gros bras, il était, paraît-il, fragile des bronches, de l'estomac... un rien lui détraquait la tuyauterie. Elle l'aidait, on peut dire dévouée... les parloirs, les colis de vivres, ses mandats postés sans le moindre retard.

« Je me conduis comme une vraie femme d'avant-guerre. Beaucoup peuvent pas en dire autant. »

Elle avait une mentalité à toute épreuve... l'évidence. Le plus souvent d'ailleurs, j'ai remarqué... les fameuses règles, lois du milieu sont mieux respectées par les gonzesses que par les hommes. Certaines putes poussent le dévouement, l'abnégation jusqu'à l'héroïsme pur et simple et pour des lascars qui, eux, ne mériteraient pas mieux qu'un peu de mort-aux-rats dans leur soupe.

A Montmartre, l'ambiance n'était pas au bleu pastel en ce début d'automne. Ça paraissait l'évidence que les poulagas de la mondaine avaient reçu des ordres. Ils jetaient leurs filets en eaux troubles, sans même prévenir leurs amis tauliers qui payaient pourtant ce qu'il fallait pour. Par pleins paniers ça débarquait... petits alevins et gros poiscailles pour que les condés se fassent de bonnes fritures... ils ne ménageaient vraiment personne. Les dames se retrouvaient en plein désarroi... pleine solitude sentimentale.

« Ça devient plus possible, Alphonse ! Même nous, ils font que de nous emballer, nous empêcher de gagner notre vie honnêtement. »

Par périodes, les ministres de l'Intérieur sont pris d'une fringale de pureté, de vertu. Sans doute poussés par les partis, l'opinion, la presse... encore une fois, il est question de supprimer le proxénétisme, la prostitution... toutes les hontes de notre société. Ça s'agite quelque temps, on expédie à la ratière quelques julots qui font un peu trop l'affiche... et les mois passent... le calme revient... la rivière se repoissonne.

Là, c'était l'ère de Marthe Richard... on venait de bouclarès les bordels. Les tripartistes du pouvoir, à défaut d'améliorer le ravitaillement, le réel niveau de vie des travailleurs, se donnaient des airs d'incorruptibles pourfendeurs du vice et de la vénalité qui s'y attache.

Jenny m'avait amené, pour qu'on discute un peu tranquilles, dans un petit bar à malfrats où elle avait ses habitudes, où elle faisait un peu la pause pendant ses heures de chandelle. On pouvait y jacter sans gêne... la taulière était une ancienne de la profession, une gravosse qui portait les armoiries du tapin sur la tronche et les clientes, des petites camarades de promotion. Y avait pas de risque d'oreilles poulardines à la traîne... du moins je le croyais, c'était faire bon compte de la gent balancière qui existe sous toutes les formes les plus variées.

« Le mien, ils peuvent bien le garder dix piges, ce con, j'irais pas lui passer une échelle de corde au-dessus du mur. »

Ainsi s'exprimait à voix haute, claironnante, une amie de Jenny... une brune plutôt bien en chair, sacrément roulée, une nommée Christiane. Elle avait un sérieux chagrin, cette Cricri, son homme avant de tomber lui avait fait quelques misères... des infidélités, le salingue, par trop provocantes. Elle est venue à notre table nous faire un peu ses doléances. Jenny écoute, approuve du chef. Ça paraît qu'elle ne le blaire pas lerch, l'homme de cette Cricri. Entre les lignes, il semble même qu'il se trimballe dans le mitan, ce Paulo les Yeux Bleus, un papelard déjà nazebroque... Sa cote depuis quelque temps en a pris un sacré coup dans l'écusson ! Il en croquerait un chouïa à la maison J't'arquepince, ça n'étonnerait personne dans les endroits où l'on s'explique entre affranchis. Surtout ça, ce soupçon affreux qui lui sape le moral à cette jolie Cricri. A la dérobade, je la frime en chanfrein. La paupière lourde... les lèvres bien dessinées au rouge *Baiser*... une chevelure brune épaisse... frisée naturelle... les dents écarlates lorsqu'elle sourit... les cannes souveraines. Elle arrête pas de monter descendre... d'éponger le micheton à la chaîne. Bien pour ça qu'elle vient faire une pause, s'offrir une petite récré. Elle s'affale sur la banquette... se retrousse un peu la jupe déjà pourtant bien fendue ! Si je suis attentif à toutes ces choses de la cuisse ! J'aperçois sa chair blanche en haut de son porte-jarretelles... ça me laisse un peu la gorge sèche.

« Enfin, merde, s'ils l'ont mis au frais, Paulo, c'est que c'est tout de même un homme ! »

Elle essaie de se regonfler la confiance en parlant. Avec mon expérience actuelle, d'années et d'années à en voir de toutes les couleurs, entendre toutes les musiques... les plus extravagantes entourloupes... je suis un peu à même de vous dire que ça ne prouve pas grand-chose d'être en taule. En tout cas pas le moins du monde qu'on n'est pas une balançoire. Les indicateurs de police ont beau faire des acrobaties de toute sorte pour tenir le paveton, ils finissent tout de même par tomber eux aussi... Il y a des incidents de parcours imprévisibles... ils sont parfois victimes de la guerre des polices, de rivalités entre flics... d'un juge d'instruction qui les enchriste sans se soucier des éminents services qu'ils ont rendus à la justice de leur pays.

Pour se noyer le chagrin, Cricri, elle nous offre le champ... une roteuse, elle commande... un dom pérignon ! Assez usiné pour ce soir... les clilles iront se faire faire des gâteries ailleurs ! Et déjà je peux vous avouer que je suis engagé sur le chemin tordu qui mène aux pires des pires embrouilles ! J'ai une envie à me damner de cette gonzesse, de la trousser, de la prendre debout, de face, à la duc d'Aumale ou en levrette... de l'égoïner jusqu'à ce qu'elle hurle, merde ! et qu'elle en redemande, qu'on se fasse de la joie tous les deux à en mourir ! J'ai de bonnes raisons d'espérer... je délire tout de même pas dans les fantasmes de collégien... sur le tabouret, tout à l'heure au bar, elle m'a jeté un regard rapidos mais qui ne trompe pas. Si elle est intervenue ensuite dans ma conversation avec Jenny... si elle nous offre une rouille comme ça... je subodore que ce n'est pas tout à fait par hasard. Elle débagoule, elle n'a pas l'air de s'intéresser à ma petite personne en particulier, mais elle m'a lancé un appel... ça commence toujours ainsi dans toutes les espèces animales... la femelle jette son dévolu d'un signe imperceptible. Maintenant, c'est à moi de jouer, de favoriser les circonstances... si je commets la moindre maladresse, tant pis pour mon zob, j'irai me le faire pomper ailleurs. Une pute comme ça, c'est pas le genre à me pardonner un galoup... Il faut donc que je manœuvre tout de suite l'air de rien... que j'arrive à écarter Jenny qui ne doit à aucun prix se gourer de quelque chose. Pas garanti dans l'aisance... les gisquettes, même les plus obtuses, elles ont des ondes, un sixième sens pour tout ce qui concerne ces affaires de cul. Un rien... un mouvement de la pogne, un battement de cils, un sourire furtif... hop! elles entravent la coupure aussi sec. J'ai gambergé ultra-rapide... pour ne pas manquer mon essai avec Cricri et le transformer, il faut que tout ça reste absolument secret. Le fameux Paulo, si dévalorisé soit-il sur le marché aux macs, il n'en reste pas moins le propriétaire de cette pouliche aux guibolles si bien galbées. Que je me pointe vers son écurie et c'est la guerre... les explications sournoises à coups de calibre ou de rapière. Je connais le code d'honneur des déshonorés. Déjà, j'ai eu chaud aux noix deux ans auparavant... je m'étais embrayé sans savoir, sans me rendre compte, sur un parcours sentimental tout à fait dangereux... amouraché d'une jolie pute, une certaine Mariette, et ça s'était mal terminé. Cette fois, je suis averti... je sais ce que je risque, mais l'enjeu vaut le chandelier, je trouve.

Le mieux, j'ai réfléchi... que je me fasse la levure le premier. Je prétexte qu'il faut que je me couche pas trop tard... que j'ai des affaires à régler le lendemain matin. J'essaie de me faire comprendre en regardant Cricri... je lui balance moi aussi mon signe, ma réponse... mon coup de châsse sexuel. Elle l'accueille avec une lueur d'ironie. Et me voilà avec ça pour tout bagage sur le boulevard de Clichy. Ce qui m'arrange... il y a la fête... des baraques de toute sorte les unes à côté des autres... le stand de tir avec ses pipes... la femme-poisson... les manèges. Près d'une loterie, parmi les minables qui essaient de gagner un kilo de sucre, je peux rester en planque... gaffer la porte du petit bar rue Germain-Pilon.

Elle me fait attendre, la vache, elle en finit plus de liquider son champ, de jérémiader sur son affreux, son Paulo chéri. Je me fais peut-être, merde, du cinoche !... L'erreur... elle va me rembarrer sec, m'envoyer aux pelotes avec des paroles blessantes, des vannes dont elles ont le secret, les dames du trottoir. Manquerait plus qu'elle reprenne simplement sa place au turf, ça voudrait dire alors que c'est râpé, que je me suis gouré, qu'elle m'a allumé comme ça pour voir... se marrer un peu, se foutre de ma poire.

Enfin je l'aperçois qui sort... Elle hésite, dirait-on, à la porte du rade, sur la direction qu'elle va prendre. Pourquoi mon cœur bat-il la chamade pour cette nénette... ce coup éventuel à tirer ?

Il a bien raison, Bertrand, je ne suis qu'un animal, un obsédé, un débauché. Je ne suis guidé que par mes instincts... et pour le moment, ils me portent vers la place Blanche derrière la belle Cricri. Ma seule crainte, la perdre de vue dans la foule du soir déjà très bigarrée, dans ce secteur, d'Arabes et de nègres qui lorgnent les tapins, qui fourguent je ne sais quoi... des cigarettes américaines au coin de la rue Lepic.

Cricri marche devant moi... quelques mètres... en balançant son sac à main. Elle est juchée sur des talons aiguilles très hauts... ses bas nylon à couture, c'est moi qui les lui avais fourgués par l'entremise de

Jenny. Ils sont une rareté à cette époque, Riton a une cheville avec des matelots qui les ramènent de New York.

Cricri ne se retourne pas, ne marque pas le moindre temps d'arrêt. Je m'inquiète encore... ne me suis-je pas berluré ? Elle rentre pour dormir tout bonnement... après tout ça serait normal, les étreintes elle doit en avoir sa claque après une journée de passes. Je la filoche, le gland tout enfariné et ça va être la déconvenue encore une fois. J'ai bien sûr omis de vous dire, vous narrer mes échecs... les fois où j'ai perdu la partie avec les gisquettes... toutes celles qui m'ont rembarré, rejeté sans appel... mes déboires de petit dragueur infatigable. Je les ai surtout oubliés sitôt vécus. La mémoire fait la sélection, elle ne garde que les bonnes choses, heureusement.

Elle remonte la rue Lepic, la jolie môme... A son déhanchement, certes on devine qu'elle ne travaille pas au secrétariat de l'Institut catholique. Ça va devenir coton de la suivre sans me faire redresser... le populo se raréfie, la rue est moins éclairée, un suiveur n'en est que plus suspect. Je suppose qu'elle perche par là, qu'elle a une chambre sur les hauteurs de Montmartre. Une fille au tapin ne peut pas cohabiter avec un homme sans que celui-ci risque de descendre au placard comme proxénète... un délit qui s'appelait alors *exercice du métier de souteneur* ou *vagabondage spécial*. J'accélère l'allure pour la rattraper, jouer maintenant mon va-tout. Au fond, c'est simple... ça sera oui ou merde immédiat... on tournera pas autour du fion.

« Cricri ! »

Je l'interpelle... demi-tour, elle me regarde m'approcher sans rien dire, toujours son petit sourire un peu agaçant aux lèvres.

« C'est drôle, je remontais la rue et... »

Elle se marre carrément.

« ... tu m'as vue de loin ! T'as de bons yeux, tu sais. »

Elle n'est dupe de rien, bien sûr. Tout était écrit... le scénario, les dialogues. On n'a plus qu'à tourner la scène. Voilà, je suis devant elle... contre elle... je rigole, moi aussi.

« T'as du culot... tu sais tout de même que je suis fiancée. »

Oui, avec m'sieur Paulo, mais il est retenu ailleurs, m'sieur Paulo, par ses obligations professionnelles. Et je sais aussi à présent que je vais me la fabriquer, officiel, cette belle salope. Je l'attaque au vif... sans lui laisser le temps d'en dire davantage, je l'ai prise par la taille pour lui rouler le patin d'usage, celui par lequel toutes ces histoires commencent dans la vie et finissent dans les films d'Hollywood en ces années d'après-guerre.

Ce qui se passe ensuite, c'est du domaine du feu au cul ni plus ni moins. Elle reçoit ma languetouse comme une reine, elle me l'absorbe... elle se colle le bas-ventre contre le mien. On est là au milieu du trottoir, on n'en finit plus de se dévorer la menteuse... ça nous soûle un peu.

« Où on va ? »

C'est moi qui lui pose la question... elle se détache... elle me demande, l'air sérieux...

« T'as de quoi me casquer la passe ?
– Tu verras bien... »

Elle a reculé vers l'entrée d'un immeuble d'aspect assez minable... un petit couloir tout à fait sombre. Je respire le coup. Elle veut que je la prenne tout de suite, là debout ! J'ai déjà pratiqué ce sport, j'ai même perdu mon pucelage de la sorte cinq ans auparavant. Ce soir-là, pendant l'Occupe, c'était par économie, on était si pauvre avec la grande Marcelle, ma partenaire, qu'on n'avait pas de quoi se payer une chambre d'hôtel. Depuis, j'ai découvert que bien des gonzesses adorent se faire prendre de la sorte, violemment comme des bêtes... rapidos avec le danger d'être surprises. Ce genre de fantaisie m'étonne de la part de Cricri. Elle doit être blasée avec son boulot... pour son plaisir, je supposais qu'elle avait envie d'un peu plus de confort pour ses fesses.

On est maintenant dans le noir, dans un recoin. Je l'ai collée contre le mur et je vais direct au renseignement. Je la trousse... je remonte sa jupe, déjà elle écarte les cuisses, je vais la prendre en force... je tire sur son slip, je l'arrache ! Voilà encore une de ces choses divines de faite... une fois de plus ! Elle me verrouille ses bras autour de mon cou et m'embrasse à m'en mordre les lèvres. Elle est déjà en pleine effervescence lorsque je la pénètre. Je la maintiens, la cloue contre le mur à grands coups de reins. On perd un peu la tête dans ces moments, mais à la fois on se dédouble, on reste lucide. Je me méfie des inopportuns... je gaffe ce qui peut nous arriver à droite à gauche, de la rue ou de l'escalier. On a un sens très précis de ce qu'on fait pendant l'acte. Je ne sais si nos sexologues dans leurs symposiums, leurs séminaires, ont étudié ce phénomène. La clef du problème de la responsabilité dans les crimes sexuels doit se trouver par là.

On a remis le couvert, bien sûr, dans sa piaule... le Kâma sûtra en lousdoc ! Fallait pas lui en promettre, c'était une pute vraiment sublime... une grande prêtresse de la luxure. Incroyable... j'allais battre mes propres records... elle avait l'art et la manière pour m'amener au maximum. Tout deviné d'un seul coup d'œil. Un instinct foudroyant, elle avait pour juger, jauger les mecs... leurs capacités sur le traversin. Je vais pas vous redétailler par le menu toutes nos galipettes érotiques... le funiculaire siamois... le gyroscope ardent ! De nos jours, vous avez beaucoup mieux dans le genre à l'étal de n'importe quel sex-shop... des ouvrages à n'en plus finir avec des photos de biroutes, de founettes embrochées, de turlutes, de cunnilinctus... j'en passe et des plus pervers.

Si je me suis un peu étendu, le cas de le dire, sur cette aventure somme toute banale, n'allez pas encore penser qu'il s'agit d'une occasion de me vanter... de vous entretenir de ma flûte enchantée ! Pas tellement mon genre d'en installer... non... je n'embraie que si ça en vaut la peine dramatiquement... Les conséquences de tout ce qui précède ne vont pas tarder ! Cricri, elle ne se gourait que sur un point à mon sujet, elle me prenait pour plus malfrat que je n'étais. Sans doute, à cause de cette conne de Jenny qui, sans trop savoir ce que je faisais exactement, m'avait fait un papelard de voyou patenté. Le quiproquo... je n'en étais pas encore là... tout à fait novice à vrai dire, plein de velléités, de bonne volonté... mais sans m'être encore fourvoyé sur le vrai mauvais chemin qui conduit au palais de Justice via la taule.

« T'es un ami à Tonio ? »

Certes... ami de guerre, mais jusque-là rien de plus. Je n'ose pas lui dire la vérité au creux du lit... entre deux turbulences de fesses. Je la laisse à ses illuses, ça m'arrange plutôt. Si elle s'est fait tringler comme ça, comme une chienne dans ce couloir sombre, c'est parce qu'elle me prend pour un *homme*. Elle ne vit, ne respire, Cricri, que dans la mythologie cruelle et naïve du milieu. Elle est une *femme* selon le code d'honneur de la pègre... une vraie qui ne travaille qu'avec son cul presque uniquement pour la gloire, l'entretien... les pompes en croco, les limaces en soie, les costards, les après-midi aux champs de courses de m'sieur son jules. Je débarque dans sa vie au moment où celui-ci, le fier Paulo dit les Yeux Bleus, a perdu d'un seul coup son titre d'homme. Dans tout Pigalle, ça commence à ragoter sur cézig, se poser des questions... douter... Mais Cricri, elle, elle ne doute plus, elle sait, elle a des preuves... il en croque, le beau Paulo, comme une lope, un enfoiré ! Et pas d'aujourd'hui qu'il rencarde les perdreaux, il a son inspecteur attitré à la Sûreté nationale... Une bonne, une efficace police ne se fait qu'avec des indicateurs... Tout le reste n'est que balivernes... les indices, les preuves scientifiques, c'est rare que les vrais voyous en laissent sur le terrain. Même la bastonnade, les interrogatoires à la dure qui se pratiquaient couramment à l'époque ne donnaient que de piètres résultats.

Ça lui a éclaté au grand jour à Cricri quand les perdreaux de la mondaine sont venus cueillir Paulo, le faire descendre à la ratière comme souteneur. Là, qu'il a demandé à sa dame en catimini d'aller voir cet inspecteur qui le ferait sortir des griffes de ses congénères comme par miracle. Elle me révèle tout la deuxième nuit... elle n'arrive plus à garder un pareil secret pour elle toute seule, ça lui fait trop lourd sur sa conscience de femme de voyou.

« Qu'est-ce que t'aurais fait à ma place ? »

La situation cornélienne. En allant voir ce poulaga, elle mettait le doigt dans l'engrenage, elle devenait elle aussi en quelque sorte une donneuse. Elle n'a pas pu s'y résoudre et l'autre, son bel amant de cœur, il est descendu comme un grand à la Santuche se débattre avec les poux, la vermine de sa paillasse. Une horreur pour un homme de sa classe, un julot de sa qualité.

La piaule de la belle Cricri, c'est gentiment meublé Barbès, avec des bibelots, des petites toiles aux murs d'un goût qui vous ferait bondir, mes chers critiques, mes fleurs d'esthètes si délicats... qu'y puis-je ? Je suis là, je navigue au gré de ma queue, si je puis dire. C'est elle qui me conduit de l'Eglise catholique au trotskisme, du trotskisme à la voyouterie. Dans tout ça, les questions de bon ou mauvais goût sont secondaires.

Je lui réponds qu'elle a bien fait de ne pas prendre

contact avec ce flic. Après tout si je suis là, dans son lit à me la faire douce et crapuleuse, c'est tout de même parce que Paulo est enfermé double tour à la ratière. Grand bien lui fasse !... qu'il y reste le plus longtemps... l'intérim ne manque pas de charme. Je trouvais affreux, encore hier, le comble de l'abomination, de me taper une nana qui vend ses fesses toute la journée et puis, la veulerie aidant, je m'y fais, je me laisse glisser... j'abandonne mes préjugés.

Je viens de vous décrire la piaule... beau être jeunot et sans culture, je me rends bien compte que ça mériterait d'être revu de fond en comble ses petits décors. On a ici l'impression d'avoir gagné tous les jours à la fête foraine des lots pas croyables... des couchers de soleil sirupeux, des clébards en plâtre doré, des coussins en velours grenat, violet, avec des motifs brodés argent... Enfin, c'est moelleux... ça délasse et on se prélasse. Et puis Cricri ne me rebat pas les oreilles avec Trotski, Claudel ou le doux Jésus, ça me repose... je me sens l'esprit en roue libre.

La façon dont elle me parle si tendrement, me cajole, me prépare le petit déjeuner, ça me caresse l'espoir que je peux lui succéder au Paulo... carrément l'éjecter de son territoire. Je n'ose y penser ! Je n'oppose aucune résistance. Déjà elle m'a glissé quelques biffetons de grand format dans la fouillette, en lousdoc comme il se doit. Elle m'a parlé d'un tailleur, un petit juif, un pote à elle, tout à fait marle qui vous dégotte tous les tissus qu'on veut au marché noir. Cézig, il est prêt à m'harnacher de pied en lardeuss, tout à fait dans le genre d'élégance qu'elle préfère... que je soye sortable... que je lui fasse honneur.

La pente savonneuse... mon destin pourrait se nouer là, mais le hasard veille au grain, il va sans doute me donner encore une chance avant le naufrage définitif de mon honnêteté. On s'aperçoit à se remémorer sa vie qu'elle est faite d'un tissu de hasards... certain jour où les flics m'ont pris et m'ont maltraité... sur le moment, je les ai maudits mais, en revanche, je ne pouvais pas savoir qu'ils me sauvaient du pire. Il me faut bien le reconnaître, très franchement. En tout cas, si je m'étais fourvoyé dans la carrière de julot, il est probable que je ne serais pas là à vous écrire, mes chers lecteurs, mes mutines lectrices... j'aurais fini d'une balle dans le dos au coin d'une rue... un petit, tout petit fait divers dans la grande chronique de la ville aux cent mille lumières !

Avec Cricri, ce fut encore plus bref qu'avec Flora ou Jacqueline. Juste quelques nuits ravageuses de draps... un dimanche sur la Marne à ramer comme au temps des impressionnistes. Des images qui me restent... les seins lourds de cette petite pute, son cul merveilleux que je soulevais pour la prendre sur le bord d'une table. Je l'écoutais jouir... la tête renversée, les yeux fermés... elle n'en finissait pas. Le paradis, c'est ça... une femme qui jouit, qui n'en finit plus.

Un soir, on a été danser après son travail... à La Boule noire, il me semble. Elle adorait les rumbas, les frotteuses... Elle se déhanchait à vous rendre dingue. C'était son truc, ça... avant même d'aboutir sur le trottoir, elle s'amusait à faire partir les mecs dans leur froc et ensuite à les laisser quimper, à accepter un autre cavalier. Pour peu qu'on connaisse les mœurs dans les bals musette, on imagine que ça finissait souvent très mal. Bien sûr, c'est ce qui la faisait goder, la salope ! que les hommes s'entretuent pour elle. Sans bien m'en rendre compte, j'étais pris dans le même genre d'engrenage.

Paulo espérait se décrocher à l'instruction ou alors aboutir très vite devant je ne sais quelle chambre correctionnelle présidée par un vieillard qui était on ne peut plus indulgent avec les macs. Il était, disait-on, client au Chabanais avant la fermeture. Là, on le surnommait « Poupoupe »... il se faisait emmailloter comme un bébé, les putes déguisées en nurses lui faisaient manger de la Blédine à la cuillère, le grondaient, le fessaient... mille petites agaceries... pan ! pan ! cucul ! qui lui permettaient d'éjaculer. D'où sa grande clémence à l'égard des proxénètes.

En tout cas, on l'oubliait un peu trop vite, le Paulo... on rentrait de danser joyeux. On grimpait les six étages pour atteindre son deux-pièces rue Lepic. Sur le palier du quatrième, la vache, elle m'extirpait déjà la queue du false... deux trois coups de langue en vitesse et elle se tirait en riant... rattrape-moi vite ! Nous vivions dans l'insouciance, voyez, comme des tourtereaux !

Et voilà... il est trois plombes peut-être quand ça frappe à la lourde. Je suis branché... je lime de toute la hardiesse de mes vingt-deux ans... j'y vais bonne bite ! Merde ! Toc ! toc ! et puis pas des toc ! toc ! si gentils, j'ai l'impression... Si ça nous la coupe ! Il paraît même que la peur, dans des cas semblables, contracte je ne sais quel muscle de la dame qui vous coince le gland de telle sorte qu'on reste collé l'un à l'autre comme les clébards parfois dans la rue ! Une situation douloureuse et délicate s'il en est... qui ne peut se dénouer qu'à l'hosto sous les quolibets des internes de garde.

« Ouvre... c'est moi ! »

Voilà... lui... Paulo et ses beaux yeux bleus... il est derrière la lourde, il s'impatiente... bientôt il va devenir méchant, soupçonneux ! Je me suis redressé, je cherche mes sapes... à poil, on est toujours en état d'infériorité, on se défend mal, les flics le savent qui font parfois déshabiller les suspects pour mieux les interviewer. Je fais le plus vite... mes chaussettes, mon froc... je m'embrouille les pinceaux ! Doucement Cricri s'est levée, a passé une robe de chambre.

L'autre s'est arrêté de cogner... on a le fol espoir, un court instant, qu'il redescende, qu'il se figure que sa lamedé n'est pas encore revenue des asperges. Mais il est méfiant le sauret... il est encore à tendre l'esgourde sur le palier.

« Ouvre, nom de Dieu ! Je sais que tu es là ! »

Badaboum !... il y va de l'épaule contre la porte. Il est louf, il va réveiller les voisins, provoquer un scandale dont il n'a sans doute nul besoin. Il est en liberté provisoire, je le saurai plus tard... toujours tenu par la flicaille à un fil.

« Deux secondes, merde ! Je suis avec un client... Va au Nabab, je t'y rejoins dans un quart d'heure. »

Elle s'est décidée de lui répondre, elle a trouvé cette explication tout à fait extravagante ! C'est pas dans ses habitudes de faire monter les michetons chez elle. Si elle se faisait un *couché*, elle l'emmènerait à l'hôtel rue Germain-Pilon où elle fait ses passes... ça ne tient pas son alibi. L'autre, l'hareng faisandé, il serait moins vicelard retors, tout de suite il réagirait, défoncerait la cabane pour nous réduire en os et chair meurtrie. Seulement, il a dû gamberger à autre chose... il retient sa haine.

« Dépêche-toi... »

Simplement ce qu'il dit. Nous sommes debout, tendus, crispés... On écoute ses pas décroître dans l'escalier. On reste un moment silencieux. Maintenant, je risque plus de rebander, j'ai la gorge à sec... je me pose tout de suite la question importante.

« Tu crois qu'il est enfouraillé ? »

Cricri me répond d'une moue dubitative qui veut dire que ce n'est pas tout à fait exclu.

« T'as plus le choix maintenant. »

Je pige pas bien ce qu'elle veut me laisser entendre... ou plutôt ça s'esquisse dans ma tronche ! Il va me retapisser, Paulo, il m'a déjà vu plusieurs fois au Nabab... je lui ai même fourgué des cartouches de Lucky ou de Camel... le coup du client n'est qu'un répit... le temps de me retourner peut-être. Cricri, sans doute, se berlure que je vais m'engager dans une guerre sans merci pour la conquérir.

« Y a pas une sortie par-derrière ? »

Malheureusement non, je vais devoir l'affronter, ce Paulo de merde !

« Explique-toi franchement avec lui. »

Cette fois, je mesure un peu dans quelle béchamel je me suis foutu. Simplement, moi, je voulais m'offrir d'agréables parties de jambes en l'air avec Cricri, j'ai jamais, grand Dieu, eu l'idée de me l'accaparer, de devenir son barbeau titulaire. Même si ça m'a traversé l'esprit depuis quelques jours, ce n'était pas sérieux. M'expliquer avec Paulo, je me demande un peu ce qu'elle veut dire...

« J'ai rien... pas de calibre... qu'est-ce que tu veux que je fasse ? »

Palabrer, gagner du temps... ce qu'elle me suggère, la douce et tendre Cricri.

« Y a peu de chances pour qu'il te flingue. Il est pas si con, il sait bien que ça lui retomberait sur la soie. Non, il va te mettre à l'amende. »

Une règle du mitan où la femme s'achète comme une vache à la foire d'Yvetot.

« Et tu le régleras plus tard à coups de bastos, cet enfoiré ! »

Elle y allait bonne mesure, Cricri... ça lui semblait tout à fait élémentaire comme solution. Je pouvais filer ensuite des jours paisibles d'hareng pourvu d'un gagne-pain enviable. En outre, parmi ces messieurs de la tierce, je devenais redoutable, respecté ! S'il m'arrivait de descendre au gnouf, j'étais certain d'être assisté comme un vrai petit caïd, considéré par mes pairs.

Tout ça me parcourait le chignon à toute vitesse, ça se croisait, jouait aux autos tamponneuses tandis que je descendais à tâtons l'escalier. En tout cas pour l'instant s'il m'allumait l'autre ordure... les

Yeux Bleus... comme ça, en sortant de l'immeuble, ma vie n'aurait pas eu beaucoup de sens. J'en venais à me dire que Bertrand n'avait pas toujours tort lorsqu'il me donnait des conseils de sagesse et de vertu. Seulement... la remarque... on gambergeaille de la sorte, on a des regrets, la plupart du temps lorsqu'il est déjà trop tard... le canon du colt déjà sur la tempe.

J'arrive dans le hall d'entrée... j'ai pas allumé la minuterie, bien sûr... je reste en planque, je gaffe, j'écoute derrière la lourde... Je vois que dalle et je me rassure petit à petit... oui... il a peut-être cru sa dame, il est au Nabab... il l'attend bien sage, bien aimable.

Je resterais bien là toute la nuit après tout... au matin, il pourrait plus me flinguer ce con. Merde ! ça s'allume... une porte vitrée sur le côté... la concepige s'est réveillée... une adipeuse pas très commode. Deuxième flash, elle a appuyé sur la minuterie... elle entrouvre sa porte.

« Qu'est-ce que vous faites là ? »

Elle c'est un il... c'est le monsieur cloporte, le mari de l'adipeuse, un déplaisant lui aussi. Il m'a entendu descendre et rester tapi dans le couloir.

« Ah ! c'est vous... »

Il m'a déjà vu avec Cricri, ça n'empêche qu'il est soupçonneux. Pourtant la môme l'arrose de copieux pourliches, elle sait qu'on attrape pas cette engeance uniquement avec des sourires.

« Bonsoir, m'sieur ! »

Je le salue... maintenant bien obligé de sortir, il se demanderait ce que je fabrique là en planque. Voilà, je suis dans la rue, et il est là, Paulo, il m'apparaît sur le trottoir d'en face, il traverse, il vient vers moi... Je me rappelais plus tellement de sa frime, sa dégaine... il en passait pas mal... toute sorte d'arcandiers, de julots casse-croûte au Bar-Nabab... j'arrivais à les confondre. Lui, ça y est, je le remets... un petit gros, un calamistré... genre rastaque... il a un galure, un imper américain, la silhouette classique du malfrat d'époque. Il me sourit, l'enfifré... deux dents en or, il a sur le devant de la bouche. C'était à l'époque un signe de richesse... se refaire faire la gargue en jonc.

« Salut... qu'est-ce que tu fous par ici ? Content de te voir ! »

Il m'esbroufe d'entrée... m'aborde à l'ironie... au sarcasme prometteur... L'essentiel, qu'il n'ait pas sorti tout de suite un calibre pour m'apprendre à le doubler.

« T'es sorti ?
— Sois tranquille, je me suis pas évadé. Je suis en situation tout ce qu'il y a de régulier. »

Pas très ferme sur mes cannes, je marche, je vais vers la place Blanche où les lumières de la ville me paraissent rassurantes. Il m'escorte, je me calcule qu'il est sûrement pas enfouraillé, ce qui explique peut-être qu'il se met à causer.

« Le juge a signé mon non-lieu... »

Celui-là, dans ma tête, je le maudis. Pas possible, il est vénal pour remettre un lascar pareil si vite en liberté.

« Je me suis tapé presque un mois au ballon pour que dalle. »

Innocent, en somme. Il ne parle pas de se faire indemniser mais presque. Je compatis un peu, d'une phrase à l'emporte-pièce, et puis je reste coi... je ne sais plus que lui dire. Faut que j'accélère l'allure, il prendrait ça pour de la trouille. Je m'arrête, je lui offre une pipe.

« Et Tonio... tu l'as pas vu à la Santé ? »

Curieux, mais il marque le coup... à l'instant précis où je lui donne du feu... il a comme un petit rictus, une grimace qu'il ne peut réprimer. Sans le vouloir, j'ai dû mettre dans le mille... peut-être qu'il a des choses à se reprocher à propos du Ténor puisque tant de bruits de toute sorte circulent sur cézig.

« On était pas dans la même division, alors j'ai pas pu lui parler. »

La diversion joue en ma faveur... Peut-être qu'il avait des intentions belliqueuses avec un surin dans la fouille. Il rengracie... se fait bon bourgeois, si je puis dire. Il a un ton plus conciliant... Bien sûr, il sait que Tonio est mon ami et il prend ça en considération... mais voilà... il m'assène :

« Tu t'es mal conduit, tu sais... »

Je joue l'étonnement... je plonge dans une explique pas possible... que j'ai rencontré Cricri place Blanche et que je suis monté chez elle contre espèces sonnantes, fafiotantes... en bon micheton...

« Je savais même pas que c'était ta femme... Je l'ai appris tout à l'heure lorsque t'as frappé à la lourde. »

Quelque chose me dit intérieur que je me dégonfle salement, que je devrais, ce dégueulasse, l'emplafonner brusquement, lui labourer sa sale gueule de coups de latte, lui faire cracher ses ratiches en or... mais je jacte, j'essaie de me justifier...

« Me prends pas pour un branque !... »

... ce qu'il me rétorque... il s'est arrêté, il me toise, les jambes écartées... la main droite dans la poche de son imper. Je gaffe, j'ai tout de même les flubes qu'il en extirpe un 45 et qu'il défouraille à la surprenante. J'ai un petit mouvement de recul... je gamberge à la va-vite, à réaction... au quart de tour... s'il esquisse un geste, je lui plonge dans les cannes comme on m'a appris aux séances de close-combat... à Grünkraut.

« C'est simple, je te mets à l'amende... cinq cents sacs... ça sera ta punition. »

On n'est déjà plus à l'époque où tout manquement aux sacrées saintes règles du milieu ne se lavait que dans le sang. Nous sommes déjà à l'ère bourgeoise de la voyoucratie... le fric avant tout. Pour cinq cent mille balles, il me laisse pas sa dame... juste il veut que je le dédommage de ses cornes. Le plus ahurissant chez ces julots... leurs femmes se font tringler jour et nuit par n'importe qui et ils se trouvent blessés dans leur honneur pour une simple fantaisie d'icelles. Il était au bigne après tout depuis quelques semaines, normal que la belle Cricri s'offre un peu de reluisance à son gré ! Je respire tout de même... j'ai échappé au pire, mais ça me paraît un cinoche pas possible son histoire de cinq cents sacs ! Il suffit que je remette plus les panards à Pigalle et tout est class. Je voudrais la casquer son amende, je vois pas du tout où je pourrais dégauchir comme ça, au débotté, une somme pareille ! Après la guerre, cinq cent mille anciens francs, c'était un paquet d'oseille. En réfléchissant par la suite, la seule solution que je voyais conforme aux coutumes du mitan, c'était que je le liquide ce Paulo... que je m'enfouraille et l'attende au coin d'une rue pour lui servir sa redingote en sapin.

D'autres s'en sont chargés à ma place... à la Sten, une arme de maquis, ils l'ont servi, cet enfoiré... rue de Douai... au sortir d'un bar à minuit trente... en plein milieu de la chaussée. Il avait rendu sa belle âme d'indic avant même d'arriver aux admissions de l'hôpital Lariboisière ! C'était noir sur blanc, en toutes lettres, en bas d'une page de *France-Soir*, peut-être une quinzaine plus tard, en pleine époque encore de référendum pour la Constitution de la IVe République : « *Paul Lacuona dit Paulo les Yeux Bleus... repris de justice, souteneur notoire, victime d'un règlement de comptes.* »

J'avais pas remis les pinceaux à Montmartre depuis qu'il m'avait mis à l'amende. Comme je ne risquais pas de la casquer, je n'avais que la ressource de me dégauchir un P.38 ou un 7,65 pour monter au combat si je voulais me montrer un *homme*. Savoir exact où est le courage ?... Je suis resté toute cette quinzaine dans l'expectative. Tout à coup je me sentais moins la vocation voyoute. Je mesurais un peu mieux les réelles difficultés de la profession... S'il me fallait absolument repasser un mec pour m'affirmer, ça me posait tout de même de sacrés problèmes et pas seulement métaphysiques. Même Riton me conseillait d'écraser...

« Laisse quimper, t'as rien de bon à affurer avec les putes. »

Il était toujours, lui, de sage conseil, seulement pour vivre, il fallait bien que j'aie des contacts à droite à gauche. Les amis de Narcisse, la plupart, c'était des farfelingues incapables de payer cash une cartouche d'américaines... mes meilleurs clients, je les trouvais au Bar-Nabab et alentour parmi les amis de Jenny. Après l'exécution de Paulo, je pouvais m'y repointer... m'y pavaner... rouler les mécaniques... laisser croire que !... Tout bénef en quelque sorte... me refarcir Cricri... devenir son hareng à part entière.

Ce qui m'a dissuadé en force... l'irruption des poulagas, deux trois jours après l'exécution de Paulo, dès les aurores à la gendarmerie... leur façon peu amène d'emballer le client.

« Police ! Tu nous suis sagement ! Vite... tu te raseras plus tard ! On est pressé ! »

Ils sont deux à venir me cueillir... un grand maigre et un petit gros au faciès écrasé de boxeur, comme dans les films. Bertrand croit utile d'intervenir, d'ouvrir sa porte... de les prendre de haut. A-t-on idée de sortir comme ça les honnêtes gens de leur lit à six heures du matin ! Ils te le rembarrent aussi sec... Ses papelards... tout de suite sa carte d'identité... d'où il sort ? de quoi il vit ? Sait-il seulement qui il héberge ? Qu'il se tienne lui aussi à la disposition de la justice.

« On aura peut-être des questions à te poser à toi aussi ! »

Je sais un peu de quoi il retourne... ce qu'ils vont me demander à moi. Le 14 octobre, le soir de la mort de Paulo, j'ai fort heureux un alibi d'acier trempé... Avec Narcisse et une bande de joyeux drilles, on a traîné de rade en rade... lichaillé plus que de raison... à Saint-Germain... rue Dauphine. Vers deux trois heures du mat, fin défoncé, je me suis retrouvé dans sa canfouine mansardée, j'y ai couché par terre sur un vieux matelas, tout habillé. Ça, je me souviens bien... et de ma gueule de bois du lendemain.

Elles me transportent par le métro, mes deux ballerines de la criminelle... c'est dire les moyens qu'ils avaient en ce temps-là! Juste quelques tractions avant pour prendre en chasse Jo Attia et Pierrot le Fou... essayer tout du moins... Autrement, ils se tapaient tout pédibus jambus... métro en seconde. S'ils venaient à se permettre un petit taxi pour une filoche, ça leur faisait des complications administratives interminables. Dire si tout ça nous les rendait aimables avec le petit suspect sans aucune relation et sans le sou.

Le long du chemin jusqu'au Châtelet, ils sont pas causants, moi non plus. Ce que j'ai appris, le B.A.-Ba du comportement chez les flics : moins on l'ouvre, mieux on se porte. Juste l'escogriffe m'a susurré tendrement en traversant la Seine sur le Pont-au-Change : « On va te faire jacter, ordure ! » pour bien me mettre dans le ton. J'avais déjà mes réponses prêtes, mon alibi... je le révisais depuis l'article de *France-Soir*. A toutes fins utiles, j'avais averti Narcisse qu'il risquait d'être interrogé. Seulement je me posais la question... comment étaient-ils parvenus jusqu'à moi, ces condés... jusqu'à la rue Paul-Châterousse ?

Au 36, quai des Orfèvres, dans les escaliers, les couloirs, ça renifle une odeur bien spéciale de mégot froid, de renfermé, de désinfectant... presque déjà les senteurs du Dépôt pour vous donner un avant-goût. Ils sont jamais pressés, les lardus, ça doit faire partie de leur technique. En arrivant à leur bureau, ils m'ont bouclé sans ménagements dans la cage de garde à vue, au milieu d'une grande salle passagère. N'était pas encore venu le temps où l'on invoque les droits de l'homme à la moindre de leurs incartades... ils se permettaient à peu près tout sans souci de traumatiser le petit malfrat.

« On va s'occuper de ta gueule tout à l'heure, tu perds rien pour attendre. »

Voilà... double tour... je reste en compagnie de quelques arcandiers en délicatesse avec le Code pénal. Des tricards, de menus trafiquants... du gibier de flagrant délit. Autour de la cage passent des types menottes aux poignets, encadrés de flics en uniforme. Certains ont la tronche tuméfiée, ça présage les câlineries qui nous attendent. Je ne me laisse pas trop distraire par les allées et venues... je réfléchis encore à tout ce que je vais dire. Je ne peux pas nier avoir pieuté avec Cricri et je suis obligé de convenir que Paulo est arrivé une certaine nuit à l'improviste.

« Et il ne t'a rien dit ?...
— Il m'a pris pour un client de sa femme... enfin, je savais même pas que c'était sa femme. »

C'est un inspecteur principal, avec un nœud papillon, qui me soumet au tir des questions dans son bureau... vue imprenable sur la Seine... la place Saint-Michel où je fus naguère héros des barricades. Beau être innocent... une fois sur la sellette, ils arrivent à vous donner des réflexes de culpabilité, ces tantes ! Autour du principal, il y a les deux mignons qui sont venus m'alpaguer ce matin. Ça les fait rire mes répliques... le gros aux oreilles en chou-fleur intervient.

« Ce Paulo, tu l'avais jamais vu auparavant ?
— Non...
— Pourtant tu fréquentais le Nabab où il allait lui

aussi. On t'y voyait souvent l'été dernier... qu'est-ce que tu trafiquais par là ?

– Je vendais du vin. »

Ça les épate, ça... du vin du Var ! Là encore, j'ai toutes mes preuves... je les leur étale... mes maigres feuilles de paie... mon certificat de travail... mes bonnes références... Ils ricanent encore, ces cons... dans leur petite tête de perdreau, ça ne peut être qu'une couverture, un boulot comme ça, si peu rémunérateur. Ils n'arrivent pas à concevoir que je puisse être comme la blanche colombe. Ils ont déjà tout un scénario bien écrit à mon matricule... d'une simplicité poulardine... que j'avais supplanté ce pauvre Lacuona dit Paulo... que je lui avais pris son bien le plus cher, son pain de fesses, pendant qu'il était au placard... d'où cette altercation un peu vive entre nous.

« Et il t'a mis à l'amende... On le sait ! Tu vas pas nier l'évidence. »

Bien sûr que si... je la nie l'évidence, ça leur servirait ensuite pour me mouiller, me cloquer ce meurtre sur les bretelles si je leur disais la vérité.

« De toute façon, je pouvais pas être rue de Douai le 14 octobre... »

J'en ai ma claque de leurs manières... leurs suppositions, suspicions ! Je les enverrais bien, ces pourris, se faire aléser l'oigne ! Je me suis dressé, merde ! Je leur débite mon alibi... ma soirée avec Narcisse à nous piquer la truffe. Tout le monde m'a vu dans dix bistrots... je leur cite les noms... soiffards et poètes mélangés... et aussi de ses petits copains politiques, des gaullistes qui se bagarraient dans les réunions électorales du référendum... un maximum de précisions, renseignements !... Maintenant qu'ils me foutent la paix... j'ai rien à voir dans cette salade sanglante ! cette gelée de groseilles à maquereaux !

Croire qu'ils vous lâchent aussi facile relève de l'utopie joyeuse. Ils m'argumentent que si je suis si honnête, si blanc-bleu, ils se demandent tout de même ce que j'allais foutre à Pigalle, au Nabab... le pourquoi je traînais avec les putes et les harengs. Je vais rester dans leurs somptueux locaux les quarante-huit heures légales de garde à vue... jusqu'à ce qu'ils aient bien vérifié tout ce que je leur ai dit. Une nuit sur la banquette de la cage à poules... toujours avec mes tricards, mes pâles voyous revendeurs de came... une faune pas si jojo... L'attrait de l'existence malfrate vous est terni au contact de certaines réalités pour le moins sordides. Le plus souvent, ils sont bavards les compagnons de garde à vue... genre mythomanes et tout prêts, bien sûr, à recueillir chaudes vos confidences les plus intimes.

Je n'étais pas trop dans les prévisions pessimistes, certain que les témoignages de Narcisse et de quelques patrons de bistrots, quelques serveuses, quelques loufiats, suffiraient à m'innocenter. Restait que j'avais bel et bien été donné aux flics par quelqu'un qui me connaissait au point de savoir que je logeais dans une ancienne gendarmerie XVIIIe près du pont de Neuilly. Ça faisait pas tant de monde à l'analyse... juste les deux putes, Jenny et Cricri... à moins qu'on ait interrogé aussi Tonio dans sa cellule à la Santé. Ça, j'arrivais pas à y croire... ce pote de baroud à la vie à la mort... pourquoi aurait-il, comme ça, pour ainsi dire gratis, renseigné les lardus à mon sujet ? Jenny, ça me paraissait la plus probable bavarde à la réflexion... celle qui avait le plus d'intérêt à me balancer, ne serait-ce que pour aider son homme, même à l'insu de celui-ci.

Je retournais toute la question... je supposais tout... même Cricri... je finissais par me dire qu'au fond, elle avait peut-être cédé à je ne sais quel chantage des poulets. En tout cas, c'était les Pognes qui avait raison... « T'as rien de bon à affurer avec les julots et les tapins »... ses paroles trottinaient sans cesse dans ma tronche.

Le principal au nœud papillon, dont je ne me souviens plus du blase, m'a relâché le surlendemain comme à regret. Ça leur plaît jamais, on dirait, à ces messieurs, de relarguer une proie. Je vous passe les détails... les quelques interrogatoires serrés... leurs menaces de toute sorte... l'esbroufe... Ils tentent jusqu'à la vanité du client pour le faire céder... « T'es un homme, on le sait... t'as déjà même une bonne cote dans le milieu ! » Au finish, bien sûr, la déposition de Narcisse m'a arraché définitif de leurs sales pattes... la confirmation claire et nette de mon alibi. Pour me saper tout de même le moral, avant que je sorte de son bureau, en guise d'adieu, il m'a lancé ce principal fin psychologue :

« On se reverra ! »

Les deux autres autour, l'Escogriffe et le Boxeur, ses subalternes de choc, se sont mis à rire... des gens d'esprit qui savent apprécier les prédictions coquines de leur chef.

Je me suis retrouvé sur le quai des Orfèvres, les fringues fripées, mal rasé, crasseux sous une pluie fine bien parisienne, avec sa petite phrase dans la tête. Je me sentais tout à coup bien seul dans ma peau, bien mal barré, promis à ces réjouissances poulardines dont je venais de goûter juste les hors-d'œuvre. L'évidence qu'il avait mis dans le mille, ce fumier de flic !... Ça ne faisait plus l'ombre d'un doute... j'étais déjà bien engagé sur le toboggan qui conduit au terminus *Tour pointue* où l'on vous photographie face et profil... vous relève les empreintes... le piano, on appelle ça entre initiés.

Fallait bien que je finisse par prendre le métro et que je rentre quelque part. J'avais du mal à me décider. Ça m'écrasait de toutes parts... la vie devant moi qui me semblait pas bordée de roses trémières... le poids énorme de la société... tous ses rouages, ses mille traquenards en Code pénal, règlements de toute sorte... sa loi du travail obligatoire. Où que je me retourne, je me sentais bien petit, moins que rien... une pauvre merde ! Je m'étais trouvé assez dur chez les perdreaux... *homme*, en quelque sorte dans ma façon de les affronter... Le peu de fierté que j'aurais pu en tirer, d'une simple phrase le Nœud Papillon m'avait fait rentrer dans ma coquille. « On se reverra »... J'avais bien compris le message, il me jaugeait exact grâce à cette attitude que j'avais eue pendant les interrogatoires. J'étais classé dans son esprit client de la maison. Il se forme comme une espèce de connivence louche entre flics et voyous, chasseurs et gibier... quelque chose qui vous pousse à réfléchir plus encore que la perspective d'aller au trou...

Voilà... j'étais encore dans le métro comme au début, comme un an plus tôt en revenant de la guerre. Plus avancé ?... apparemment non... mais peut-on être certain de ça ? Depuis une pige, je m'étais tout de même fait une sorte d'éducation sentimentale et malfrate qui pourrait m'être utile dans la suite de mon existence. Pour l'instant je ne m'en rendais pas du tout compte. J'avais vraiment la tête dans le sac. Tout à l'heure, affiché, Bertrand allait me recevoir avec sa gueule en biais de cureton défroqué... l'âme en berne et guère plus avancé dans sa recherche d'un sens à la vie. Sûr que les flics lui avaient fait mon papelard signé Grande Maison... graine de souteneur, individu futur dangereux, promis aux bancs des correctionnelles... l'omnibus via la cour d'assises ! J'allais pas lui donner encore des explications... certaines choses, il les entraverait jamais, Bertrand... dans son séminaire, il avait pas été mis au pli pour comprendre autre chose que le latin et les grandes odes de Paul Claudel ! Ma décision de quitter sans plus tarder la gendarmerie, d'al-

ler un peu à l'hôtel... de tourner vite vite cette page !
La suite... je voyais pas ! Fallait pas non plus que je remonte à Pigalle me laisser tenter par les miches rondouillardes et l'œil prometteur de Cricri. Faire mentir à tout prix la prédiction dégueulasse du poulet qui se voyait déjà en train de me rédiger un procès-verbal de proxénète. Tant pis, je ne saurai jamais qui m'avait envoyé sur le gril du Quai des Orfèvres ! Rompre avec tout ça aussi d'un seul coup. Seulement ça voulait dire qu'il fallait que je retourne au charbon... n'importe où... que je trouve un boulot, même le plus minable et, ça, ça me barbouillait la perspective à la suie d'usine.
Mes résolutions s'envolent vite, j'avoue. J'en étais là de mes gambergeades à la grimace... et puis... la station... Concorde peut-être ou George-V... une gisquette qui grimpe dans la rame, hop !... elle passe devant moi... va s'asseoir sur une banquette vide derrière. C'est une blonde haute sur cannes, vaporeuse. Merde ! j'ai attrapé par les naseaux son parfum. Au sortir du cagibi à flicaille, les odeurs fétides de l'opprobre, ça m'en file un coup ! J'en reste un instant pétrifié. Tout s'éclipse... mes idées d'aller au chagrin... de reprendre la musette... l'avenir à la caille !... Adieu, poulets, vacheries, cochons de maquereaux, fils de putes ! Il n'y a presque personne dans la rame, c'est l'heure creuse où les prolétaires transpirent à la chaîne. Je vais me cloquer, l'air de rien... ne pas y toucher, en face de la blonde. Elle a un sursaut et me lance un regard bleu effaré. Elle a les yeux très clairs, très grands, la bouche bien dessinée, le profil net... je la trouve vraiment jolie. Je me sens l'optimisme en remonte... le sourire... je me fends d'un tout à fait gracieux. Elle reste toujours dans les tonalités de la surprise... d'inquiétude presque ! J'hasarde une phrase d'accrochage... je vais au plus simple, au plus pressé... que je la trouve belle, quelque chose d'aussi limpide, en général ça vaut

toutes les trouvailles donjuanesques à la petite semaine. Elle a un haut-le-corps et elle se redresse en serrant son sac à main sur sa poitrine comme si je venais de lui dire une incongruité... lui proposer directos la botte... ouvrir ma braguette pour lui offrir sans crier gare ma bébête de choc. Fissa, elle décarre vers l'autre bout du wagon et c'est mon reflet dans la vitre qui me donne la clef du mystère. Je me réalise soudain tel quel... ma barbe de trois jours, mes frusques mouillées, fripées... carrément, j'ai la dégaine d'un clodo... une frime pas possible de détrousseur du coin du bois ! Elle n'en revient toujours pas, la ravissante blonde, de mon culot dans l'état où je suis d'aller la draguer... elle, une jeune fille de si bonne famille, qui va descendre dans un instant à la porte Maillot. Elle se demande si j'en veux à son porte-monnaie ou à sa vertu... les deux à la fois pourquoi pas ! Je manque de toc, je devrais me lever pour lui expliquer ma situation... lui dire toute la vérité.

« Mademoiselle, n'ayez pas peur... Je sors de chez les flics, c'est pour ça que suis sale et mal rasé, mais je suis innocent. C'est pas moi qui ai descendu Paulo les Yeux Bleus. Laissez-moi une petite chance. Dès que je serai rasé, tout propre... on peut se revoir... donnez-moi un rendez-vous... Je n'ai envie que de vous être agréable... C'est d'ailleurs dans la vie tout ce que je sais faire... »

DU MÊME AUTEUR

Aux Éditions de la Table Ronde

L'Hôpital.
La Cerise. (Prix Sainte-Beuve 1963.)
Cinoche.
Bleubite.
Les Combattants du petit bonheur. (Prix Renaudot 1977.)
Le Corbillard de Jules.
Le Banquet des léopards.
La Métamorphose des Cloportes.

Aux Éditions Flammarion

Les Enfants de chœur.

La Jeune Parque

L'Argot sans peine ou la méthode à Mimile.
(En collaboration avec Luc Étienne.)

Collection « Livre de Poche »

L'Argot sans peine ou la méthode à Mimile.
(En collaboration avec Luc Étienne.)

Collection « Folio »

La Cerise.
L'Hôpital.
Cinoche.
Bleubite.
Les Combattants du petit bonheur.
La Métamorphose des Cloportes.
Le Corbillard de Jules.
Le Banquet des Léopards.

IMPRIMÉ EN FRANCE PAR BRODARD ET TAUPIN
58, rue Jean Bleuzen - Vanves - Usine de La Flèche.
LIBRAIRIE GÉNÉRALE FRANÇAISE - 14, rue de l'Ancienne-Comédie - Paris.

ISBN : 2 - 253 - 03568 - 8   30/5996/1